Write me a love song

S.L. Borowski

Cherry Publishing

Inscrivez-vous à notre Newsletter, et recevez gratuitement le premier tome de Sculpt Me, la saga phénomène de Koko Nhan :

https://mailchi.mp/cherry-publishing/newsletter

La Playlist de Lena et Hunter disponible sur Spotify

Wakey!Wakey! – *Brooklyn*
Ed Sheeran – Thinking Out Loud
Shawn Mendes – *In My Blood*
Panic! At the Disco – The End of All Things
Muse – Unintended
Muse – Time Is Running Out
My Chemical Romance – The Light Behind Your Eyes
The Pretty Reckless – *Already Dead*
Ariana Grande – Dangerous Woman
P!nk – We Could Have It All
Billie Eilish – when the party's over
The Fray – How to Save a Life
Wakey!Wakey! – *War Sweater*
Keane – She Has No Time
The Replacements – Here Comes a Regular
The Cure – Pictures Of You
Lewis Capaldi – Someone You Loved
Pink Floyd – *Us and Them*
Lady Gaga – Million Reasons
Jack's Mannequin – *The Mixed Tape*
Ross Copperman – They'll Never Know
Tom Fearon – *Thank You*

1 – Lena

J'ai trouvé une lettre aujourd'hui. J'étais en train d'emballer les affaires de Maman et je n'ai pas pu m'empêcher de fourrer mon nez dans des papiers qui ne me concernaient pas. J'ai l'impression de ne connaître que très peu de détails sur sa vie, son passé, ses jeunes années. Parfois, j'ai encore l'impression qu'elle va débarquer dans la pièce et me tirer dehors pour apprécier le bourdonnement de la ville – et dévorer des tacos. Elle adorait les tacos.

C'est bizarre de parler d'elle au passé. Il y a une semaine, elle était encore ici, allongée sur le canapé, en train de regarder un épisode de *Friends* pour la millionième fois, en mangeant du popcorn salé même si elle savait qu'elle n'était pas censée manger autant de sel. Ma mère était la personne la plus drôle, la plus irresponsable et la plus généreuse vivant sur cette terre. Et maintenant, elle est partie. Et il n'y a plus rien que je puisse faire pour arranger les choses. Tout ce qu'il me reste, ce sont ses affaires que je dois rassembler en trois piles : à donner, à jeter et à garder.

C'est comme mettre des étiquettes sur des souvenirs. Ça ne me paraît pas juste, quand je regarde la pile « à donner » qui ne contient que quelques vieux vêtements et des DVD, comparée à la pile « à garder », pleine de trucs inutiles que je n'utiliserai probablement jamais. J'ai l'impression que je devrais penser davantage comme elle, et tout donner à une œuvre de charité, à l'exception des choses cassées ou inutilisables. Mais je n'y arrive pas.

N'ai-je pas le droit d'être un peu égoïste en ce moment ?

J'ai recommencé ce tri au moins cinq fois aujourd'hui, et je finis toujours par garder plus que je ne le devrais. Je ne cesse de voir cette image surgir dans mon esprit, celle d'une femme, une inconnue portant le pull préféré de ma mère, le jaune moutarde, et ça me fait pleurer. Pleurer est devenu ma nouvelle activité principale et j'ai l'impression que ça ne s'arrêtera jamais. Même lorsque les larmes ne coulent plus sur mes joues, je pleure encore à l'intérieur de moi. Mon cœur se serre, ma gorge s'obstrue et le vide se fait de plus en plus béant, de plus en plus lourd à mesure que les secondes s'égrènent. Je n'ai plus souri sincèrement depuis si longtemps que mes muscles ne sauraient même plus comment faire. Je me sens si vide que mes émotions semblent toutes s'être éteintes, ne laissant que la peine en état de fonctionner. La solitude et la tristesse ont réussi à me tromper, en me donnant l'illusion qu'elles ont toujours été là, et qu'aucune joie n'a existé. Alors quand j'ai trouvé cette lettre, j'ai senti, pendant un instant, qu'elle était encore là. Comme si elle pensait encore à moi, d'une certaine façon. J'ai mis au moins cinq bonnes minutes avant de m'asseoir et de l'ouvrir. Je la regardais sans vraiment la voir, comme si elle allait disparaître. Mais elle est toujours là, entre mes mains, cette enveloppe avec mon nom dessus.

Je commence à lire.

Lena,

Si tu lis ceci, c'est que je suis probablement là-haut en train de botter les fesses de ta grand-mère pour m'avoir tourné le dos il y a dix-huit ans, quand j'ai décidé de garder le petit passager clandestin sous mon nombril. Ouaip, c'était toi, ma chérie. Je ne t'ai jamais vraiment parlé d'elle, parce que je ne pensais pas que ce serait utile mais aussi parce qu'elle n'était qu'une salope alcoolique et égoïste. Est-ce que tu crois que je suis autorisée à utiliser des gros mots au paradis ? C'est pas grave, c'est pas comme si quelque chose pouvait encore m'arriver !

Je ne veux pas te faire pleurer, ma puce. En fait, je ne veux pas que tu pleures tout court. Et je sais que tu es en train de le faire, maintenant, parce que je te connais. Tu es sensible, comme moi, même si je ne l'ai pas montré très souvent. J'essayais d'être forte, pour toi, pour essayer de te montrer le bon exemple. Et je t'ai vue devenir la personne la plus forte que je connaisse, probablement la plus forte qui existe au monde, que tu le croies ou non. Je ne m'inquiète pas pour toi. Je sais que tu feras des merveilles à la fac l'année prochaine et dans ta vie en général. Ça commence maintenant, tu sais. Chaque petite décision que tu prends à ce moment précis aura un impact sur le reste de ta vie et tu vas devoir apprendre à vivre avec les conséquences des choix que tu fais.

Alors si tu décides de pleurer toutes les larmes de ton corps et de déprimer toute la journée en pensant à moi, parce que je ne suis plus physiquement là, avec toi... tu ne prends pas la bonne décision. Mais bon, qu'est-ce que j'en sais ? Je ne suis que ta mère, après tout, et tu es majeure maintenant. Adulte. On était toutes les deux préparées à ce moment, non ? En tout cas je me plais à l'imaginer.

Au fond de nous, nous savions toutes les deux que ça allait arriver. Le cancer fait ça. C'est triste, mais au moins on a pu se dire au revoir. Je pense qu'on ne s'est jamais autant dit qu'on s'aime durant ces derniers mois que dans toute notre vie ensemble ! Il y a tellement de gens sur cette terre qui n'ont jamais eu cette chance. Je sais que je te manque et que je t'en ai déjà beaucoup demandé. Mais si tu veux bien, j'ai une dernière faveur pour toi. Je voudrais que tu te lèves, et que tu vives le reste de ta vie de la meilleure façon qui soit. Tu as le droit d'être triste, mais tu ne peux pas laisser ces larmes guider le reste de ta vie.

Je t'aime de tout mon cœur et de toute mon âme,

Maman.

P.S. : NE DONNE PAS mes DVD de Friends, ou alors je te hanterai jusqu'à ta mort !

Je baisse les mains, tenant fermement le bout de papier entre mes doigts tremblants. Les larmes coulent à nouveau à flots, et pourtant, je ne peux m'empêcher de sourire. Je n'ai jamais autant ri et pleuré en même temps. Lire ceci est tellement difficile mais tellement révélateur de ce que ma mère a toujours été. Une fois encore, elle a réussi à voir à travers moi. Je sais qu'elle a raison. J'ai toujours eu tendance à éviter le changement, à rester cloîtrée dans mes habitudes et ma petite routine. Je sais qu'elle est avec moi d'une certaine façon… et je sais que je ne peux plus continuer à déambuler comme ça, subissant la vie au lieu de la vivre. Je dois avancer… mais comment faire quand je ne sais même pas où je dois aller ?

Je reste assise un moment, relisant la lettre encore et encore, comme si j'avais peur d'oublier à quoi ressemble son écriture. Après qu'une heure soit passée, je me décide enfin à plier la feuille en quatre et je la fourre dans la poche arrière de mon jean. J'essuie mes joues inondées de larmes en soupirant un bon coup, et jette un regard vers tout ce bordel que je suis censée ranger.

Je dois faire ça de la bonne façon.

Je trie encore une fois le tout, jetant tout ce qui n'est plus utilisable ou cassé, gardant la collection de DVD de *Friends* et le pull préféré de ma mère. Tout le reste termine dans deux grosses boîtes à donner. Pour éviter de douter encore de mes choix, je quitte la chambre et descends les escaliers avec mes cartons.

Dans le salon, Anna est assise sur le canapé, lisant un magazine. J'avais insisté pour qu'elle ne m'aide pas : je préfère

m'occuper de ça toute seule. Quand elle m'entend arriver, elle se retourne et me sourit. Elle affiche le même sourire depuis la mort de maman, parce qu'elle ne sait pas comment me parler. Anna est ma tante, la petite sœur de ma mère. La tristesse et les tragédies la mettent mal à l'aise, elle est maladroite face aux larmes de gens, et elle ne sait pas non plus gérer ses propres émotions. Alors elle préfère s'enfermer, se cacher derrière un mur qu'elle semble avoir érigé il y a bien longtemps. Malgré cela, elle est gentille, et aussi drôle que ma mère. C'est agréable de l'avoir avec moi, j'ai l'impression d'avoir encore un peu d'elle.
Anna venait toujours pour Noël et Thanksgiving, ainsi qu'à chacun de mes anniversaires. Elle n'en a pas manqué un seul. Elle est la tante amusante que tous les mômes rêvent d'avoir, le genre qui rapporte les cadeaux les plus fous et racontent les histoires les plus incroyables. Maintenant, Anna est la seule famille qu'il me reste et je ne sais pas vraiment quoi en penser.

— Viens, donne-moi ça, dit-elle en tendant les bras vers moi.

Je fourre les deux boîtes en carton dans ses bras et elle les dépose dans l'entrée. Des gens d'une œuvre de charité sont censés les récupérer d'ici quelques heures, ainsi que les meubles qui restent. Parce que je n'en aurai plus besoin, désormais. J'ai simplement récupéré mon matelas et mon oreiller, qu'Anna a fait livrer chez elle hier. Tout ce qu'il me reste à faire, c'est emballer le reste. Je suis censée passer l'été chez ma tante, en Californie. À l'autre bout du pays. Où je n'ai jamais mis les pieds.

Quand le changement s'amène, il ne fait rien à moitié, visiblement.

Je me sens complètement perdue et je marche comme un automate. Je fais le tour de l'appartement une dernière fois. Maman a toujours adoré Brooklyn, et cet appartement. C'était notre foyer, notre petit nid douillet. Elle a tout décoré elle-même, du poster de James Dean dans le salon, au rideau de douche affublé de chimpanzés dans la salle de bains. Cet endroit résonne encore de mes souvenirs d'enfance, et je suis sur le point de le laisser derrière moi. De la laisser.

— Tu es prête, ma chérie ? me dit Anna.

Je me détourne du pan de mur sur lequel ma mère a marqué les tailles que j'ai pu atteindre en grandissant pour la regarder : elle est debout dans l'entrée, prête à partir. Je hoche la tête, tout simplement parce qu'aucun son ne pourrait sortir de ma bouche, pas avec cette boule qui obstrue ma gorge et menace d'exploser en un nouveau torrent de larmes à tout moment. Soudain, alors que je m'apprête à sortir de cet appartement, celui qui m'a vue grandir et devenir la personne que je suis aujourd'hui, la lettre dans la poche arrière de mon jean se fait plus lourde. Je laisse toute une vie ici, et je n'ai aucune idée d'où aller maintenant.

2 – Lena

Dans l'avion, Anna ne met pas longtemps à s'endormir. J'ai du mal à comprendre comment elle fait pour être aussi sereine dans un moment pareil. Sa sœur vient de mourir et elle ne montre aucun signe de tristesse, de dévastation. Pourtant, je sais à quel point elles sont… *étaient* proches. Ça n'a pas toujours été le cas, mais je le voyais bien, , qu'elles étaient désormais liées plus que tout. Elles s'appelaient au moins une fois par semaine, se racontant leur vie et pestant contre leur mère irresponsable. Dès qu'elle le pouvait, Anna débarquait à New York pour une virée shopping entre filles, une séance de manucure ou un marathon de comédies romantiques. C'est triste à dire, mais le cancer, ça rapproche. Je n'ai jamais su ce qui les avait éloignées, mais la maladie de maman a facilité le pardon, visiblement.

Une heure de passée, encore six à subir dans cet engin volant. Je ne parviens pas à penser à autre chose qu'à la lettre dans ma poche. Je dois trouver un moyen d'avancer, comme l'a dit ma mère, mais je ne parviens pas à imaginer me réveiller un matin et vivre ma vie comme si de rien n'était.

Et quelle vie au juste ?

Je viens de la laisser à Brooklyn, ma vie. Et maintenant, je suis censée en trouver une autre en Californie ? J'ai déjà eu du mal à me faire des amis à New York. Je suis une timide, une solitaire, et ça me convenait très bien ainsi. J'avais toujours ma mère. Mais tout reprendre à zéro, maintenant, avec ce poids sur le cœur qui m'étouffe… Ça me semble impo…

Stop. Arrête de penser comme ça. C'est l'occasion de changer, ou au moins d'essayer pendant un moment.

Je serai probablement de retour à New York à l'automne, de toute façon. J'étais une élève brillante au lycée, et j'ai été acceptée à Columbia. Grâce aux économies que ma mère m'a laissées, je pourrai y aller sans problème. Je voulais rester près de la maison, alors je n'ai même pas eu à hésiter quand j'ai reçu les réponses positives de mes choix de secours. J'ai également été acceptée à UCLA, mais je n'ai jamais considéré ça comme une option. C'est la dernière sur ma liste, même si c'est une très bonne école.

Mais maintenant… Je ne sais pas. Je ne sais plus…

La maison me manque déjà, mais je n'ai plus personne à New York. Plus maintenant. Et Anna ne vit pas très loin de Los Angeles… même si j'aime être seule, ma famille a toujours été une constante dans ma vie. Je détesterais être loin d'elle, à présent, je le sais. Surtout après un été entier passé ensemble. Nous ne nous connaissons pas si bien, pas autant que maman et moi, mais elle est mon seul repère désormais. Mon nouveau pilier.

Anna n'a que 26 ans, elle est mariée à son boulot. Elle n'a jamais pensé à avoir d'enfants, ou du moins c'est l'impression qu'elle me donne, et elle dit toujours qu'elle n'a pas besoin d'un homme pour être heureuse. Elle est un peu solitaire, comme moi, même si elle est beaucoup plus douée avec les gens. Elle travaille pour une agence qui représente des célébrités dans la musique. J'imagine qu'elle non plus, elle n'est pas préparée pour ça. Elle doit se poser des tas de questions. Mais ce qui est certain, c'est que sa vie doit être sacrément intéressante.

Je me renfonce dans mon fauteuil, essaie de m'apaiser. Je me dis qu'avec Anna, au moins, je n'aurai pas le temps de m'ennuyer. Pas le temps de laisser les idées noires m'envahir.

J'essaie un instant d'imaginer ce que ça pourrait être, de vivre avec elle. Peut-être que ce sera comme si je n'étais pas là, pour elle. Après tout, certains pays me considèrent comme majeure, et c'est un peu le cas ici, si l'on omet l'alcool. Ce n'est pas comme si j'avais besoin d'attention ou qu'on fasse les choses pour moi. J'espère qu'elle ne va pas essayer de se la jouer autoritaire, même maman ne le faisait pas, et à dix-huit ans, je n'ai aucune envie de commencer à demander la permission pour des choses simples…

Il faut que j'arrête de penser autant. Tout ira bien. Je vais juste passer l'été en Californie – ce qui, pour beaucoup, est vu comme une très bonne chose – et puis j'entrerai à l'université en automne, et je repartirai de zéro. Je serai la nouvelle Lena Anderson. Je n'ai pas le choix, de toute façon, n'est-ce pas ?

Je finis par me fatiguer toute seule à force de me prendre la tête et je m'endors. Quelques heures plus tard, je sens quelqu'un me secouer doucement l'épaule. Quand j'ouvre les yeux, Anna me sourit et m'informe de notre atterrissage imminent.

Déjà ? J'ai l'impression d'avoir fermé les yeux il y a cinq minutes !

J'attache ma ceinture quand le voyant lumineux s'allume, et me prépare à l'atterrissage. La dernière fois que j'ai pris l'avion, c'était lorsque ma mère a décidé de rendre visite à sa meilleure amie d'enfance, partie vivre au Texas après le lycée. C'étaient les seules vacances de ma vie et cette semaine-là est probablement inscrite parmi mes meilleurs souvenirs avec elle, même si je suis revenue à New York avec un bras dans le plâtre parce qu'un cheval s'est énervé et m'a heurtée avec son sabot arrière. Plus jamais je ne me suis approchée d'une de ces bêtes depuis.

Lorsque l'avion atteint la piste et que nous sommes autorisées à nous lever, je ne me fais pas prier et attrape mon sac à main au-dessus de mon siège, attendant ensuite patiemment de pouvoir descendre sur la terre ferme. J'ai la nausée, et je ne rêve que d'air frais.

Dehors, il fait une chaleur étouffante et je me maudis d'avoir gardé mon sweat à capuche. Anna m'avait prévenue, pourtant. Le soleil californien est décidément impitoyable. Je descends les marches en faisant attention où je mets les pieds, et attends Anna sur le tarmac.

— Bienvenue chez toi, Lena ! crie-t-elle en embrassant le paysage d'un geste de la main.

Je tente tant bien que mal de lui sourire, mais tout ce que je parviens à lui offrir, c'est une sorte de rictus comme si j'étais constipée. Elle me regarde avec un sourire triste et enlace mes épaules d'un bras.

— Ça ira mieux demain, dit-elle.

Je hoche la tête. Je veux désespérément la croire, mais j'ai vraiment du mal.

Quelques heures plus tard, après avoir enfin récupéré nos bagages et attrapé un taxi, nous sommes en route vers Carmel. La petite ville est à quelques minutes de l'aéroport régional de Monterey. Anna m'a parlé des étranges petits cottages tout droit sortis d'un conte de fées qu'on peut voir dans le centre-ville. Elle, elle habite une maison sur la plage. Je regarde le paysage défiler à travers la fenêtre du taxi lorsqu'enfin, j'aperçois un panneau indiquant que nous venons d'entrer dans la ville. Quelques jeunes affublés de planches de surf semblent se diriger vers la plage. Il est vrai que le temps s'y prête. Les terrasses des cafés sont pleines à craquer, et enfin je peux admirer ces fameux cottages dont Anna m'a parlé. Elle avait raison, on dirait plusieurs versions différentes de la maison des sept nains. C'est adorable.

Quand nous arrivons à destination, le chauffeur décharge son coffre de nos bagages et je récupère mes deux valises pleines à craquer. Je me retourne vers la maison où je vais vivre pendant deux mois pendant que ma tante règle la course, et je retiens un cri de surprise. Cette maison est immense ! Je jette un coup d'œil furtif à ma tante avant de le reporter sur la bâtisse immense, me demandant si Anna est une rockstar ou un truc du genre. Les murs extérieurs sont d'un blanc immaculé, de grandes baies vitrées surplombent les fenêtres, plus petites, du rez-de-chaussée et une enceinte entoure la propriété. Un garage pouvant contenir au moins trois voitures se colle à un côté de la maison. Malgré la beauté de la demeure, je la perçois plus comme un bloc de béton moderne qu'un foyer chaleureux. Mais bon, peut-être que je serais surprise une fois à l'intérieur.

— Tu vis ici toute seule ?

— Oui, avec Ronny, dit-elle.

— C'est qui, Ronny ?

Je ne mets pas longtemps à avoir une réponse à ma question, car dès qu'Anna ouvre la porte, je sursaute en voyant un énorme chien courir vers nous en aboyant. Anna sourit et crie son nom en l'accueillant à bras ouverts. Le golden retriever souhaite la bienvenue à sa maîtresse à grands coups de langue sur son visage et je ne peux m'empêcher de me crisper. Je n'ai jamais été particulièrement attirée par les animaux en général, encore moins par les chiens. Non pas que j'en aie peur, je ne suis juste pas très douée avec eux. Je n'ai jamais été ce genre d'enfant à réclamer un animal de compagnie à sa mère pour Noël.

— Ne t'en fais pas, c'est une crème, me rassure ma tante. Tends juste ta main pour qu'il te renifle un peu.

Je m'exécute, et retiens un léger mouvement de recul quand l'animal frotte son museau trempé contre mes doigts tremblants. Il renifle mon odeur un instant, puis s'assied face à moi, l'air d'attendre quelque chose. Je m'avance doucement et me risque à lui gratter très légèrement la tête. Ronny me regarde d'un air étrange, comme s'il ne comprenait pas pourquoi j'étais si distante. Finalement, sa maîtresse l'appelle, et il se détourne de moi en remuant la queue.

— Madame, bon retour chez vous ! la salue soudain une petite dame à la peau hâlée alors que nous entrons dans le salon.

Elle est affublée d'une petite robe à fleurs rose fluo, et d'un tablier blanc. Ses cheveux noirs sont attachés en un chignon serré, et ses petits yeux assortis me détaillent de la tête en bas. Son sourire est lumineux, et je devine sans mal qu'il s'agit de la… femme de ménage ?

— Merci, Monica, lui dit ma tante en lui souriant. Tout s'est bien passé ?

L'intéressée entame un exposé du comportement de Ronny pendant son absence, mais je n'écoute que d'une oreille. J'observe le salon dans son ensemble et je ne suis pas surprise de voir mes doutes se confirmer : cette maison est froide et l'on voit bien qu'Anna n'y passe pas beaucoup de temps. Le canapé en cuir noir fait face à un écran plat accroché au mur. Un peu plus loin, dans une sorte de renfoncement, la cuisine, avec son îlot central. Je devine sans mal que Monica doit être la seule à utiliser cette pièce au maximum de son potentiel, ce qu'elle confirme en annonçant qu'un rôti était en train de cuire. Je me demande soudain si elle aussi, vit ici, ou si elle habite ailleurs. La deuxième option me semble la plus probable : elle a ce regard de mère que je retrouvais souvent dans les yeux de la mienne, avant…

Mon cœur se serre à cette pensée, et c'est ce moment-là que choisit Anna pour me présenter à Monica.

— Voilà ma nièce, Lena, dit-elle en me désignant. Lena, voici Monica, elle m'aide avec la maison et les petites choses du quotidien.

— Enchantée, articulé-je en tendant la main vers elle.

La petite dame rondelette me surprend en prenant ma main dans les siennes et en la serrant fort. Elle m'offre un sourire compatissant, le même que j'ai vu sur le visage de ceux qui sont venus à l'enterrement, il y a quatre jours.

— Je suis ravie de vous rencontrer, Lena, dit-elle. Votre tante parle de vous sans arrêt ! Si vous avez besoin de quoique ce soit, je suis là.

Je la remercie d'un sourire et elle me libère sans cesser de m'observer, affichant toujours ce rictus que je souhaite voir disparaître de ma vue le plus vite possible. Heureusement, Anna ne tarde pas à lui faire prendre congé après quelques minutes encore de discussion futile, et se tourne vers moi.

— Viens, je vais te montrer ta chambre, dit-elle.

Je la suis à l'intérieur de la maison. Le plafond est très haut, et je remarque que la pièce est surplombée par une mezzanine où nous sommes en train de monter. Je remarque qu'il n'y a pas beaucoup de photos sur les murs, à part un grand tableau affichant un portrait d'elle et de Ronny en noir et blanc, dans la cage d'escalier. Comme une photo de famille. Une fois au premier, je peux voir le salon d'en haut, et c'est toujours aussi impressionnant. Un couloir s'étend devant nous, les murs sont percés de plusieurs portes de part et d'autre. Anna désigne la première sur la droite comme étant sa chambre, et celle d'en face, la mienne. C'est là que nous entrons.

La pièce est immense, j'ai l'impression que tout le rez-de-chaussée de mon appartement à Brooklyn aurait pu tenir dans cette chambre. Un lit double a été placé au centre, et des draps frais au parfum de lavande recouvrent mon matelas, mon oreiller, et la couette qu'Anna a sans doute fait livrer ici avant notre arrivée. Une grande garde-robe tapisse le mur en face du lit, et un bureau trône dans un coin à l'autre bout de la pièce, avec une chaise assortie. Je devine sans mal qu'il s'agissait autrefois d'une simple chambre d'ami, car la décoration est quasiment inexistante. Tout est blanc, jusqu'aux draps de lit, et j'ai l'impression de me retrouver dans un de ces hôtels de luxe sans aucune personnalité. Seule touche colorée : un fauteuil bleu marine dans un coin près d'une bibliothèque vide, comme une tache au milieu d'un tableau blanc immaculé.

— Je sais combien tu aimes lire alors j'ai fait livrer ça avant que tu n'arrives, dit Anna en désignant le fauteuil. Il te plaît ?

Je hoche doucement la tête, touchée par cette petite attention de sa part. Je me risque à faire quelques pas dans la pièce en déposant mes valises près du lit. Je n'ai plus qu'à m'installer à présent, mais soudain, un sentiment étrange de peur m'envahit : dès que j'aurai vidé ces valises, j'aurai officiellement dit adieu à mon ancienne vie, et cette idée me terrifie. Le changement n'a jamais été quelque chose que j'appréhende avec une joie sans limites, bien au contraire. J'aime ma petite vie rangée et son quotidien sans embûches. Ici, tout est différent. Tout est complètement effacé, comme si je recommençais ma vie depuis le début, avec dix-huit ans d'avance. Tout ça demande une certaine dose de courage que je ne pense pas avoir.

Je ne remarque que quelques instants plus tard la baie vitrée qui donne sur la plage, et la grande terrasse, avec sa chaise longue et une petite table en bambou. De quoi prendre le soleil sans être dérangée. Malgré tous ces changements, je dois admettre que cette chambre me plaît bien. Enfin, elle me plaira quand je l'aurai agrémentée de ma touche personnelle.

— Je te laisse t'installer, prends ton temps, dit Anna en souriant. On ne mangera que dans une heure ou deux.

Encore une fois, je hoche la tête, sans rien dire. Je pense que je vais avoir besoin d'un peu de temps avant de réellement engager la conversation avec elle. D'habitude, je suis toujours très à l'aise avec Anna, mais les circonstances font que je réfléchis à tellement de choses à la fois que j'ai du mal à aligner deux mots, alors former des phrases et suivre une conversation, c'est encore autre chose.

Sans plus de cérémonie, elle quitte la pièce en laissant la porte ouverte. Je soupire, et entreprends machinalement d'ouvrir ma première valise et de ranger mes affaires. Le cœur serré, je dis adieu à mon ancienne vie à mesure que je la vide.

3 – Lena

Alors que je range mes robes dans la penderie, je me surprends à observer mes vêtements comme si je les découvrais pour la première fois. Ma mère me disait toujours que j'avais un look de geek, mais je me rends compte seulement maintenant à quel point elle avait raison. Si je veux survivre en Californie, je vais devoir renouveler ma garde-robe, surtout que je n'ai presque pas d'affaires avec lesquelles supporter une chaleur pareille.

Une fois tous mes vêtements bien à leur place, je m'attaque à mes livres. Ils ont pris une valise entière, accompagnés de quelques photos. J'en pose une de ma mère et moi, placée dans un cadre, sur la table de chevet, ainsi qu'une autre d'Anna et moi le jour de mon cinquième anniversaire, quand elle m'a offert mon premier livre. J'étais très avancée pour mon âge et je savais déjà lire toute seule, ce qui avait toujours eu tendance à sidérer ma mère, elle qui n'a jamais été une très bonne élève. Sur la photo, je suis assise sur les genoux de ma tante, le premier tome d'Harry Potter dans les mains, un sourire fier sur le visage.

Je laisse ce sentiment de nostalgie m'envahir tout en rangeant mes livres, suivant un classement alphabétique des noms d'auteurs. Rapidement, cette chambre trouve quelques couleurs, mais ces draps blancs ne me conviennent pas. Il faut que demande à Anna si elle sait où je pourrais en trouver d'autres, plus colorés. À New

York, les murs de ma chambre avaient été peints en violet, un choix que j'avais fait lorsque nous avions emménagé à mes quatre ans. Je n'ai jamais regretté cette décision, même si la pièce avait, à mon départ, toujours l'aspect d'une chambre de petite fille.

J'ai du mal à croire que c'était il y a quelques heures seulement. J'ai l'impression qu'une vie entière vient de défiler devant mes yeux sans que je ne m'en aperçoive. Une fois mes affaires rangées, je me mets à rêvasser en regardant dehors, observant les vagues s'échouer sur le sable. Ça faisait longtemps que je n'avais pas vu l'océan. Tout semble si paisible, à l'extérieur. Alors qu'à l'intérieur de moi, les derniers mots que ma mère m'a adressés se livrent une bataille sans merci avec mon instinct de fille réservée. Doucement je tire la lettre de ma poche arrière et, après y avoir jeté un autre coup d'œil, je me décide à la ranger dans le tiroir de ma table de chevet. Je me promets de ne plus y toucher avant un moment, de faire ce que ma mère voulait que je fasse : vivre ma vie, pleinement et sans regret. Sortir de ma coquille.

Je m'efforce de ne plus penser à rien en descendant les marches qui mènent au salon, pour rejoindre la cuisine. Celle-ci est fonctionnelle et immaculée, tout le contraire de celle que je partageais avec ma mère.

— Ah, tu es là !

Je sursaute en entendant ma tante entrer dans la pièce. Mais d'où vient-elle, bon sang ? Elle se téléporte ou quoi ?

— Excuse-moi, je ne voulais pas te faire peur ! dit-elle en riant légèrement. Tu es bien installée ?

J'acquiesce sans rien ajouter, et tente de voir d'où elle a bien pu débarquer, car elle ne vient pas du salon. Je remarque alors une porte entrouverte derrière elle. Probablement une pièce que je ne connais pas encore.

— Tu as faim ? C'est bientôt prêt, je pense. Monica m'a dit de simplement le réchauffer quelques minutes…

— Tu ne cuisines pas ? demandé-je alors que je devine déjà la réponse.

— Oh non, très peu pour moi ! dit-elle en levant les mains. Ta mère et moi, on est pareilles sur ce point. Je n'ai pas le temps de toute façon. Et puis, Monica fait les meilleurs repas du monde, je ne pourrai plus jamais m'en passer. Et toi non plus, tu verras !

Je souris. Je sais qu'elle essaie de me remonter le moral et de me changer les idées, mais je vais sans doute mettre quelques jours avant de tenir véritablement mes nouvelles résolutions, voire même quelques semaines. Avec quelques gestes mécaniques et rapides, elle dresse la table pour nous deux sur l'îlot central, et j'entreprends de l'aider à découper le rôti. Il est vrai que tout ça sent divinement bon. Anna sort un plat à salade du frigo et, sans plus un mot, nous mangeons. Elle a raison, c'est probablement le rôti le plus délicieux que j'aie jamais mangé. Monica a un véritable talent et j'ai hâte d'en découvrir toute l'étendue.

— Tu as prévu quelque chose, demain ? demande Anna alors que nous remplissons le lave-vaisselle.

— Euh… pas vraiment, dis-je en haussant les épaules. Je pensais explorer les environs, peut-être faire un peu de shopping pour ma chambre.

— Je peux prendre mon après-midi, si tu veux, dit-elle. Je peux t'accompagner.

— Ne t'en fais pas, réponds-je en souriant légèrement. J'aime bien faire les courses toute seule, je me débrouillerai.

Elle me sourit d'un air entendu mais je soupçonne une lueur d'inquiétude dans son regard. Je n'ai pourtant pas menti, j'aime faire mon shopping seule. Je n'ai jamais eu besoin de personne pour ça, je ne veux surtout pas qu'elle pense que j'aie besoin qu'elle soit là pour moi vingt-quatre heures sur vingt-quatre. Elle a son travail et je sais combien ça lui coûte de devoir le laisser de côté, même pour accompagner son orpheline de nièce pendant une après-midi shopping. Anna referme le lave-vaisselle et me surprend soudain en me prenant par les épaules, plantant son regard dans le mien.

— Écoute, dit-elle, visiblement mal à l'aise. Je sais que je ne suis pas douée pour ça… pour te réconforter ou faire ce que tu as besoin que je fasse en ce moment. J'ai moi-même encore du mal à… accepter la chose. Même si je ne le montre pas. C'est juste que… je suis comme ça, j'ai du mal à extérioriser. Mais je veux que tu saches que je suis là pour toi si tu veux parler, ok ? De quoi que ce soit.

Je hoche doucement la tête et elle me prend dans ses bras. Je savoure cet instant autant que je le peux, ferme les yeux en respirant son odeur si familière. Elle ressemble tellement à ma mère, parfois, que c'en est déroutant.

Dehors, le soleil descend lentement vers l'horizon, derrière l'océan, et offre une vue absolument incroyable, teintant le ciel de rose et d'orange. Je me détache doucement de ma tante qui me sourit d'un air qui se veut rassurant. Elle me confie qu'elle a encore un peu de travail à finir et que je serai probablement déjà couchée depuis longtemps lorsqu'elle aura terminé. Elle me souhaite donc une bonne nuit et je me retire dans ma chambre.

Je me glisse entre mes draps propres et entreprends de lire un peu, mais après plusieurs minutes, je me rends compte que je ne fais que lire la même phrase. J'abandonne et laisse le décalage horaire gagner. Je tombe de fatigue et n'ai aucun mal à m'endormir malgré le bruit des vagues au-dehors. Ce bruit étranger auquel, je l'espère, je finirai par m'habituer.

Le lendemain matin, quand j'ouvre les yeux, mon réveil indique neuf heures et demie. C'est assez inhabituel pour moi, de me lever aussi tard : d'habitude, je suis déjà debout à sept heures trente, même le week-end, ce qui a toujours eu le don d'exaspérer ma mère. Il faut croire que la chaleur et la fatigue ont eu raison de moi. Je me redresse dans mon lit et observe la plage par la fenêtre. Quelques personnes s'y baladent déjà. Sans plus attendre, je me lève en balançant ma couette à l'autre bout du lit et me décide à prendre une douche. J'ai une salle de bains pour moi toute seule et je dois dire que ce genre de luxe me plaît beaucoup. J'y accède directement depuis ma chambre : elle est petite, mais elle me convient parfaitement. L'eau chaude me fait du bien et chasse les dernières traces de mes rêves.

J'opte pour le seul short en jean que je possède et un simple débardeur noir. Je suis un peu mal à l'aise, habillée comme ça : je n'ai pas l'habitude de montrer autant de peau, surtout que je suis blanche comme un cachet d'aspirine. Autrement dit, pas du tout assortie à la peau bronzée des Californiens. Je me regarde un instant dans le miroir. Je ne suis pas grosse, mais pas mince non plus. Ma mère me répétait toujours que mes formes étaient bien là où il fallait qu'elles soient et que j'étais parfaite comme ça. Moi, je trouve surtout que mes seins sont trop gros et mes hanches trop larges. Mon visage, lui, est fin, et on peut facilement y déceler quelques taches de rousseur autour de mon nez. Mes yeux chocolat sont identiques à ceux de ma mère, et mes cheveux bruns sont longs, très longs : je ne les coupe que très rarement et j'aime comme ils tombent dans mon dos, malgré le fait qu'ils soient lisses et si fins que je ne peux jamais rien en faire. Après les avoir démêlés, j'abandonne l'idée de les attacher.

Je fais rapidement mon lit et j'attrape mon sac fourre-tout que je remplis avec mon portefeuille, de l'écran total et des lunettes de soleil. J'enfile une paire de baskets blanches, et descends les marches pour rejoindre la cuisine.

Je sursaute légèrement en apercevant Monica derrière l'îlot central, en train de s'affairer à préparer des pancakes. Ça sent bon. J'avais simplement prévu d'attraper une pomme et de m'éclipser, mais soit. Je peux bien manger quelque chose.

— Bonjour, Mademoiselle Lena, s'exclame-t-elle. Vous avez bien dormi ?

— Oui, merci, dis-je en m'asseyant à l'autre bout du bar. Et c'est Lena… juste Lena.

— Bien sûr, dit-elle en me souriant.

Je la regarde faire. Elle semble mettre tout son cœur dans ce petit déjeuner. Alors qu'elle s'affaire à cuire les pancakes dans une poêle, je sens quelque chose de poilu se frotter contre ma jambe. Ronny est assis à côté de moi, haletant fortement comme s'il venait de courir un marathon.

Ça existe, les marathons pour chien ?

— Tu es levée, c'est bien ! dit soudain ma tante en entrant dans la pièce. Ça sent bon ici !

Anna est en tenue de sport et transpire de partout. Elle semble revenir de son jogging matinal. Voilà donc comment elle garde cette ligne impeccable que je lui ai toujours enviée, depuis la puberté.

— Je croyais que tu étais déjà partie bosser ?

— J'ai décidé de commencer un peu plus tard, aujourd'hui !, dit-elle. Je vais prendre une douche rapide, garde-moi des pancakes !

Je ne sais pas si elle s'adresse à moi ou à Monica, mais je hoche tout de même la tête en souriant timidement. Elle disparaît dans la cage d'escalier, je me tourne à nouveau vers Ronny qui me regarde avec envie. Il a sans doute accompagné sa maîtresse pour son jogging. J'ai du mal à décoder son langage, mais Monica me devance en lui servant une gamelle pleine de croquettes.

— Tiens mon grand, régale-toi, dit-elle avant de se tourner vers moi. Je vais vous servir votre petit-déjeuner !

— Oh, ne vous dérangez pas…, je balbutie.

— Pas de chipotage avec moi, dit-elle en chargeant une assiette d'une montagne de pancakes. Tenez !

Je la remercie et attaque mon repas sans broncher. Bon Dieu, c'est divin ! Je me demande comment j'ai fait pour me nourrir correctement pendant toutes ces années.

Quelques minutes plus tard, alors que j'attaque ma dernière crêpe, Anna refait son apparition pour le plus grand plaisir de

Ronny, qui remue la queue en la voyant arriver. Ma tante lui gratte affectueusement la tête avant de s'asseoir à côté de moi. Monica pose une pile de pancakes devant elle et elle la remercie la bouche déjà pleine, ce qui m'arrache un sourire.

— Tu es sûre que tu ne veux pas que je t'accompagne aujourd'hui ? me demande-t-elle.

— Sûre et certaine. Je vais me débrouiller.

— Comme tu veux, dit-elle. Mais avant que tu partes, j'ai quelque chose à te montrer.

Je hoche la tête, curieuse de savoir ce qu'elle m'a préparé. Je m'enfile un grand verre de jus d'orange en quelques gorgées et tapote mon ventre tendu en m'appuyant sur le meuble, ce qui fait légèrement sourire Monica d'un air amusé. Celle-ci continue à s'affairer çà et là dans la cuisine, me jetant quelques coups d'œil en coin, comme pour s'assurer que je ne vais pas m'effondrer dans une mare de larmes d'une minute à l'autre. Ça commence à me mettre mal à l'aise. Je me tortille sur mon siège le temps qu'Anna termine son repas, puis elle m'entraîne dehors après avoir attrapé son sac à main. Le soleil me brûle la peau et je me félicite intérieurement d'avoir pensé à prendre de la crème. Ma tante sort une télécommande de son sac à main et ouvre le garage. À l'intérieur, une jeep noire est parquée, et à côté se trouve une autre voiture plus petite, d'un gris métallisé. Cette dernière a l'air flambant neuve, et c'est vers celle-ci que ma tante se dirige. Anna ouvre la portière avant et attrape quelque chose dans la boîte à gants avant de me tendre l'objet mystérieux d'une main.

— Voilà pour toi, dit-elle.

— Tu m'as... tu me donnes une voiture ? je demande, ahurie.

Je prends ce qu'elle me tend : des clés. C'est bien ça, elle me donne une voiture. Elle sourit devant mon air ébahi.

— C'est exact, dit-elle. Tu ne vas quand même pas te balader à pied tout le temps ! Je sais que tu as déjà le permis mais j'imagine que tu n'en as jamais eu besoin, à New York.

— Non, en effet, je marmonne. Mais c'est... c'est beaucoup trop.

— Ne t'en fais pas, dit-elle en haussant les épaules. Sois prudente c'est tout. Et appelle-moi si tu es perdue ! Ah ! Et attends...

Elle fouille dans son sac et sort une liasse de billets qui me laisse les yeux ronds. Il y en a au moins pour trois cents dollars, là-dedans !

— Je ... je n'ai pas besoin de tout ça, dis-je en secouant la tête.

— Allez, prends-les, dit-elle en me les fourrant dans les mains. On ne sait jamais.

J'ai tendance à oublier que ma tante est pleine aux as. Son boulot lui rapporte pas mal d'argent et je n'ai pas l'habitude de vivre de cette façon. J'ai toujours eu à faire attention à mes dépenses et à ne rien acheter d'inutile, et je doute que cette habitude change de sitôt. Mais Anna ne pense pas comme ça, il n'y a qu'à voir sa maison. Elle est seule, et pourtant, il y a de la place pour dix là-dedans.

Je la vois soudain regarder sa montre.

— Il faut que j'y aille, mais appelle-moi si tu changes d'avis et si tu veux qu'on se retrouve plus tard ! s'exclame-t-elle en se dirigeant vers sa jeep.

— D'accord, ai-je à peine le temps de répliquer.

Déjà, elle fait rugir le moteur de sa voiture, et après un petit signe de la main que je lui rends, elle quitte le garage en trombe et descend l'allée pour disparaître sur la route.

La voiture qu'Anna m'a offerte est petite, idéale pour la ville. Je m'installe sur le siège conducteur et remarque qu'elle sent encore le neuf. Je pose mon sac sur le siège passager et fais tourner la clé dans le contact. Elle émet un léger ronflement. En fouillant dans la boîte à gants, je trouve une petite télécommande que j'identifie comme celle qui ouvre et ferme la porte du garage. Conduisant prudemment pour en sortir, je teste ma théorie qui se révèle juste. La porte se referme lentement derrière moi, et je me mets en route.

J'allume la radio histoire de ne penser à rien. Je n'ai plus conduit depuis que j'ai passé mon permis il y a un an. Ma mère a insisté, parce qu'à l'époque, elle était déjà malade et voulait s'assurer que je ne manquerais de rien si je me retrouvais seule. Encore une fois, elle a eu raison.

En essayant de faire fonctionner le GPS, je remarque qu'Anna a déjà préenregistré quelques adresses, dont celle de chez elle et de son bureau. Je trouve rapidement celle du centre commercial. C'est là que je découvre le côté prévoyant de ma tante, une qualité que je ne lui connaissais pas. Un sourire pensif étire mes lèvres à l'idée que j'aie encore plein de choses à découvrir à son sujet. Elle ressemble plus encore à ma mère que je ne le pensais.

Je ne mets pas dix minutes à arriver. L'endroit est déjà plein à craquer mais la plupart des gens qui s'aventurent de ce côté de la ville sont des touristes en quête de découvertes et de bonnes affaires. Le bâtiment détonne un peu dans le paysage : il jure avec les petites boutiques de souvenirs aménagées dans des maisonnettes identiques aux cottages que j'ai pu apercevoir en arrivant hier soir. Cette ville a un charme assez particulier que je commence à apprécier. Même si elle est différente de New York, cette ville qui bouge sans arrêt dans tous les sens et qui ne dort jamais. Littéralement jamais.

Je trouve rapidement une place dans le parking et m'assure de ne rien oublier. J'ai fait une liste de ce que je compte me procurer aujourd'hui : quelques vêtements plus légers, une lampe pour le bureau, un maillot – même si je ne suis pas certaine d'avoir l'occasion, ou le cran, de l'utiliser – et quelques bibelots pour décorer ma chambre. Je me dirige vers l'entrée, bien décidée à en finir avant la fin de la matinée.

L'endroit n'est pas très grand comparé à ceux que l'on peut trouver dans la Grosse Pomme, mais toutes les grandes marques que je connais sont là. Il y a également un coin repas au premier étage, ce qui va sans doute s'avérer utile aujourd'hui. Je me mets en quête d'une vitrine qui attirerait mon regard en arpentant les étages. J'entre dans un magasin de vêtements assez prometteur et ne mets pas longtemps avant de dénicher quelques tenues appropriées. Je dois me rappeler que je ne suis plus à New York, et qu'ici, il fait beau 90% du temps. Je complète donc ma collection de shorts et de débardeurs, en restant fidèle à mon look simpliste. Mes bras chargés de toutes les fringues que j'ai dénichées, je tente de me diriger vers la caisse. Pas de chance : quelqu'un me rentre dedans de plein fouet et j'atterris sur les fesses, mes précieuses trouvailles éparpillées autour de moi. Relevant la tête, je m'aperçois que la fille qui m'a bousculée est dans le même état que moi.

— Oh ! Je suis désolée, pardon, dit-elle en se relevant. Je ne regardais pas où j'allais. Tu vas bien ?

— Ça va, dis-je en attrapant la main qu'elle me tend pour m'aider à me relever.

Nous entreprenons de ramasser nos affaires respectives et j'en profite pour l'observer plus en détail. Elle a l'air d'avoir à peu près le même âge que moi, sauf qu'elle est complètement différente : ses cheveux d'un rouge flamboyant me frappent en premier. Ils sont un peu plus courts que les miens et ses racines révèlent un blond si clair qu'il serait presque blanc. Elle porte un débardeur noir avec des trous çà et là, et un short en jean assorti et déchiré par endroits. Ses bas résille sont également troués aux genoux, et ses Dr. Martens noires complètent son look. Ses bras sont recouverts de tatouages, ainsi que son décollecté et le côté droit de son cou. Elle porte également plusieurs piercings aux oreilles, ainsi qu'un dernier à la narine gauche. Ses yeux, aussi bleus que l'océan et rehaussés par son maquillage smoky, s'accrochent au mien alors qu'elle me sourit. Elle est d'une beauté éclatante, et son air jovial ne fait qu'ajouter à son charme.

— Je m'appelle Heather, dit-elle.

— Lena.

— C'est la première fois que je te vois dans le coin ! s'exclame-t-elle en serrant ses vêtements contre sa poitrine. Tu passes les vacances ici ?

— Non, je… enfin, oui, si on veut, je balbutie.

Elle hoche la tête d'un air entendu, et ouvre la bouche pour ajouter quelque chose. Elle est cependant interrompue par une voix masculine dans son dos.

— Heather, putain, magne-toi !

Elle tourne la tête et je suis son regard vers un groupe composé de deux garçons et d'une autre fille. Jamais je n'aurais pensé croiser autre chose que des surfeurs sur cette côte mais, visiblement, les punks trouvent aussi leur place en Californie.

Je croise le regard de l'un d'eux et me fige. Il me toise de la tête en bas, il semble en colère. Ce n'est pas lui qui a crié. Il se tient un peu en retrait par rapport aux deux autres qui semblent se tenir dans les bras comme s'ils avaient peur que l'autre ne disparaisse. Son regard me cloue sur place et je peux, d'ici, remarquer la couleur de ses yeux : d'un vert profond, sombre. Il est terriblement beau avec ses cheveux noirs en bataille. Je ne peux détourner mon regard une seule seconde. Lui aussi est tatoué, ses bras sont recouverts d'encre mais je suis un peu trop loin pour discerner s'il en porte ailleurs.

— J'arrive ! crie Heather avant de se tourner à nouveau vers moi. Si tu veux, il y a une fête ce soir au bar de la plage. C'est pas loin, tu n'as qu'à venir y faire un tour !

— Ok, dis-je en haussant les épaules.

Je me tire de ma contemplation de force et assimile ce qu'elle vient de me proposer. Je suis certaine de ne pas y aller, mais bon, autant ne pas la froisser. Elle a l'air gentille. Contrairement à celui qui me détaille toujours de son regard de braise. Je commence à sentir le malaise me gagner, et Heather me sauve en me saluant et en retournant vers le trio. Je soutiens le regard de l'Apollon encore quelques secondes, refusant de me laisser démonter, jusqu'à ce qu'il se détourne pour suivre ses amis.

Je frissonne légèrement. Pourquoi me regarde-t-il comme ça, avec autant d'insistance ? Il n'a pas l'air commode. J'eus du mal à me le sortir de la tête, même alors que je poursuis mon chemin vers la caisse pour régler mes achats.

Finalement, après plusieurs heures de shopping, je décide de faire une pause pour manger un morceau. Je me décide pour un bon vieux hamburger avec un paquet de frites.

Une fête sur la plage. Non, dans un bar sur la plage. Étrange. Un bar sur une plage. Ils sont bizarres, ces Californiens.

En y repensant, peut-être que ça pourrait me plaire. Et ça ne peut pas me faire de mal d'essayer de me socialiser un peu. Cette Heather avait l'air quand même vachement sympa. C'est peut-être une bonne idée de me changer les idées, et de rencontrer du monde pour ne pas broyer du noir pendant deux mois. Oui, la nouvelle Lena peut bien aller faire la fête.

Et puis, rien ne m'oblige à rester longtemps, pas vrai ? Je pourrais toujours retourner dans ma chambre et lire un bon bouquin si la soirée s'avère nulle.

Après réflexion, je me dis que ce n'est peut-être pas une si mauvaise idée. C'est l'occasion d'explorer ce que la nouvelle moi pourrait aimer faire. L'occasion d'avancer, de penser à autre chose.

J'irai à cette fête, c'est décidé.

4 – Lena

Il est un peu moins de 15h quand je rentre chez ma tante. La maison est calme, seul Ronny m'accueille chaleureusement à l'entrée. Il semble s'être déjà habitué à ma présence. Moi, j'ai encore du mal à réaliser que je suis ici presque de façon permanente à présent. Alors que je m'apprête à gravir les escaliers, les bras chargés de mes trouvailles, je vois Monica descendre un panier rempli de linge sale.

— Oh, Lena ! s'exclame-t-elle. Vous êtes rentrée. Votre shopping s'est bien passé ?

— Oui, me contenté-je de répondre avec un faible sourire.

— Voulez-vous que je vous aide à ranger vos affaires ? demande-t-elle en atteignant la dernière marche.

J'hésite un instant. Un peu de compagnie me ferait peut-être du bien, après tout ? Je n'ai jamais eu besoin de personne pour discuter, mais je sens que le poids qui repose sur mon cœur se fait de plus en plus lourd et le sourire bienveillant de Monica appelle à la confiance. Je ne veux pas la décevoir, ni la rejeter plus longtemps. Même si son regard empreint de compassion m'agace.

— Pourquoi pas, dis-je en haussant les épaules.

— Très bien ! s'écrie-t-elle en posant le panier à linge en bas de l'escalier. Allons-y !

Quelques instants plus tard, je suis assise sur mon lit et j'observe cette petite dame enrobée ranger mes nouveaux vêtements et les quelques bibelots que j'ai pu trouver chez Target. Elle a insisté pour que je la laisse faire, alors je me contente de l'interroger sur sa vie, sur comment elle a atterri ici, chez Anna.

— Votre tante m'a engagée il y a cinq ans, quand elle a acheté la maison, dit-elle en rangeant mes nouvelles robes d'été dans la penderie. Je n'ai jamais eu une patronne aussi gentille et aussi peu exigeante, Madame Anna est un ange tombé du ciel.

— Vous avez des enfants, vous ? je demande.

— Oh oui, dit-elle en soupirant. Ma fille aînée a à peu près votre âge, et puis mon fils a tout juste quinze ans. *Gracias mi Dios,* ils sont en bonne santé et très bons à l'école. Ma Alejandra a été acceptée à UCLA, vous savez ! Je suis tellement fière…

En l'écoutant, je ne peux m'empêcher de verser une larme. Elle a l'air tellement aimante et… maternelle. Elle me rappelle ma mère, en moins bruyante et avec un accent mexicain impossible à ne pas remarquer. Quand elle se tourne vers moi et me voit pleurer, son sourire disparaît immédiatement et elle se précipite vers moi pour s'asseoir sur le lit à son tour. Elle m'entoure de ses deux bras épais et bronzés, et je ne peux m'empêcher de me laisser aller contre elle.

— Oh, *mi bonita*, je suis désolée, dit-elle en me frottant le dos.

— Elle… elle me manque tellement, je murmure dans un sanglot.

— Je sais, dit-elle. Mais vous savez, elle veille sur vous de là-haut, vous êtes en sécurité ici.

Nous restons ainsi pendant de longues minutes. Cela fait longtemps que je n'ai pas ressenti le besoin qu'on me prenne dans ses bras, qu'on me réconforte de la sorte. D'habitude, je me contente de contenir mes émotions le plus possible. Mais aujourd'hui, j'en ai assez. Je suis heureuse que Monica soit là, avec moi. Elle est gentille et j'aime l'écouter parler. Soudain, j'oublie tout ce qui a pu m'agacer chez elle. Je suis convaincue qu'elle deviendra une très bonne amie.

— Séchez donc ces larmes, Lena, dit-elle en se redressant, ses mains sur mes épaules. Je vais vous préparer un thé glacé.

— Merci, reniflé-je.

Elle se lève en m'adressant un sourire bienveillant que je lui rends, puis disparaît dans le couloir. Toutes mes affaires sont rangées et alors que je suis sur le point de rejoindre Monica dans la cuisine, je me surprends à repenser à cette fête dont m'a parlé Heather. Je ne sais rien de ces gens et pourtant, plus j'y pense, plus je suis pressée de me préparer pour y aller. Même si la soirée s'avère ennuyeuse, je pourrai au moins me changer les idées.

Un verre de thé glacé bien froid entre mes mains, je m'assois dans le canapé en cuir noir face à la baie vitrée qui donne sur la plage. Il y a un peu de monde mais pas autant que je le pensais. Je commence à me demander si ce bar dont Heather m'a parlé est loin d'ici. Je décide d'interroger Monica sur le sujet.

— Un bar ? demande-t-elle en écarquillant les yeux. Eh bien, oui, il y a le bar de la plage, là où les jeunes font la fête, à deux kilomètres. C'est toujours plein de voyous le samedi soir ! Vous ne devriez pas vous risquer là-bas.

Je n'ajoute rien. Sans doute fait-elle référence à ces gens tatoués et percés de partout que j'ai croisés dans le centre commercial. Ma mère me disait toujours de ne jamais juger les gens trop vite, surtout pas sur leur apparence, et je décide de l'écouter. Jusqu'ici, elle ne m'a jamais donné de mauvais conseils, je ne vois pas pourquoi ils ne seraient plus valables maintenant.

Quelques heures plus tard, Anna rentre à la maison, un air préoccupé déformant ses traits. Sans doute a-t-elle eu une journée difficile. Elle m'adresse un faible sourire et disparaît dans son bureau sans un mot. Quand je vois Monica dresser la table pour une personne, je comprends qu'Anna ne dînera pas avec moi ce soir. Raison de plus pour sortir, je n'ai pas très envie d'être seule. J'en suis la première étonnée, mais je crois que cette histoire de nouvelles résolutions, nouvelle moi, commencent à vraiment s'intégrer dans mon esprit.

Je me dépêche d'avaler les sandwichs au poulet que Monica a confectionné avant de monter me préparer. Pendant tout le dîner, elle m'a jeté des regards en coin, visiblement inquiète suite à mes interrogations sur le bar. Il va falloir qu'elle arrête, avec tous ces regards en coin. Je suis adulte, j'ai bien le droit de prendre des risques de temps en temps. Et puis, elle ne me connaît pas vraiment : si c'était le cas, elle me pousserait dehors, comme ma mère l'aurait probablement fait.

Je monte me préparer et troque ma tenue du jour pour une petite robe blanche légère. Je ne sais pas trop quel est l'uniforme exigé pour ce genre de soirée et, au vu des tenues qu'arboraient Heather et ses amis tout à l'heure, je me dis que quoique je décide de porter, je ferai de toute manière tache dans le décor.

Histoire de faire les choses bien, je décide de prévenir Anna de mon absence ce soir. Je frappe doucement à la porte de son bureau devant laquelle Ronny était couché. Quand j'approche, il se redresse, remuant la queue et appuyant son museau contre la porte. J'entends la voix de ma tante de l'autre côté, m'intimant d'entrer. Quand j'ouvre la porte, je découvre une large pièce, encore une fois impeccablement blanche. Ma tante est assise derrière un grand bureau en verre, face à un écran d'ordinateur aussi large que la télé que j'avais à Brooklyn. Elle a l'air fatiguée .

— Je… je voulais juste te prévenir que je sors ce soir, dis-je.

— Ah, vraiment ? s'étonne-t-elle. Eh bien, amuse-toi bien alors. Tu as ton portable avec toi ?

Je hoche la tête, et elle sourit. Elle ne semble pas s'inquiéter outre mesure, bien qu'elle me connaisse plus que Monica et que son étonnement soit tout à fait justifié. Mais elle doit sans doute se dire que c'est bon pour moi, ce que je commence à penser aussi.

Ronny me bouscule légèrement pour entrer dans le bureau et s'installer dans un panier avec son nom brodé dessus. Il tourne plusieurs fois sur lui-même avant de s'allonger, la langue pendante en observant sa maîtresse. Je souris une dernière fois à ma tante avant de lui souhaiter bonne nuit et de refermer la porte. Elle plonge à nouveau dans son travail sans plus un mot.

Quelques minutes plus tard, j'avance sur la plage, mes baskets en main, dans la direction que m'a indiquée Monica. Je ne mets pas longtemps avant de croiser des jeunes qui rient et semblent prêts à faire la fête. Il est un peu plus de vingt heures et, déjà, nombre d'entre eux ont l'air d'avoir un peu trop bu. Je commence à hésiter, mais décide tout de même de continuer un peu plus loin. J'aperçois enfin le bar dont Heather m'a parlé. De là où je suis, on peut entendre sans mal la musique bruyante et rythmée qui en provient. C'est un genre de hard rock, si je ne me trompe pas. Je ne suis pas habituée à ce genre de musique mais soit, c'est écoutable. Quand enfin j'atteins le plancher de bois qui entoure la petite bâtisse, je m'attends à voir tout un tas de gens qui ressemblent à Heather ou ses amis, mais la plupart sont habillés comme moi : les filles en robes d'été ou en shorts, les garçons en tongs et en chemise ouverte. L'ambiance est à son comble et en avançant un peu plus parmi les gens, je remarque une scène dans le fond de la pièce, sur laquelle un groupe se déchaîne et anime la foule. L'endroit n'est pas aussi grand que je le pensais : il doit y avoir une cinquantaine de personnes, grand maximum. Le bar occupe tout le côté droit de la pièce et une grande partie du bâtiment est à ciel ouvert. Il n'est pas difficile de remarquer que cet endroit sert les mineurs, car la plupart des visages que je croise ne sont pas beaucoup plus âgés que moi.

J'avance un peu plus en direction de la scène, essayant de repérer un visage familier. J'observe le groupe et reconnais le guitariste comme celui qui a interpellé Heather dans le centre commercial ce matin. Ses cheveux roux se balancent au rythme de la musique alors qu'il se concentre sur ses doigts qui arpentent le manche. Il s'avance vers le micro et se met à chanter d'une voix rocailleuse qui sonne plutôt bien à mes oreilles. Je ne reconnais pas le bassiste, qui semble se balancer de droite à gauche comme un mort vivant, le regard rivé sur le manche de son instrument. Lorsque mon regard dévie sur le garçon assis derrière la batterie, mon sang ne fait qu'un tour et je me fige sur place. Ces cheveux noirs en bataille qui se balancent dans tous les sens, ces tatouages… il lève les yeux et mes doutes se confirment lorsque deux billes d'un vert profond me toisent des pieds à la tête. Il semble surpris, mais continue tout de même à jouer sans me quitter des yeux une seule seconde. Il porte un débardeur noir qui laisse entrevoir ses épaules musclées. La sueur perle sur son front, quelques gouttelettes s'échappent de ses cheveux pour venir s'écraser dans son cou et sur sa poitrine, et baguettes en main, il se déchaîne sur les toms, méthodique, rapide et visiblement dans son élément. Je n'ai jamais rien vu de pareil auparavant. C'est hypnotique, et j'ai du mal à détacher mes yeux de lui.

Je suis tirée de ma contemplation lorsqu'une main se pose sur mon épaule derrière moi. Je fais volteface, pour apercevoir le sourire éclatant de Heather qui me prend soudain dans ses bras. Je me raidis, je ne savais pas que nous en étions déjà à ce stade.

— Tu es venue, c'est génial ! s'exclame-t-elle par-dessus la musique. Bienvenue chez Lars.

— Lars ? je l'interroge.

— C'est le nom du boss, dit-elle en haussant les épaules. Il n'a pas trouvé mieux pour nommer son bar. Mais c'est génial, ici, tu verras. J'y bosse en journée pour les touristes.

Je hoche la tête et regarde autour de moi. Peut-être devrais-je boire quelque chose ? Heather semble lire dans mes pensées et me prend par la main pour m'entraîner vers le bar, derrière lequel un homme qui semble entamer sa trentaine s'affaire à servir tout le monde. Il pose les yeux sur Heather et sourit de toutes ses dents. Sa barbe de trois jours lui confère un style paresseux qui lui va plutôt bien et ses cheveux bruns coupés courts rajoutent à son look plutôt simple. Son t-shirt blanc moule parfaitement ses muscles, preuve qu'il doit probablement passer la plupart de son temps libre à la salle de sport.

— Lars ! l'interpelle Heather. Tu sers quelque chose à ma nouvelle copine ?

— Bien sûr, dit-il. Qu'est-ce qu'elle voudrait boire, la demoiselle ?

—Juste un coca, l'intimé-je.

Il sourit, et je ne sais dire si c'était pour se moquer de moi ou simplement par politesse. Il me sert ma boisson dont je bois une gorgée en me léchant les lèvres. Heather commande une bière qui ne se fait pas attendre, et se tourne vers moi, son gobelet rouge à la main.

— Comment tu trouves le groupe ? demande-t-elle.

— Ils sont… pleins d'énergie, dis-je en posant à nouveau mon regard sur le batteur.

Celui-ci baisse les yeux à la seconde où je croise son regard, comme s'il venait d'être pris sur le fait.

— Je trouve aussi, répond Heather en hochant la tête d'un air sérieux. Ils jouent ici tous les samedis.

Mon regard dévie sur le public qui se trémousse devant la scène. Je repère une chevelure de jais qui ne m'est pas tout à fait inconnue : je reconnais en effet la fille qui était accrochée au chanteur ce matin, au centre commercial. Heather semble remarquer mon regard et encore une fois, lit dans mes pensées en répondant à ma question.

— C'est leur groupie, dit-elle. Enfin, pour l'instant elle est à fond sur Jared, mais elle les a tous faits.

— Comment ça ? je demande en fronçant les sourcils.

— Bah, c'est la meuf du groupe, tu vois ? Ou au moins l'une d'entre elles, dit-elle d'un air moqueur.

Vu la tête d'Heather, elle ne semble pas approuver les choix de cette fille. Et je me demande pourquoi elle me raconte ça. Souhaite-t-elle me mettre en garde ? Vu le regard que m'adresse toujours le batteur, je commence me demander si je ne vais pas être la cible de représailles féminines malgré moi. Je ne parviens pas à concevoir qu'une fille puisse passer d'un mec à l'autre comme ça, mais bon, chacun est libre de faire ce qu'il veut.

— Alors, Lena, dit-elle soudain. Parle-moi de toi, tu viens d'où ?

— Brooklyn, je réponds du tac au tac.

— Waouh, c'est pas la porte à côté ! s'exclame-t-elle. Qu'est-ce que tu viens foutre dans ce coin paumé ?

— Je…

Je m'interromps, cherchant une réponse qui ne risque pas de jeter à froid à la première vraie conversation que j'ai avec quelqu'un de mon âge depuis deux semaines. Je ne peux décemment pas lui dire toute la vérité. Je décide alors de n'en révéler qu'une très petite partie.

— Je suis venue tenir compagnie à ma tante pendant l'été, dis-je en haussant les épaules.

— C'est cool, dit-elle en hochant frénétiquement la tête. Elle est genre… vieille ?

Je ne peux m'empêcher de rire. Rire franchement. Et ça fait du bien.

— Non, dis-je en secouant la tête. Pas si vieille que ça.

Elle sourit, ne comprenant sûrement pas pourquoi je ris autant. C'est à ce moment-là que le groupe termine son morceau, par un roulement à la batterie qui me fait frissonner légèrement alors que je pose à nouveau mon regard sur le musicien. Le chanteur salue le public en délire, et j'accompagne Heather dans ses applaudissements. Le groupe annonce qu'il va faire une pause et j'aperçois Lars, du coin de l'œil, en train de brancher une sorte de stéréo qui semble avoir déjà bien vécu, pour passer de vieux CD. Un morceau de Muse que je connais envahit la pièce, et je hoche la tête en rythme, chantonnant les paroles du bout des lèvres.

Our time is running out

And our time is running out

You can't push it underground

We can't stop it screaming out…

Muse était le groupe préféré de ma mère, et évidemment, un des miens aussi. Elle écoutait parfois tout un album, le volume à fond dans la cuisine en train de danser comme un manche à balai. Cette chanson résonne en moi … Elle me rappelle le temps qui s'est écoulé si vite dès que maman est tombée malade. Je n'ai rien pu faire pour l'empêcher de filer entre mes doigts, et pourtant, j'aurais fait n'importe quoi pour l'avoir encore quelques heures, même quelques minutes avec moi.

— Hey, ça va ? dit soudain Heather.

Mes pensées s'évaporent en un instant et mon regard, perdu dans le vague, se concentre à nouveau sur elle. Je tente de chasser toutes ces idées noires et de lui offrir un sourire convaincant.

— Oui, ça va, j'assure. C'est juste cette chanson…

— Tu as raison, c'est de la merde.

Je sursaute en me retournant sur ma gauche. Le batteur était assis juste à côté de moi, les coudes posés sur le bar. Il adresse un signe de la main à Lars qui dépose une bière juste devant lui. Il transpire à grosses gouttes et me jette un regard, passant une main dans ses cheveux sombres pour libérer son front. Il me regarde longtemps, et je ne sais dire s'il est en colère ou s'il me détaille simplement parce que je n'ai pas l'air à ma place. Je décide de ne pas me laisser démonter et le défie du regard, fronçant les sourcils.

— Ce n'est pas ce que j'allais dire, dis-je. Muse est un des meilleurs groupes de rock progressif de sa génération.

Il se met à rire, mais ne dit rien, se contentant de boire quelques gorgées de sa bière.

— Ne l'écoute pas, me dit Heather. C'est un râleur qui n'a rien de mieux à faire que d'emmerder son monde !

L'intéressé ne tique même pas, n'adressant pas un regard à Heather avant de se lever pour se diriger vers la plage. Je ne peux m'empêcher de le suivre du regard alors que sa voix résonne encore dans mon cerveau.

— C'est quoi son problème? je demande à Heather sans le quitter des yeux.

— Hunter ? J'en sais trop rien. On se connaît depuis le lycée, il a toujours été comme ça.

Je n'insiste pas. À la place, je propose à ma nouvelle amie de prendre un peu l'air, ce qu'elle accepte avec un sourire. En sortant, je passe devant le batteur qui me suit du regard. Ma peau picote sous la brûlure de ses yeux et même alors que je lui tourne le dos, je les sens encore sur moi. Une fois sur la plage, je m'assois sur le sable qui s'est refroidi à la nuit tombée. Les vagues lèchent la côte un peu plus loin et le son qu'elles produisent en s'abattant sur le sol m'apaise quelque peu. Heather prend place à côté de moi. Elle est un peu étrange, je dois bien l'admettre : comment une fille comme elle peut s'intéresser à une fille comme moi ? Il n'y a qu'à nous regarder pour voir à quel point nous sommes différentes, et je ne parle pas forcément de nos styles vestimentaires. Elle est mince et belle, pétillante et ultra-sociable alors que moi, je suis d'une banalité et d'une timidité à se tirer une balle dans le crâne. Sentant que je l'observe, elle me sourit, ce qui m'encourage à poser la question qui me brûle la langue.

— Pourquoi tu m'as invitée à venir ici ? demandé-je timidement.

— Bah je sais pas, dit-elle en haussant les épaules. T'avais l'air d'un petit chiot perdu ce matin, je me suis dit que ce serait pas mal que tu rencontres les autres jeunes du coin. Rassure-toi, ils ne sont pas tous comme Hunter.

Je souris pensivement en repensant à l'expression presque torturée du batteur. On pourrait dire qu'il n'est pas heureux d'être là, ou qu'il se fiche pas mal de ce que les gens peuvent penser de lui. Quelque part, je lui envie cette philosophie. J'aimerais pouvoir me balader dans la rue sans me préoccuper de ce que les gens pensent de moi. Mais bon, il m'a l'air tout le temps en colère. Et cette manière qu'il a de me met sérieusement mal à l'aise. Peut-être devrais-je m'en sentir flattée ? Étant donné la façon dont les filles le regardent, j'imagine que d'autres voudraient son attention. Mais je ne sais pas, il y a quelque chose d'hostile dans sa façon de faire. Même s'il est beau à tomber, avec ses deux piercings à l'arcade, ses tatouages qui recouvrent presque l'intégralité de ses bras et, je le soupçonne à présent, de son torse et de son dos, je dois l'avouer.

Je n'aurais jamais pensé qu'un mec comme lui, avec ce look de marginal et de rebelle, puisse un jour attirer mon attention. Pourtant, mon regard revient sans cesse sur lui, sans que je ne sache pourquoi. Pourtant, d'habitude, je m'attarde plutôt sur les garçons classes et qui semblent bien élevés. Gentils, surtout.

Je secoue la tête. Ce n'est pas comme si quoique ce soit pouvait se passer avec Hunter.

— Il a l'air spécial, je marmonne.

— Je pense qu'Hunter Lowell a tout un tas de problèmes, dit Heather en soupirant. Il ne parle pas beaucoup et, la plupart du temps, quand il le fait, c'est pour être grossier. Mais il est super doué à la batterie alors Jared le garde.

Heather joue avec le sable entre ses doigts tout en me parlant de ses amis. Elle a l'air quelque peu blessée lorsqu'elle parle du batteur et je ne peux m'empêcher de me demander s'il ne s'est pas passé quelque chose entre eux, quelque chose qui lui aurait fait du mal. À cette pensée, je fronce les sourcils. J'ai du mal à imaginer quelqu'un qui puisse avoir envie de faire du mal à Heather : elle a l'air si gentille, d'un naturel si généreux.

— À mon avis, tu lui as tapé dans l'œil, dit-elle en souriant d'un air malicieux.

— N'importe quoi, dis-je en riant nerveusement.

— Je t'assure, dit-elle. Il n'adresse jamais la parole à des inconnus. Puis il te regarde tout le temps. Ne crois pas que je ne l'ai pas remarqué.

Elle me fait un clin d'œil et je sens le rouge me monter aux joues. Si c'est bien la raison pour laquelle il ne cesse de me reluquer, je ne sais pas vraiment quoi en penser. Le mec le plus grossier du coin a des vues sur moi ? Voilà qui n'est pas vraiment flatteur, bien qu'il soit terriblement attirant.

— Fais attention, dit soudain Heather, l'air grave. C'est un vrai connard.

— Je te crois, dis-je en souriant.

Nous passons ensuite plusieurs longues minutes à discuter et, bientôt, une heure passe sans que je ne m'en rende compte. Je ne lui parle toujours pas de ma mère, ni de ce qui m'a véritablement poussée à venir ici. Je ne veux pas voir cette pitié dans son regard, que je retrouve dans celui de Monica et d'autres personnes qui étaient là à l'enterrement. Ça fait du bien, pour une fois, de voir quelqu'un faire simplement attention à moi parce qu'on me trouve sympa. Elle ne se sent pas obligée de le faire et c'est plutôt rassurant de savoir que je suis encore capable de me faire au moins une amie. À l'intérieur, le groupe s'est visiblement remis à jouer, et Heather en profite pour retourner dans la salle. Je décide de rester encore un peu dehors à regarder les vagues. Mon gobelet est vide, mais je n'ai plus vraiment soif. Une brise légère s'est levée et me rafraîchit un peu. J'aime bien cet endroit, même si j'étais loin d'imaginer ce genre de tableau dans l'avion.

Peut-être que je devrais rentrer, à présent. Je suis venue, c'est déjà ça, et ce n'est pas si mal mais je commence à m'ennuyer. Je mets un point d'honneur à dire au revoir à Heather avant de partir. Je me lève et m'engouffre à nouveau dans la foule en me forçant à ne pas lever les yeux vers la scène. Soudain, on me bouscule, et je tombe en arrière, sentant un liquide froid dans mon décolleté. Je jure à haute voix, ce qui me surprend, et je vois un mec qui semble avoir eu le verre de trop se pencher vers moi.

— Oh merde, pardon, dit-il.

Je marmonne quelque chose pour lui dire que ce n'est pas grave, mais il se penche vers moi et tente, dans son incompréhension, de passer ses mains sur ma poitrine pour tenter de sécher ma robe, ce qui évidemment ne fonctionne pas. Je n'ai pas vraiment le temps de réagir, que quelqu'un lui fourre son poing dans la figure. La batterie s'est arrêtée de jouer.

Je me rends rapidement compte qu'un cercle s'est formé autour de moi et qu'un silence de mort s'est abattu sur le bar. L'ivrogne est allongé sur le sol, peinant à se remettre debout en tenant son nez entre ses mains. Debout à côté de lui, Hunter laisse son regard émeraude passer de lui à moi, les poings serrés. Il respire fort, et moi, je le regarde, ahurie par ce qui vient de se passer.

J'aperçois Heather dans un coin, jouant des coudes pour fendre la foule et me rejoindre. Elle brise le silence et rompt la connexion qui s'est créée alors qu'Hunter me dévisage d'une drôle d'expression, comme s'il ne comprenait pas sa propre réaction. Moi non plus, je ne comprends rien.

— Putain, ça va, Lena ? s'écrie Heather alors que tout le monde semble reprendre le cours de leurs conversations.

J'acquiesce alors que ma nouvelle amie m'aide à me relever. Je regarde l'état de ma robe, elle est trempée sur le devant et je pue l'alcool à plein nez. Retenant un haut-le-cœur, je me tourne vers Hunter qui me regarde toujours. Il ne dit rien.

— Viens, on va nettoyer ça, me dit Heather.

— Non, ça va, dis-je en secouant la tête. J'allais rentrer de toute façon.

— Je te raccompagne.

Je lève les yeux vers la voix grave qui vient de prononcer ces mots. Hunter, à présent les mains dans les poches, me regarde d'un air ennuyé. Me raccompagner ? La maison de ma tante n'est pas si loin que ça mais en voyant son air décidé, je me retiens de protester. D'abord, il me toise comme si j'étais la pire menace du monde, et maintenant il veut me raccompagner ? Décidément, je ne comprendrai jamais ce qui se passe dans sa tête.

Heather a l'air tout aussi surprise que moi et elle m'adresse un léger sourire d'excuse. Soudain, elle écarquille les yeux, et j'aurais juré voir une ampoule s'allumer au-dessus de sa tête.

— Attends, passe-moi ton portable !

J'obéis, et la regarde entrer son numéro dans mon téléphone. Je souris. Une seule journée pour se faire une nouvelle amie, ce n'est pas si mal ! Je me dis que ma mère doit être fière de moi, où qu'elle soit.

— On y va, putain….

Hunter a marmonné dans sa barbe, s'attendant sans doute à ce que je ne l'entende pas. Il amorce une sortie et je prends tout de même le temps de remercier Heather du regard. Je ne sais même pas pourquoi je me dépêche de rejoindre Hunter qui part déjà vers la plage. Il semble savoir où aller et je le suis en silence. Si son but était de me tenir compagnie sur le chemin du retour, c'est raté.

5 – Lena

— Pourquoi tu l'as frappé ?

Je me maudis d'avoir posé cette question. Mais c'est sorti tout seul, je n'ai pas pu me retenir. Il n'a fait que renverser de l'alcool sur moi… et sa piètre tentative pour se rattraper était, certes, déplacée, mais semblait totalement accidentelle. J'aurais pu m'en sortir seule. Dans un sens, ça ne m'étonne pas de découvrir qu'Hunter a un tempérament agressif. Ça colle bien au genre qu'il se donne. Il s'arrête devant moi et fait volteface. Je me fige, et regrette immédiatement ma question.

— Il l'a cherché, c'est un abruti, assène-t-il.

— Je peux me débrouiller seule.

Tais-toi, Lena, tu vas l'énerver encore plus, si c'est possible.

Je ne sais pas ce qui me prend mais son attitude m'horripile. Il me tape sur les nerfs à réagir de la sorte. Après tout, il ne me connaît pas, il n'a pas à prendre ma défense, je ne lui ai rien demandé, que je sache.

Ne s'est-il donc pas assez défoulé sur sa batterie ?

Visiblement pas.

Son regard rivé sur un point au loin dans mon dos, je le vois respirer fortement, comme s'il essayait de se contenir.

—J'sais pas pourquoi j'ai fait ça, ok ? lâche-t-il soudain. J'ai pas réfléchi.

Je ne dis rien et me contente de l'observer en fronçant les sourcils. Je suis toujours contrariée, mais soit. Il a l'air en proie à un conflit intérieur que je ne parviens pas à comprendre. Hunter est décidément le mec le plus mystérieux que j'aie jamais rencontré. Il n'est pas facile à déchiffrer, c'est même quasiment impossible puisqu'il se referme comme une huître à la moindre tentative.

— Et arrête de me reluquer comme ça, ça m'énerve, lâche-t-il en tournant les talons.

— Pourquoi tu as proposé de me raccompagner alors ?

— Tu poses beaucoup trop de questions, souffle-t-il.

Quelque peu frustrée, je me contente de marcher à côté de lui en silence, regardant le sol. Bientôt, la maison de ma tante se profile au loin et je suis partagée entre le soulagement et le regret que ça soit déjà fini. J'aurais voulu avoir plus de temps pour comprendre ce qu'il se passe dans la tête d'Hunter, et en même temps, je suis heureuse de ne plus avoir affaire à son regard sondeur et son ton agressif.

Arrivé devant la maison, il s'arrête, mais je ne me tourne pas vers lui, me contentant de marcher vers l'entrée sans demander mon reste. Ça lui apprendra à se montrer désagréable.

— Je serai à la plage, demain, lança-t-il soudain.

Je m'arrête et mets quelques secondes avant de me retourner. Il est planté là, visiblement mal à l'aise, les mains dans les poches en me regardant comme s'il ne savait pas où il devait poser les yeux.

— Ok, je marmonne.

— Tu… hum, tu comptes aller y faire un tour ?

Aurais-je entendu sa voix flancher ? Je ne sais plus trop quoi penser. Ses sautes d'humeur sont si soudaines et faramineuses qu'elles me donnent mal à la tête. La fatigue aidant, je soupire et me résigne tout en laissant planer un certain mystère. Je ne vais pas non plus tout lui servir sur un plateau dès qu'il m'accorde la moindre seconde d'attention.

— Peut-être, dis-je en haussant les épaules.

Et c'est la vérité, après tout, je ne sais pas ce que je vais faire demain. C'est bien la première fois que je ne planifie pas toutes mes journées à l'heure près. À Brooklyn, j'aurais probablement repris mon job d'été à la librairie en bas de ma rue, mais ici, je suis perdue, seule et un peu dépaysée. Peut-être devrais-je trouver une occupation similaire, chercher un job pour les deux mois à venir. Je ne me vois pas vraiment errer dans cette maison pendant tout l'été, sans aucun but, à me morfondre nuit et jour. Même si je suis certaine qu'Anna ferait tout son possible pour que je ne manque jamais de rien, je suis un peu gênée à l'idée de vivre à ses crochets.

J'interromps le fil de mes pensées en regardant Hunter qui se tient toujours là, devant moi, soudain gêné et l'air un peu perdu. Il se gratte l'arrière de la tête, d'un geste qui me fait étonnamment craquer. Ce qu'il peut être séduisant quand il s'y met… Alors qu'il lève le bras, je remarque le tatouage en forme de lierre qui s'étire en même temps que son triceps.

— Ok, soupire-t-il. Bonne nuit, Lena.

Il tourne les talons et disparaît au coin de la rue, sans me laisser le temps d'ajouter quoi que ce soit. Je reste là un instant à observer l'endroit où il s'est volatilisé, puis finis par reprendre mes esprits en secouant la tête. Cette soirée est étrange, depuis le début, dans tous les sens du terme : je me suis fait une amie, je pue l'alcool alors que je n'ai même pas bu, et je viens de me faire raccompagner par un mec tatoué des pieds à la tête et qui a l'air d'en vouloir au monde entier pour une raison inconnue. Et pour couronner le tout, je ne suis même pas sûre qu'il m'apprécie vraiment.

Mais le pire dans tout ça, c'est que j'ai la nette impression qu'il me plaît plus qu'il ne le devrait.

6 – Lena

Je me réveille en sursaut en entendant une sonnerie stridente. Dehors, le soleil tape contre la baie vitrée de ma chambre. J'attrape mon téléphone et décroche sans regarder le numéro qui s'affiche à l'écran.

— Allô ? fais-je d'une voix ensommeillée.

— Lena, ma chérie, c'est Anna ! Tu es debout ?

— Presque, dis-je avant de bâiller. Quelle heure est-il ?

— Ne t'en fais pas, il n'est que huit heures, dit-elle en riant. Je suis déjà partie mais j'aimerais t'emmener déjeuner en ville aujourd'hui ! J'ai quelque chose qui pourrait t'intéresser, à propos de ce dont on a parlé hier soir !

Je mets un moment avant de me rappeler ce à quoi elle fait référence. En effet, quand je suis rentrée hier soir, je l'ai trouvée dans le canapé en train de lire et après lui avoir expliqué pourquoi je sentais l'alcool à la cerise, nous avons un peu discuté de ma soirée. Je lui ai confié vouloir trouver un job pour l'été et après l'avoir entendue protester et argumenter sur le fait qu'elle a suffisamment d'argent pour nous deux, elle a fini par me promettre qu'elle tirerait quelques ficelles pour me trouver quelque chose à faire.

— Ok, dis-je. Où veux-tu que je te retrouve ?

— Tu n'auras qu'à me rejoindre au bureau vers treize heures, ça te va ?

J'acquiesce et elle ne tarde pas à raccrocher. Je soupire en posant mon téléphone sur la table de chevet. J'hésite un instant à retourner dormir encore une heure ou deux mais je décide finalement de me traîner hors du lit pour prendre une douche rapide, histoire de me réveiller un peu. Je ne peux pas passer mon temps au lit, ce n'est pas moi. Et puis, il fait si beau, autant en profiter un peu avant que le soleil de l'après-midi ne s'abatte encore plus fort sur le sable.

La douche me fait du bien. Je ne manque pas de remarquer que mon panier de linge sale est vide. Monica est-elle déjà passée ? Comment ne l'ai-je pas entendue ? Soit elle me cache sa formation de ninja, soit je dormais vraiment à poings fermés. Je décide de rester à la maison ce matin et enfile mon haut de bikini au-dessus d'un short. Il est temps de tester une nouvelle activité : le bronzage californien. J'ai envie d'essayer. Je me dis que si j'essaie quelque chose de nouveau chaque jour, je ferai ainsi honneur aux derniers souhaits de ma mère, même s'il s'agit d'une chose aussi futile que de m'installer sur une chaise longue et ne rien faire pendant deux heures.

Comme à son habitude, Monica est dans la cuisine. Elle a fait des brioches et j'en attrape une sur le chemin de la terrasse du rez-de-chaussée.

— Vous vous êtes bien amusée hier soir ? me demande-t-elle soudain.

— C'était bien, dis-je en haussant les épaules. Rien d'exceptionnel.

— J'espère que vous faites attention à vous, là-bas ! Ce bar n'est vraiment pas bien fréquenté.

— Je sais me défendre, Monica, réponds-je un peu sèchement. Vous jugez les gens sans les connaître.

Je n'ai pas envie qu'elle me materne ni qu'elle me surveille, même si ça part d'une bonne intention.

Sur ce, je sors sur la terrasse en bois, mon livre et une brioche à la main et mes lunettes de soleil sur le nez. Je m'allonge sur une des chaises longues face au soleil et mets à lire sans me soucier de ce qu'il se passe autour de moi. Après quelques minutes, j'entends de petits pas se diriger vers moi. Monica s'approche avec un verre de limonade, qu'elle dépose sur la table à côté de moi.

— Veuillez m'excuser, dit-elle. Je n'étais pas à ma place.

— Je n'aurais pas dû vous répondre comme ça, je soupire.

— Ne vous en faites pas. Je n'ai pas le droit de vous dire ce que vous devez faire ou non…

— Je sais que vous vous inquiétez pour moi, dis-je en baissant les yeux.

Elle soupire et sourit de cet air bienveillant qu'elle affiche souvent, avant de s'asseoir au bout de la chaise longue à côté de la mienne.

— Je ne veux que votre bien, Lena, dit-elle de son fort accent mexicain. Je n'ai pas envie que vous vous retrouviez en mauvaise posture.

— Je ne suis pas du genre à foncer tête baissée, Monica, dis-je en souriant. Je suis plutôt du genre réfléchi, d'habitude. Mais…

J'hésite quelque peu à poursuivre. Jusqu'ici, je ne me suis jamais confiée à personne à ce sujet, et que Monica soit la première à l'entendre me prend quelque peu au dépourvu, mais soit. Le moment semble bien choisi.

— Ma mère…, murmuré-je. Elle me connaissait mieux que personne. Elle… elle m'a laissé une lettre.

Je crois voir Monica retenir sa respiration. Peut-être ne s'attendait-elle pas à ce que je me confie à elle de la sorte ? D'un regard plein de bonté, elle m'encourage à poursuivre.

— Elle me disait que… que je n'avais pas le droit de passer le reste de ma vie à pleurer, que je devais commencer à… vivre, je suppose, dis-je en soupirant. Prendre des risques… m'amuser. Me comporter comme une fille de mon âge, ce que je n'ai jamais vraiment fait jusqu'ici.

— C'est pour ça que vous êtes sorties hier ? demande Monica. Vous vouliez faire ce que votre mère vous conseillait de faire ?

Je hoche la tête.

— Je voulais honorer ses derniers souhaits, marmonné-je en baissant les yeux. Je pense qu'elle avait peur que je manque des choses, vous voyez ? J'ai toujours été… timide et renfermée. J'étais tellement obsédée par le fait de réussir que j'en oubliais d'avoir une vie d'ado. Elle me disait aussi que mes choix aujourd'hui auraient des conséquences et que si j'en faisais de mauvais, je devrais apprendre à vivre avec les conséquences de ces choix.

— Votre mère était très sage, dit-elle en hochant la tête. Et elle a raison, les décisions d'aujourd'hui sont importantes pour demain.

Je hoche la tête en regardant les vagues au loin. Je n'aurais jamais qualifié ma mère de sage, bien au contraire, mais il est vrai qu'elle était souvent de bon conseil. Et elle n'a pas fait exception avec sa lettre.

— Soyez prudente, Lena, dit-elle soudain. Tout cela ne veut pas dire que vous devez forcément changer du tout au tout. Il n'y a qu'un pas entre prendre des risques et se mettre en danger.

Je hoche encore une fois la tête sans rien ajouter. Lorsqu'elle comprend que la discussion est close, elle se lève et disparaît dans la maison pendant que je rumine ses paroles en silence. Ai-je pris des risques hier soir, en allant dans ce bar ? Sans doute. Me suis-je sentie en danger ? Curieusement, pas le moins du monde. À vrai dire, je ne me suis jamais sentie autant en sécurité de ma vie, avec Heather. Et même avec Hunter, lorsqu'il m'a raccompagnée.

En pensant à lui, l'image de ses yeux verts me revient immédiatement en mémoire et je ne parviens plus à me concentrer sur ma lecture. Je soupire en me laissant aller sur le dossier de ma chaise, fermant les yeux derrière mes lunettes de soleil. L'astre brûlant caresse ma peau et je dois avouer que ce n'est pas désagréable de ne rien faire. Je décide d'envoyer un texto à Heather. Car ça aussi, les filles de mon âge le font, d'habitude, non ? Envoyer des textos…

Mais de là à savoir quoi écrire sans avoir l'air débile… c'est une autre histoire. Peut-être devrais-je simplement lui demander ce qu'elle fait plus tard ?

Arrête de réfléchir et agis, bon sang !

Je soupire et attrape mon téléphone.

« Salut, c'est Lena. Tu fais quelque chose ce soir ? »

Je fixe mon écran un instant avant d'appuyer sur « envoyer ».

— Quelle vue !

Je sursaute et mon téléphone m'échappe des mains pour s'écraser au sol. Levant les yeux vers la voix masculine qui vient de prononcer ces mots, je pique un fard. Hunter est là, debout sur le sable, derrière la barrière de verre qui sépare la terrasse du reste de la plage. Il pose ses mains contre le verre et se penche en avant en m'observant, un sourire en coin étirant ses lèvres.

— Qu'est-ce que tu fais ici ? demandé-je en reprenant mon souffle.

Je me penche pour rattraper mon téléphone qui, Dieu soit loué, ne semble pas avoir enduré le moindre dégât. Quand je relève la tête, Hunter sourit toujours, un peu plus franchement cette fois. Je dois avouer, bien que sa présence m'agace, surtout au vu de ma tenue du jour, que ce sourire lui va à merveille. Il est pas mal. Ok, *vraiment* pas mal.

— Je passais dans le coin, dit-il. Je pensais te trouver à la plage.

— Je n'ai rien promis, asséné-je.

Son sourire s'élargit et se fait presque moqueur, ce qui a le don de m'agacer encore plus.

— Arrête de me reluquer comme ça, dis-je. Ça m'énerve.

J'ai repris ses mots exprès, pour l'agacer, mais cela ne sert qu'à le faire rire. Il semble de bonne humeur aujourd'hui, pour une raison qui m'échappe. Son rire résonne jusqu'à mes oreilles et me réchauffe le cœur. Pourquoi ? Je n'en sais rien. Je décide simplement de laisser cette étrange sensation m'envahir sans me poser plus de questions. Je fais mine de retourner à ma lecture en tentant de l'ignorer, mais il ne bouge pas.

— Tu fais quelque chose plus tard ? demande-t-il soudain.

— Ça ne te regarde pas, réponds-je sans détacher les yeux de la page que je ne suis pas vraiment en train de lire.

— Je passe te prendre à 19h, dit-il soudain.

Je baisse mon livre et le vois qui a tourné les talons. Il s'éloigne sur la plage et alors que j'observe sa silhouette, je n'en reviens pas. Pour qui se prend-il, au juste ? Il se montre tellement désagréable avec moi, et la minute d'après, il m'invite je ne sais où, faire je ne sais quoi, sans me laisser le choix ? Il peut toujours rêver. Je ne serai peut-être même pas ici à 19h.

Avec tout ça, j'en avais oublié mon téléphone. Heather m'a répondu.

« Hey toi ! Je me demandais quand tu allais te réveiller, haha ! Avec Jared et les autres on sera sûrement chez Lars. Tu viendras ? »

Ils ne traînent donc jamais ailleurs que dans ce bar ?

Je soupire. Après tout, l'endroit n'est pas si terrible et je n'ai rien d'autre à faire, si ce n'est ce que Hunter essaie tant bien que mal de m'imposer. Et il n'y parviendra pas. Autant faire encore plus ample connaissance avec Heather et ses amis, en espérant que j'y trouverai Hunter bien agacé de ne pas avoir pu exécuter son petit plan machiavélique, sûrement destiné à me foutre la honte. Je réponds d'un simple « Ok », et Heather clôt la discussion d'un petit émoji heureux, ce qui me fait sourire. Cette fille a décidément un talent pour m'ôter toutes mes idées noires de la tête.

Je reste encore un peu dehors avant de voir qu'il est presque l'heure de joindre Anna pour déjeuner. Entre temps, sans que je ne l'aie remarqué, Ronny m'a rejoint et s'est couché au pied de ma chaise, comme s'il montait la garde. Je souris. Lorsqu'il me voit me lever, il me suit jusqu'à l'intérieur et je lui gratte doucement la tête. Je pourrais m'habituer à la présence de ce chien près de moi, finalement.

J'enfile un t-shirt par-dessus mon haut de bikini et attrape mon sac avant de passer par le garage. Une fois installée derrière le volant, je m'élance sur le bitume et longe les allées de palmiers sous un soleil cuisant.

Je ne mets pas longtemps à trouver le bâtiment qui abrite le bureau d'Anna. L'endroit n'est pas très grand, et je me demande comment une agence de représentation peut se trouver dans une aussi petite ville que Carmel. J'imagine que tout se fait à distance, et que les loyers à Los Angeles sont plus chers. Et puis, le cadre est idéal. Je me gare dans le parking des visiteurs et décide d'envoyer un texto à ma tante pour la prévenir de mon arrivée. Elle ne tarde pas à me répondre en m'invitant à me présenter à l'accueil. Je m'empare de mon sac et verrouille la voiture avant de passer les portes coulissantes à l'entrée du bâtiment.

Derrière un grand comptoir blanc, une dame d'un certain âge avec un casque sur les oreilles semble se parler à elle-même. Lorsqu'elle m'aperçoit, elle lève un doigt, m'intimant de patienter. Elle met quelques minutes avant de reporter son attention sur moi d'un air las.

— Je suis Lena Anderson, je balbutie. Ma… ma tante m'attend.

— Ah oui, dit-elle en hochant la tête. Tenez.

Elle me donne un badge affublé du mot « visiteur » écrit en gras, et me donne la direction à prendre pour retrouver le bureau d'Anna. Son nom est inscrit sur la porte. Je frappe, et j'entends sa voix de l'autre côté m'autorisant à entrer.

— Ah, Lena, dit-elle en rassemblant ses affaires. Désolée, mon boss m'a pris la tête toute la matinée, je viens à peine de revenir…

— Tu préfères qu'on annule le déjeuner ? demandé-je.

— Oh non, ne dis pas de bêtises, dit-elle en levant les mains. Je connais un endroit pas mal, pas très loin.

Elle fourre son portable dans son sac à main et, en deux temps, trois mouvements, nous sommes en route vers le petit restaurant italien qu'elle a choisi. Le serveur a l'air de la connaître, elle doit sans doute manger ici souvent. On nous installe près de la fenêtre et Anna commande une lasagne florentine. Je décide de faire de même.

— Alors ! s'exclame-t-elle quand le serveur s'éloigne. J'ai parlé avec quelques collègues et il se trouve qu'il y a une place pour toi chez Parksons Records, si ça t'intéresse. J'ai réussi à t'obtenir un entretien.

— Parksons Records ? l'interrogé-je.

— C'est un petit label indépendant, dit-elle. On représente quelques-uns de leurs artistes. Ils cherchent une assistante pour l'été.

— C'est de… de la musique ? je demande, quelque peu sceptique.

— Eh bien, oui, dit-elle en souriant. Ça ne t'intéresse pas ?

— Oh, si, bien sûr. Seulement je n'y connais pas grand-chose…

— Ne t'en fais pas, ce n'est pas nécessaire. Tout ce que tu auras à faire, c'est répondre au téléphone et tenir l'agenda. Je sais que tu es très organisée.

Je souris légèrement en hochant la tête. J'oublie comme ma tante a tendance à me connaître plus que je ne le pense : elle est du genre observatrice et perspicace. On nous apporte nos boissons, puis nos plats quelques instants plus tard.

— Je continue de penser que tu devrais consacrer ton été à prendre soin de toi, dit-elle. Mais si tu tiens tant que ça à travailler…

— C'est surtout histoire de trouver une occupation, dis-je en haussant les épaules. Je n'aime pas ne pas savoir ce que je vais faire dans la journée.

— Mmm, oui, l'imprévu, je vois, dit-elle comme si elle se parlait à elle-même. Sinon, parle-moi un peu d'hier soir !

Tout en savourant ma lasagne – qui se révèle délicieuse, soit dit en passant – je lui raconte ma discussion avec Heather et combien je la trouve gentille et surprenante. Elle s'offusque de m'entendre dire que je ne suis pas intéressante, ce qui me fait rougir. Je lui parle ensuite d'Hunter et la vois me jauger avec un air concentré.

— Hunter Lowell…, murmure-t-elle. Ce nom me dit quelque chose.

— Ah oui ?

Peut-être le connaît-elle ? Peut-être pourrait-elle m'en dire plus sur lui ? Je ne sais pas pourquoi je suis aussi curieuse de savoir qui il est, mais c'est plus fort que moi. Dès que mes pensées vagabondent un peu trop loin, je finis par penser à lui, à son regard qui me transperce la peau et me file des frissons incontrôlables.

— Vaguement, dit-elle en haussant les épaules. Enfin, soit. Tu as prévu quelque chose ce soir ?

— Heather m'a proposé de la rejoindre sur la plage, dis-je en haussant les épaules.

— Bonne idée ! dit-elle en hochant la tête. Par contre, ne fais pas trop de folies, tu as rendez-vous demain matin.

Je hoche la tête en souriant à nouveau. Je suis heureuse que ma tante m'ait trouvé du travail, malgré ses protestations. Peu importe ce que c'est, j'ai hâte de commencer et surtout, d'occuper mes journées et mon esprit.

Nous terminons de manger quand le portable de ma tante se met à sonner. Elle farfouille dans son sac à la recherche du coupable et décroche. Après une brève conversation et un regard agacé, elle s'excuse en se levant.

— Navrée, ma chérie, je dois filer, dit-elle. Tiens, pour le déjeuner.

Elle me tend quelques billets et me fait la bise rapidement avant de s'évaporer. Je termine rapidement mon assiette et règle la note avec l'argent qu'elle m'a laissé – bien plus que nécessaire, comme j'aurais dû m'en douter – avant de retourner à ma voiture et de rentrer.

Sur la route, je ne cesse de me poser des questions sur ce boulot qu'elle m'a déniché. Un label de musique, donc… Ça me changera de la librairie à Brooklyn, c'est certain. Moi qui n'y connais pas grand-chose en musique, ce sera un véritable challenge.

7 – Lena

Plusieurs heures plus tard, je suis à nouveau en route vers le bar en essayant en vain de me convaincre que j'y vais pour retrouver Heather et non pour le voir *lui.* Mais je ne peux empêcher mon cerveau de diriger mes pensées vers Hunter et son regard ensorceleur. Quand j'y réfléchis, je me rends compte que je ne sais absolument rien de lui, et pourtant, je n'arrive pas à le sortir de ma tête. Son comportement d'hier soir a laissé des marques, et celui de ce matin encore plus, mais pour des raisons différentes.

La fête semble déjà bien partie quand j'arrive, et je remarque que certains ont déjà décidé d'opter pour un bain de minuit dans l'océan. Je reconnais la fille qu'Heather avait désignée comme la groupie officielle du groupe, accompagnée de plusieurs autres garçons que je ne reconnais pas. Normal, après tout, je ne suis ici que depuis… trois jours ? J'ai presque perdu la notion du temps. J'ai du mal à croire que j'ai enterré ma mère il y a à peine une semaine et demie.

Je m'arrête net en regardant l'océan alors que le visage de ma mère me traverse l'esprit. Elle ne quitte jamais ce coin de ma tête, malgré tous mes efforts pour me concentrer sur moi-même, sur ma vie. J'essaye de l'imaginer ici, sur la plage avec moi. Elle serait sûrement en train d'essayer de me convaincre de me jeter à l'eau avec elle.

— Lena ! entends-je derrière moi.

Heather s'approche de moi, tout sourire, mais son expression change lorsqu'elle remarque la tristesse sur mon visage, que je n'ai pas eu le temps de dissimuler correctement. Je tente de la masquer avec un sourire, mais je n'y parviens pas vraiment. Elle fronce les sourcils, et arrivée à ma hauteur, pose une main sur mon épaule.

— Tout va bien ? demande-t-elle.

— Oui, ça va, mens-je.

Elle ne me croit pas. Je n'ai jamais été une bonne menteuse et, visiblement, Heather n'est pas idiote. Mais elle est suffisamment respectueuse pour ne pas poser davantage de questions et j'ai soudain envie de la serrer dans mes bras.

— J'en connais une qui a besoin d'un verre, dit-elle en m'entraînant vers le bar.

Je hoche la tête en souriant et la suis à l'intérieur. Le groupe ne joue pas ce soir, à la place, il y a un DJ sur scène qui passe des chansons des années 80. Il n'y a pas autant de monde qu'hier et c'est plutôt une bonne nouvelle pour moi. Je n'ai pas envie que l'incident de la veille se reproduise encore une fois. Lars est toujours derrière le bar, fidèle au poste, et lorsqu'il me voit, il attrape une bouteille de coca, mais je l'arrête dans son geste.

— Ce sera une bière pour moi, ce soir, dis-je.

Heather me sourit, tout comme le barman qui ne se fait pas prier. Je me retrouve rapidement avec un gobelet rouge en main. J'ai franchi une étape ce soir, et bien que je n'aie jamais bu d'alcool, auparavant, je me dis que mon côté responsable m'empêcherait sûrement d'aller trop loin. Je ne peux me retenir de scanner la pièce du regard. Pas de trace d'Hunter en vue, et je ne sais pas si je suis soulagée ou triste de ne pas le voir. Il a pourtant dit qu'il serait à la plage aujourd'hui. Il a même dit ce matin qu'il me récupèrerait à 19h. Je jette un œil à ma montre : 19h30. Il doit sûrement être en route, agacé que je ne me sois pas trouvée chez moi.

— Il ne va pas tarder, dit-elle.

— Qui ? dis-je en faisant mine de ne pas comprendre.

— Hunter, précise-t-elle. Il était là il y a une heure, puis il a dit qu'il avait un truc à faire et qu'il reviendrait plus tard.

— Ah, réponds-je.

Heather me décoche un sourire du genre « on ne me la fait pas à moi » et je rougis, baissant les yeux.

— Il t'a raccompagnée chez ta tante hier soir alors ? demande-t-elle.

— Ouais, si on veut, dis-je. Il est… bizarre.

— Si tu veux mon avis, tu devrais le bousculer un peu, dit-elle. Tu as déjà son attention, ça crève les yeux, alors autant en profiter, ma jolie.

— Il est passé me voir ce matin, je l'informe. Il m'a dit qu'il passerait me prendre à 19h mais je suis partie avant.

— Tu lui as posé un lapin ?

Heather me regarde les yeux ronds, l'ombre d'un sourire étirant ses lèvres. Je hoche la tête, un peu gênée, et elle éclate de rire.

— Tu as bien fait, rit-elle. Il a trop l'habitude de toujours avoir ce qu'il veut. Mais n'hésite pas non plus à le chauffer d'un autre côté.

— Je ne suis pas… je balbutie. Je ne pense pas être capable de faire ça.

Je grimace. Je n'ai jamais été doué avec les gens en général, encore moins avec la gent masculine, mais je suis tout de même fière de mon petit effet. Je n'ai jamais dragué qui que ce soit, ni même appris à me mettre particulièrement en valeur pour qui que ce soit. En réalité, je n'en ai jamais ressenti le besoin. Je suis bien trop occupée à me soucier de ma réussite scolaire. J'ai obtenu des résultats excellents et je ne regrette rien, car ça m'a permis d'être acceptée dans cinq grandes universités, dont Columbia, Stanford et UCLA.

— Dis pas de bêtise, dit-elle en me bousculant légèrement d'une épaule. T'as un corps canon, il suffit de t'en servir.

Elle parle comme si c'était la chose la plus naturelle au monde. Je passe l'heure qui suit à parler à Heather et je suis toujours aussi surprise de voir à quel point je suis à l'aise avec elle. C'est tellement facile de lui parler que je me détends immédiatement. Elle continue à m'encourager pour bousculer un peu Hunter, tester ses limites, mais je continue à croire que je ne suis pas ce genre de fille. Je ne suis pas une allumeuse, et même si je le voulais, je ne saurais pas comment m'y prendre.

Au moment où j'allais répliquer, Heather fait un signe de tête en direction de la plage alors que nous sommes accoudées au bar. Je me retourne discrètement en suivant son regard, et je suis immédiatement clouée sur place.

Hunter vient d'arriver. Il porte un t-shirt blanc qui laisse entrevoir ses tatouages au travers. J'avais raison, il en a également tout un tas sur le torse. Il porte aussi un jean noir avec des trous aux genoux, comme s'il se fichait bien de la chaleur écrasante. Ses cheveux sont en bataille, comme d'habitude, et alors qu'il avance, il passe sa main dedans, les tirant en arrière. J'ai l'impression de voir la scène au ralenti, comme dans un film, et je mets un moment avant de me rendre compte que ma bouche est ouverte, dans une expression béate.

Merde. Il est vraiment canon.

Lorsque nos regards se croisent, je peux y lire une pointe de colère et d'agacement. Il est donc bien passé chez moi en espérant que je serais là, bien sagement à l'attendre.

C'est raté, mon grand. Je ne serai pas ton prochain trophée.

— J'ai une idée, dit Heather. Viens.

Je n'ai pas le temps de protester que déjà elle me tire par le bras et j'ai tout juste le temps de déposer mon verre, désormais vide, sur le bar. Elle m'entraîne sur la piste, au milieu des quelques personnes qui se déhanchent au rythme d'une chanson de Cheap Trick que j'ai déjà entendue à la radio une ou deux fois. Elle se met à danser et moi, je la regarde comme une idiote, complètement immobile.

— Fais comme moi, il nous regarde ! m'assure-t-elle.

Je me raidis légèrement à cette idée. Je devrais m'y habituer, pourtant, mais l'idée de savoir que son regard épie mes moindres mouvements m'embarrasse un peu. Alors je fais de mon mieux pour suivre les mouvements d'Heather, avant de me rendre compte que, peut-être, je devrais simplement me laisser porter par la musique. C'est ce que je finis par faire. Je ferme les yeux, et laisse le rythme m'envahir en bougeant les hanches en cadence. Ça a l'air de fonctionner, car mon amie me sourit pour m'encourager à continuer. Je lâche prise et me laisse complètement aller. Jamais je n'ai fait une chose pareille avant et je suis tellement en transe que je ne me rends pas tout de suite compte qu'Heather a disparu. Je me retourne pour voir où elle est partie, mais à la place, c'est face à un torse musclé que mon nez se retrouve.

— Tu es là, dit-il.

Je relève les yeux. Dans son dos, je peux voir mon amie qui ricane, alors qu'elle a à nouveau rejoint le bar. Elle lève son pouce, comme pour dire « c'est dans la poche, ma grande ! » Moi, je reste là, la bouche ouverte, à me demander ce que je suis en train de faire. J'ai visiblement attiré son attention, mais maintenant qu'il est là, devant moi, je ne sais pas quoi dire. Je ne sais même pas ce que je veux, en fait.

— Je suis là, dis-je dans un souffle.

J'espère secrètement qu'il n'est pas vraiment en colère que je lui aie posé un lapin. Il fourre ses mains dans ses poches et je commence à penser que ce geste signifie qu'il est mal à l'aise ou… timide ?

Non, ça ne peut pas être son genre.

Il m'offre un sourire en coin qui manque de me faire flancher et je sens le rouge me monter aux joues. Je n'ai jamais réagi de la sorte face à personne et je m'en veux de ne pas réussir à contrôler mes réactions. D'habitude, je suis beaucoup plus maître de moi-même, c'est d'ailleurs ce qui m'a valu une vie sans encombre. Jusqu'à maintenant. Maintenant, je ne sais plus vraiment qui je suis, ni ce que je suis censée être. Je suis perdue et pourtant, quand Hunter me regarde, j'ai l'impression que le chemin pour me retrouver ne sera pas aussi long et difficile que je le pensais.

Il fait un signe de tête en direction de la plage, m'invitant à le suivre, ce que je fais sans vraiment y réfléchir. Il avance devant moi, comme la veille, et bientôt nous atteignons le sable mouillé et je dois ôter mes baskets.

Les vagues atteignent mes doigts de pieds. Je mets un moment avant de me rendre compte qu'Hunter s'est arrêté derrière moi. Il me regarde sans bouger, les mains toujours fourrées dans ses poches sans dire un mot.

— Tu n'es pas très douée pour la danse, dit-il enfin en brisant le silence.

Si la seule raison pour laquelle il m'a amenée ici, loin des autres, est de m'insulter, autant retourner près d'Heather et commander un autre verre. Je fronce les sourcils et croise les bras, mes baskets toujours dans une main.

— Je n'ai jamais prétendu l'être, rétorqué-je.

Il sourit à pleines dents, et mon cœur rate un battement. Comment peut-il être aussi désagréable et craquant en même temps ? La vie est tellement injuste. Il continue de me reluquer de haut en bas, sans aucune gêne, et je commence à me sentir sérieusement embarrassée, si bien que je tire sur mon t-shirt par nervosité, ce qui me vaut un regard encore plus insistant de sa part.

— C'est pour m'observer que tu es venu ? marmonné-je.

— En partie, réplique-t-il. J'ai été étonné que tu ne sois pas chez toi à 19h alors que je t'avais dit que je passerais te prendre.

— Je n'ai jamais accepté.

Il sourit. Je détourne le regard et amorce un mouvement en direction du bar mais il me barre le passage. Je refuse de le laisser se moquer de moi de la sorte, surtout que je ne sais pas vraiment ce que je fais là. Alors qu'il me barre la route, je lève les yeux vers lui et le fusille du regard. Maintenant que nous sommes plus proches, je peux remarquer sans mal qu'il me dépasse d'au moins une tête et demie, et je dois me dévisser le cou pour le regarder dans les yeux.

D'ailleurs, son regard brille d'une lueur qui provoque une légère chaleur dans le creux de mon ventre, que je tente de réprimer avec un soupir.

— Qu'est-ce que tu me veux ? demandé-je, exaspérée.

— Je voulais te demander quelque chose, dit-il.

— Très bien, alors, vas-y.

Il ne dit rien, se contentant de m'observer. Je commence à perdre patience, et alors que je suis sur le point de l'envoyer se faire voir et de le contourner, il lève la main, rangeant une mèche rebelle qui s'est échappée de ma queue de cheval derrière mon oreille. Son geste me cloue sur place et je ne peux m'empêcher de me raidir légèrement. Au contact de sa peau, je me laisse envahir par quelques longs frissons le long de mon échine. Il m'effleure à peine et pourtant, c'est comme si une décharge électrique me traversait tout le corps. Je ne suis pas habituée à ce genre de sensation.

C'est nouveau.

C'est délicieux.

C'est effrayant.

— Est-ce que tu voudrais que je t'emmène quelque part ? demande-t-il dans un murmure.

Il a parlé si bas que j'ai dû tendre l'oreille pour bien comprendre ce qu'il vient de dire. Il veut m'emmener quelque part ? Où ça ? Ne sommes-nous pas déjà seuls, en quelque sorte ? Si on oublie les quelques jeunes un peu éméchés qui barbotent dans l'océan en se tripotant de toutes parts…

Je fronce les sourcils. Que cherche-t-il donc à faire ? Est-ce une façon maladroite de me demander si je veux sortir avec lui ? Il n'a pourtant pas l'air de quelqu'un qui sort avec qui que ce soit. Plutôt le genre à enchaîner une fille différente chaque soir. Ne souhaitant pas être la prochaine victime sur son tableau de chasse, je décide de garder mes distances.

— Ça dépend, je rétorque. Est-ce que ta groupie sera d'accord ?

Je le vois serrer les dents et détourner le regard. En parlant du loup, j'entends un gloussement derrière moi et me retourne légèrement pour apercevoir la fille aux cheveux noirs sortir de l'eau en compagnie d'un garçon. Elle ne porte qu'un bas de maillot, se couvrant les seins de ses deux bras en faisant mine de vouloir se cacher. Celui qui l'accompagne se dirige droit vers le bar en secouant ses cheveux trempés comme un chien, tandis qu'elle, apercevant Hunter affiche un sourire aguicheur qui manque de me faire vomir. Elle avance vers nous et je baisse les yeux.

— Salut, dit-elle. Hunter, tu viens te baigner avec moi ?

L'intéressé ne me quitte pas des yeux et je sens son regard peser sur moi comme s'il s'attendait à ce que je réponde à sa place. Il peut bien faire ce qu'il veut, après tout. Hunter est un grand garçon qui sait assumer ses décisions.

— Pas ce soir, Ally, dit-il.

J'observe la dénommée Ally du coin de l'œil alors qu'elle affiche une moue boudeuse qui doit sans doute en faire craquer plus d'un, mais Hunter ne la regarde toujours pas. Le regard de la fille aux cheveux noirs passe de lui à moi comme si elle cherchait à comprendre ce qu'il se passe. La tension est palpable, et moi, je me prends à souhaiter disparaître de la surface du globe.

— Oh allez, supplie-t-elle d'une voix de petite fille déçue. Tu adores ça, d'habitude.

— Non, c'est toi qui adores ça, Ally, rétorque-t-il en la regardant enfin. Dégage.

Véritablement choquée à présent, la groupie met un moment avant de réaliser ce qu'il vient de se passer. Finalement elle recule d'un pas, la colère déformant ses jolis traits.

— T'es vraiment un grand connard, marmonne-t-elle.

Elle s'éloigne en attrapant un paréo sur le sol un peu plus loin, s'entourant avec. Je détourne mon regard pour le reporter sur Hunter, toujours debout en face de moi, en train de m'observer.

— Tu devrais aller jouer avec elle, dis-je.

— Tu ne comprends pas, dit-il en secouant la tête.

Il s'approche encore, et je retiens mon souffle malgré moi. La chaleur de son corps près du mien me fait frissonner encore, et il le remarque, car son sourire en coin réapparaît. Mon pouls s'accélère à un rythme fou, si bien que je crois voir mon cœur exploser hors de ma poitrine. Ma respiration se fait désordonnée à mesure que son parfum envahit mes narines. Que m'arrive-t-il ? Suis-je en proie à une crise d'angoisse ? Non, ça n'y ressemble pas vraiment… mais alors qu'est-ce que c'est ? Hunter se penche à mon oreille, et son souffle me chatouille la peau.

— C'est avec toi que je veux jouer, murmure-t-il.

Mon cœur rate un battement. Je mets un moment avant de comprendre ce qu'il veut dire. J'espère qu'il ne me prend pas pour une groupie supplémentaire. J'en ai malheureusement la confirmation lorsqu'il me prend par la taille pour me rapprocher encore de lui. Même si mon corps meurt d'envie de se retrouver contre le sien – *le traître* – je lutte contre moi-même et les frissons qui me parcourent la peau pour plaquer mes mains sur son torse et le repousser.

— Qu'est-ce que tu fais ? je parviens à articuler.

— Quoi ? s'offusque-t-il. Tu m'allumes sur la piste de danse et maintenant tu ne veux plus de moi ?

— Attends… quoi ? rétorqué-je en le poussant violemment.

Je le regarde, ahurie. Je n'en reviens pas d'entendre une chose pareille. Moi, je l'ai… allumé ? Il est vrai que j'aie eu envie d'attirer son attention mais je ne voulais pas… l'allumer. Et puis, lui-même a dit que je n'étais pas bonne danseuse, qu'est-ce qu'il croit ? Que je vais me jeter dans ses bras sans même y réfléchir, comme sa petite groupie habituelle ?

— Non mais pour qui tu te prends ? je m'écrie. Tu crois que je dansais pour toi ?

— C'était pas le cas ? demande-t-il, feignant l'étonnement.

Je pique un fard, passant une main sur mon visage et évitant son regard. Evidemment que c'était le cas, mais ça ne veut pas dire grand-chose. Je voulais juste sentir encore son regard sur moi, comme hier… car même si c'est curieux, et que je me fige sur place, tétanisée à chaque fois qu'il le fait, j'aime l'idée que ses grands yeux verts me scrutent de toutes parts comme s'il ne pouvait rien regarder d'autre.

— Peut-être, mais ça ne veut pas dire que je vais… faire… quoique ce soit avec… toi, bégayé-je.

— Ah non ? dit-il en s'approchant dangereusement de moi.

Je viens sans doute de lui tendre une perche sans m'en apercevoir. Quelle idiote ! Voilà qu'à présent, il est à nouveau tout près de moi, à quelques centimètres à peine de mon corps, lequel ne semble toujours pas avoir compris qu'il est censé faire équipe avec ma tête.

Bon sang ! Comment ai-je fait pour me retrouver dans une situation pareille ?

Mon corps réagit tout seul malgré mes efforts pour me contrôler : la chair de poule recouvre mes bras et mon cœur bat à tout rompre. J'ai du mal à garder un rythme respiratoire à peu près normal.

— Je vois bien l'effet que je te fais, Lena, dit-il d'une voix basse. Je sens ton souffle qui s'accélère.

Il promène son nez le long de ma joue et je ne peux m'empêcher de fermer les yeux pour savourer ce contact, si léger soit-il. Il descend vers mon cou, et je peux sentir son parfum, un mélange de sel de mer et de gel douche à la menthe.

— Bordel, souffle-t-il. Tu es tellement…

Il ne complète pas sa phrase et se contente de soupirer. Je tente de reprendre mes esprits. J'ai du mal à tenir debout, j'ai l'impression de tanguer légèrement alors qu'il remonte vers ma joue, pour finalement positionner ses lèvres tout près des miennes, si près que je peux presque sentir son goût sur ma peau. Il faut que j'arrête tout ça avant de franchir une limite sans pouvoir me rattraper.

— Arrête, parviens-je à articuler.

— Tu es sûre, Lena ? répond-il.

— S'il te plaît… arrête ! réussis-je à dire plus fort en reculant.

J'évite soigneusement de le regarder et pars en courant. Je l'entends m'appeler, mais je ne me retourne pas. Ce n'est qu'en arrivant chez Anna, le souffle court, que je me rends compte des larmes qui lacèrent mes joues.

8 – Hunter

Je la regarde courir et je ne comprends plus rien. Je ne connais pas cette fille, putain, pourquoi en aurais-je quelque chose à foutre de ce que je peux bien lui faire ?

Pourtant, une part de moi se met à se demander si je lui ai vraiment fait du mal. Cette partie de mon esprit se fait de plus en plus encombrante, comme si la seule possibilité d'avoir pu lui faire de la peine s'avérait insupportable. Mais qu'est-ce qu'il m'arrive, putain ? D'habitude, je n'en ai jamais rien à foutre des filles et de leurs putains de sentiments, c'est pas mon problème. Je me contente de prendre ce qu'elles veulent bien me donner et puis c'est tout.

Je dois me faire violence pour ne pas la suivre, la rattraper en courant et m'excuser. M'excuser de quoi ? D'avoir voulu l'embrasser ? Putain, à la seconde où je l'ai vue fermer les yeux et se déhancher sur la piste, j'ai eu envie de goûter ses lèvres rosées. En fait, j'en ai eu envie dès la première fois que je l'ai vue. J'ai pensé que c'était parce qu'elle est terriblement belle et tellement sexy, mais que ça allait passer. Mais non. Après l'avoir raccompagnée chez elle hier soir, je n'ai pas arrêté de penser à elle.

Et d'ailleurs, je n'avais pas prévu non plus de passer la voir ce matin : mes pieds m'y ont emmené tout seuls. Et quand je l'ai vue allongée là, avec son haut de bikini – *putain !* – et son air détendu, je n'ai pas pu résister. J'ai joué les durs, comme d'habitude, et voilà où j'en suis. Elle monopolise mes pensées, et dès que je ferme les yeux, son visage, son regard triste m'apparaît comme un rêve. Quand je suis revenu au bar, hier soir, j'ai entraîné Ally dans les toilettes et elle m'a taillé une pipe. Enfin, elle a essayé : je n'ai même pas réussi à bander pour elle alors que d'habitude, ce n'est pas chose difficile. Ally a beau être un peu collante et casse-pied, elle est docile et ne dit jamais non, et elle est douée pour me prendre dans sa bouche. Mais là, je n'ai pas pu : la simple vision de ses lèvres sur ma bite m'a donné envie de vomir. Je n'ai pas compris ce qui se passait dans ma tête, à ce moment-là, mais je n'ai pas insisté. Je l'ai envoyée chier, prétextant être trop fatigué et elle est simplement partie en me traitant de connard et a fini sa nuit avec Jared.

Lena n'est pas une fille facile, je ne l'ai jamais pensé. Elle n'est pas comme Ally ou comme toutes les autres filles que j'ai pu me taper cette année. Il y a quelque chose dans son regard qui me hante. La forme de son corps, ses longs cheveux bruns, ses joues qui virent au rouge à chaque fois qu'elle me surprend en train de la regarder… tout chez elle me donne envie de la toucher, de la… protéger ?

Faut pas déconner.

Je n'ai jamais été un mec pour qui que ce soit. J'aime être seul, et d'ailleurs je ne supporte pas de rester au lit avec une fille pendant plus de deux heures sans que rien ne se passe. Hors de question de passer la nuit avec qui que ce soit. C'est trop intime, de toute manière. Mais Lena… je ne peux pas m'empêcher de l'imaginer endormie près de moi, nue entre mes draps, mes mains sur sa peau si blanche…

Stop. Je dois arrêter ces conneries.

Quand la silhouette de Lena disparaît sur la plage, au loin, je me décide à bouger. Je suis resté planté là, à la regarder courir, à la regarder me fuir, mes pieds cloués dans le sable comme un con. Je retourne vers le bar et demande immédiatement à Lars un shot de vodka. J'ignore son regard plein de jugement quand je m'enfile le verre d'un seul coup. La brûlure familière de l'alcool le long de ma gorge me fait du bien, mais ce n'est pas suffisant pour annihiler le conflit qui fait rage dans ma tête.

— Qu'est-ce que t'as encore foutu ?

Je me tourne vers la voix féminine qui vient de hurler dans mon oreille, par-dessus la musique. Heather s'appuie contre le bar juste à côté de moi et me toise de son regard, celui qui veut dire « t'es qu'un stupide gros connard mais je vais t'aider parce que je suis ta pote, que tu le veuilles ou non ». Je tente de l'ignorer, mais c'est mal la connaître. Je n'ai jamais vraiment voulu définir notre relation à voix haute, mais Heather est sans doute la seule personne dans cette ville que je peux qualifier d'amie.

— Qu'est-ce que ça peut te faire ? rétorqué-je.

— Lena est ma pote, dit-elle. Je te laisserai pas la traiter comme tu le fais avec toutes les autres.

— C'est bien la première fois que tu fais gaffe à ce que je fais avec une meuf, dis-je en m'efforçant de rire. Et puis, c'est quoi ton délire, avec elle ? C'est pas un animal de compagnie, t'es pas obligée de l'amener avec toi, partout où tu vas.

Je l'entends renifler d'un air dédaigneux, alors que je m'efforce d'attirer l'attention de Lars pour qu'il me serve un autre verre.

— Ne fais pas le con avec moi, ça ne prend pas, dit-elle en me pointant d'un doigt accusateur. Je sais que tu l'aimes bien.

— Quoi ? m'offusqué-je. N'importe quoi !

Je me tourne vers elle, les yeux écarquillés, alors qu'elle me sourit d'un air malicieux que j'aimerais bien ôter de son visage. Elle a toujours vu clair en moi et ça me fout toujours les boules. Je n'aime pas la tournure que prend cette conversation et je refuse par-dessus tout de faire face à cette monstrueuse vérité, à cette petite voix tout au fond de ma tête qui me hurle qu'Heather a raison.

Putain de merde.

Voyant que Lars est bien trop occupé à draguer deux touristes blondes à l'autre bout du bar pour faire attention à ma gueule, j'abandonne mon idée de boire encore un coup ici et décide de me tirer. C'est surtout pour éviter le regard de cette fille aux cheveux rouges qui s'efforce d'être mon amie depuis toutes ces années, malgré mon caractère de merde.

— J'me casse.

— Si tu veux rattraper le coup avec Lena, tâche de laisser le connard dans ta salle de bains ! crie-t-elle.

Je lui fais un doigt d'honneur sans me retourner, et quitte la plage, bien décidé à oublier cette fille aux yeux chocolat.

Au moins jusqu'à demain.

9 – Lena

Je ne sais pas comment je me suis endormie. Je suis encore habillée avec mes fringues de la veille, et je suis allongée en travers de mon lit, serrant mon oreiller contre moi, dans la même position que celle que je me souviens avoir adoptée en dernier. Mes yeux me piquent, j'ai sans doute dû m'endormir en pleurant. En rentrant, la peine qui me déchirait le cœur m'a clouée sur place, sans que je ne puisse rien faire d'autre que pleurer à chaudes larmes.

Je jette un œil à mon réveil et vois qu'il n'est pas encore sept heures. J'ai encore un peu de temps devant moi avant de devoir partir pour le label, pour mon premier jour.

Je suis rentrée avec une impression de trahison profonde. Une trahison que j'ai commise. Comme si le fait de m'être sentie bien, à ma place, si proche d'Hunter, et d'avoir eu envie de ce dont j'ai eu envie hier soir, était une façon horrible de trahir mon deuil. De trahir ma mère. Je suis partagée entre hurler face à mon reflet dans le miroir ou chialer encore un bon coup. Je sais que j'ai tenté de prendre une résolution, en me promettant à moi-même de vivre ma vie, mais je n'ai pas pu m'en empêcher. Dès qu'Hunter m'a touchée, j'ai été prise de sentiments contradictoires qui m'ont déchirée en deux, voire même en trois : la sensation d'avoir trouvé où je suis censée être, l'impression que cette place ne doit pas m'être accordée si tôt, et aussi, l'idée que je n'aurais pas dû ressentir tout ça alors qu'il s'est vraiment comporté comme un connard.

C'est idiot, j'en suis consciente. Mais je ne peux pas m'empêcher de penser que je n'ai aucun droit d'être heureuse tout de suite. Pas maintenant.

Je me traîne hors de mon lit et file sous la douche d'un pas las. J'espère que l'eau chaude fera disparaître mes idées noires. Ce n'est pas le cas. Je me sèche alors rapidement et tente de me composer une apparence sereine. Mais en croisant mon reflet dans le miroir, j'ai un léger choc.

Mes yeux sont rouges et bouffis, signe que j'ai bel et bien pleuré pendant une bonne partie de la nuit. Il est temps de sortir la trousse de maquillage. Je n'ai pas pour habitude de me peinturlurer la figure, mais là, c'est un cas de force majeure. Après quelques coups de pinceaux et d'anticernes, puis une couche légère de mascara, je retrouve une façade plus ou moins potable. Je brosse mes cheveux et décide de les tresser.

Je choisis une robe bleu clair d'un style vintage, nouée dans ma nuque, qui m'arrive aux genoux. Elle est suffisamment légère pour supporter la chaleur de la journée. Je n'ai pas spécialement faim ni envie de croiser Monica ce matin. Je n'ai pas envie de parler et comme elle est plutôt observatrice et perspicace, je suis certaine qu'elle se mettrait à me poser des questions auxquelles je n'ai pas envie de répondre.

Je me faufile donc à l'extérieur et m'enferme rapidement dans ma voiture. C'est ce moment-là que je choisis pour allumer mon portable. J'ai trois appels manqués d'Heather, et plusieurs textos qui me demandent tous où je suis passée.

Je m'en veux de l'avoir abandonnée hier soir. Aussi, je décide de lui répondre rapidement pour m'excuser. Je me surprends à ressentir, pour la première fois, le besoin de me confier à elle. Je lui propose donc de me retrouver plus tard, mais pas au bar. Je n'ai aucune vie de croiser à nouveau Hunter et d'avoir à m'expliquer en plus de supporter sa présence.

Elle me répond rapidement malgré l'heure matinale.

« On peut se retrouver au centre commercial, si tu veux !

J'ai besoin d'une thérapie 😉 *»*

Je souris en lisant sa réponse et lui confirme notre rendez-vous après mon entretien avant de démarrer. Je tourne plusieurs fois dans le centre-ville avant de comprendre où mon GPS tente de m'emmener. Quand enfin je dépasse ma frustration et trouve les bureaux du label, je peste contre le manque de places de parking. Cette journée commence bien. Je dois me garer à une rue de là où je suis censée aller et, craignant d'arriver en retard, j'avance au pas de course jusqu'à l'entrée.

L'endroit est immense et ressemble plus à une salle de concert qu'à un label. J'entre dans une salle sombre où je peux discerner une scène tout au fond, à l'opposé de l'entrée. La pièce semble déserte. Suis-je vraiment en retard ? Je suis rassurée lorsque je vois une porte s'ouvrir dans le fond, près de la scène, et dégager un rayon de lumière assez bienvenu. Une silhouette se détache dans l'ombre et une voix masculine se fait entendre au loin.

— Lena Anderson ?

— Oui, c'est moi, dis-je en m'approchant.

Une fois arrivée à sa hauteur, je peux mieux l'observer. L'homme qui m'accueille a l'air d'avoir passé la quarantaine : il arbore une barbe de trois jours grisonnante, et ses yeux bleus me sourient chaleureusement. Ses cheveux blonds sont parsemés de mèches plus grises et lui arrivent aux épaules. Il porte un jean sur une chemise blanche et a l'air un peu débraillé.

Il me tend une main que je serre fermement en lui souriant poliment, espérant feindre la sérénité au mieux.

— Bienvenue chez Parksons Records, me dit-il. Je suis Robert Parksons, mais vous pouvez m'appeler Bob. Votre tante m'a un peu parlé de vous, allons dans mon bureau.

J'acquiesce et le suis derrière la porte par laquelle il est venu. J'ai soudain l'impression d'entrer dans un tout autre bâtiment. L'endroit est spacieux et lumineux : une grande fenêtre prend presque la totalité d'un mur. Les murs laissent apparaître la brique de construction, ce qui donne un certain charme à l'endroit. Nous passons devant une table de billard, et je peux admirer tout au fond un bureau en métal couvert d'autocollants en tout genre, derrière lequel l'homme prend place. Il m'invite d'un signe de la main à m'asseoir sur l'une des deux chaises devant lui.

— Alors, vous êtes donc à la recherche d'un job pour l'été, si j'ai bien compris ?

— C'est ça, réponds-je en souriant.

— Bien, parlez-moi un peu de vous dans ce cas, dit-il en croisant les bras sur son bureau.

Je prends une légère inspiration et me lance. Je lui parle de mon amour pour la lecture et décide d'être honnête sur mes maigres connaissances en matière de musique, lui précisant toutefois que j'ai un faible pour le rock alternatif, ce qui le fait sourire. Il m'écoute parler de ma tante, de mes talents d'organisatrice et de mes bonnes notes au lycée, ce à quoi il répond toujours par un hochement de tête.

— Eh bien, dit-il enfin en se laissant aller contre sa chaise. Tout ça me paraît tout à fait correct. Pourriez-vous commencer demain ?

— Bien sûr, j'en serais ravie ! dis-je en souriant franchement.

C'est un tel soulagement d'obtenir ce job. Je vais pouvoir arrêter de me morfondre dans ma chambre et de me demander que faire de mes journées, et surtout, je vais enfin pouvoir m'occuper l'esprit autrement qu'avec des bières dans un bar et des yeux émeraudes qui transpercent mon âme. Bob me sourit et nous discutons en détail de mes tâches et de ma rémunération, qui s'avère bien plus que raisonnable pour un job d'été. Le reste me semble tout à fait à ma portée : tenir l'agenda à jour, accueillir les artistes et contrôler les horaires du studio d'enregistrement. Je devrais aussi faire l'intendance si nécessaire pendant les concerts organisés dans la salle d'à côté. Tout cela est bien dans mes cordes.

Mon nouveau patron me souhaite une bonne journée et me raccompagne jusqu'à l'entrée. Une fois sortie, je sautille presque jusqu'à ma voiture tant je suis heureuse de la tournure qu'a pris ma matinée. Il est déjà presque onze heures quand je prends place derrière le volant, et sors mon portable de mon sac pour prévenir Heather de mon arrivée.

Je retrouve sans mal mon amie aux cheveux rouges au centre commercial. Elle flâne devant la vitrine du disquaire. Lorsqu'elle me voit, son sourire s'agrandit, et elle me prend dans ses bras.

— Je me suis vachement inquiétée, hier soir ! s'exclame-t-elle.

— Je sais, je suis désolée d'être partie sans prévenir, dis-je en baissant les yeux, honteuse.

— Il faut que tu me racontes tout et en détail ! Quand je t'ai vue partir avec Hunter, ça avait l'air de bien se passer…

— Disons que ça ne s'est pas très bien terminé…, confessé-je.

Elle m'interroge du regard et je commence à lui raconter ce qui s'est passé. Elle arbore les expressions adéquates au bon moment, passant de l'air surpris à complètement choqué, à dégoûté quand je mentionne Ally et ses seins nus, puis à dépité quand je lui raconte ma fuite. Je m'interromps cependant avant de lui expliquer pourquoi j'ai déguerpi de la sorte. Peut-être est-il temps que je lui parle de la vraie raison de ma présence en Californie… Je ne veux certainement pas plomber l'ambiance ni me mettre à pleurer de nouveau, mais la mort de ma mère n'est pas un détail… C'est une énorme boule dans ma gorge, un nœud dans mon estomac qui ne disparaîtra plus jamais. Je décide alors de me lancer. Je lui raconte pourquoi je suis venue à Carmel et elle affiche une expression que je ne saurais déchiffrer. Elle fronce les sourcils, de plus en plus à mesure que mon récit avance. Mais elle m'écoute, sans rien dire, et je me promets de la remercier pour ça. Enfin, je lui raconte ce que j'ai ressenti hier soir, quand Hunter m'a touchée. Bien qu'il se soit montré rustre, j'avais envie de plus, envie d'être plus près de lui. Je sais que ce n'est pas lui qui m'a fait fuir, mais ma culpabilité.

Quand j'ai enfin terminé, elle ne dit rien, comme si elle avait besoin de quelques minutes pour assimiler ce que je voulais lui raconter. J'espère juste qu'elle n'adoptera pas cette attitude maladroite et compatissante qu'ont tous les gens quand on leur apprend que notre mère est décédée prématurément. À mon grand soulagement, elle se contente de soupirer et de me prendre doucement dans ses bras.

— Je suis désolée pour ta mère, Lena, dit-elle doucement. Je n'aurais jamais deviné, tu caches bien ton jeu.

— Je suis désolée de ne pas te l'avoir dit plus tôt, dis-je en m'écartant.

— Et puis quoi encore ? dit-elle en souriant tristement. Tu aurais fait quoi ? « Salut, moi c'est Lena, ma mère est morte, allons boire un verre ! »

Je ris légèrement, les larmes aux yeux. Je me dépêche de les ravaler avant de ne plus pouvoir m'arrêter.

— Pour en revenir à Hunter…, dit-elle ensuite. C'est un vrai con, y'a pas à dire. Mais si tu veux mon avis, tu as tout à fait le droit de ressentir ça pour lui. Même si c'est un goujat et qu'il ne mérite rien de plus qu'un bon coup de genou bien placé. Tu ne devrais pas te sentir coupable de vouloir être heureuse…

— Je le sais bien, dis-je en haussant les épaules. Mais je n'y arrive pas… C'est plus fort que moi. Je sais que ma mère voudrait que je sois heureuse mais j'ai l'impression que c'est trop tôt pour ça…

— Il n'est jamais trop tôt pour ça, Lena.

Je soupire. Je sais qu'elle a raison, mais je ne parviens pas à me faire à cette idée : sourire, rire, être heureuse et ne plus penser à elle en ayant mal. J'ai tout simplement peur de l'oublier. Oublier les traits de son visage, le son de sa voix, son parfum, tout. J'ai peur que mon bonheur soudain ne finisse par l'effacer complètement.

Je décide de changer de sujet et lui demande où elle a fini sa soirée hier, alors que je la suis à l'intérieur du disquaire.

— Oh tu sais, dit-elle en soupirant. J'ai discuté un peu avec Lars, et puis je suis rentrée. C'était pas la soirée la plus folle de ma vie.

— Tu t'entends bien avec lui, remarqué-je.

Elle hausse les épaules tout en feignant de fouiller dans un bac d'albums en vinyles. Je ne me suis jamais véritablement intéressée à d'autres genres musicaux que ceux que ma mère m'aura fait découvrir avec les années, et la plupart du temps je télécharge ce qui m'intéresse sur Internet. Mais il faut avouer que les pochettes qu'on peut trouver ici valent parfois le coup d'œil. Elles semblent être le fruit d'un véritable travail d'artiste… J'observe d'un air distrait l'arrière d'un album de Pink Floyd quand une autre pochette fait son apparition devant moi.

— Celle-là est mieux, dit une voix masculine que je ne connais que trop bien à présent.

Je lève les yeux et manque de lâcher le disque entre mes mains. Deux yeux verts me détaillent au-dessus d'un sourire en coin que je commence également à connaître par cœur. Hunter s'appuie contre la rangée de bacs, me tendant toujours l'album de sa main droite. Je reporte brièvement mon attention sur la pochette, j'y vois un homme en train de saccager une guitare sur scène. On ne voit pas beaucoup de détails, mais le titre de l'album et le nom du groupe sont clairement visibles en toutes lettres sur les côtés : « The Clash, London Calling ».

— Je ne pense pas que ça soit mon genre, rétorqué-je en lui rendant la pochette grise.

— Ah non ? dit-il en feignant la surprise. C'est quoi, ton genre, alors ?

Je saisis parfaitement le sous-entendu mais feins de ne pas l'avoir relevé. Je cherche des yeux le secours d'Heather, mais elle a disparu deux rayons plus loin et me tourne le dos. Je ne recevrai pas d'aide de ce côté-là, tant pis. Je fuis son regard autant que je le peux, mais c'est plus facile à dire qu'à faire. Je passe « Dark Side of the Moon » sous mon bras, décidant de l'acheter sur un coup de tête.

— Le genre qui ne me prend pas pour une vulgaire allumeuse, finis-je par marmonner.

Malheureusement pour moi, il m'entend sans mal, et se met à sourire de plus belle face à ma réflexion.

— Je suppose que tu t'attends à ce que je m'excuse, dit-il alors que je tente de m'éloigner de lui.

— Je n'attends rien du tout de ta part, dis-je en haussant les épaules.

Il s'avance encore vers moi, réduisant une distance entre nous que je m'efforce de conserver tant bien que mal. À bien y réfléchir, il ne semble pas du genre à s'excuser pour quoi que ce soit, mais plutôt à assumer haut et fort son comportement. Et tant pis si cela a pu me blesser d'une quelconque manière. Et tant pis si c'était déplacé et sexiste. Je suis sûre qu'Heather a raison. C'est un connard. Il prend sans se préoccuper de ce qu'il…

— Excuse-moi. Je ne voulais pas te froisser.

Je ne peux m'empêcher de lever les yeux vers lui. Ok, je ne l'avais pas vue venir, celle-là. Son sourire a disparu et il semble véritablement sérieux, me sondant de ses prunelles émeraudes comme s'il cherchait à deviner la moindre de mes pensées. Une éternité semble s'écouler avant que je ne parvienne à articuler une réponse.

— Ça ne marchera pas avec moi, asséné-je, toujours méfiante.

— Quoi ? demande-t-il en feignant l'innocence.

— Ça, dis-je en désignant son sourire. Cet air que tu sembles prendre avec toutes les filles.

— Je ne vois pas de quoi tu parles, dit-il en haussant les épaules, continuant son petit manège.

— Je pense que si, dis-je en m'écartant légèrement. Je ne suis pas ton genre.

— Qui te dit que j'ai un genre ?

Je dois me mordre l'intérieur de la joue pour ne pas sourire. Il est fort, très fort. Détournant mon regard de lui, je fais mine de regarder quelques pochettes supplémentaires en les faisant défiler devant moi du bout des doigts. Je sens toujours son regard sur moi et fais mine de ne pas le remarquer. Son parfum finit par atteindre mes narines tant il est proche, cette odeur que j'associe à l'océan, agrémentée de menthe. La chaleur de son corps voyage jusqu'au mien et les poils de mes bras se hérissent. Je ne recule pas, mais avant qu'il ait pu me toucher, une voix retentit derrière lui.

— Lowell ! Viens m'aider pour les caisses, tu veux ?

Je regarde l'intéressé du coin de l'œil, il change d'expression du tout au tout et perd son sourire en soupirant. Sans plus un mot ni un regard vers moi, il tourne les talons et disparaît dans l'arrière-boutique avec un vieil homme potelé plus petit que lui.

Mon regard s'est arrêté là où il a disparu, et je ne peux dire combien de secondes s'écoulent avec que Heather ne réapparaisse à côté de moi, me ramenant à la réalité. Je ne peux m'empêcher de lui poser la question.

— Tu savais qu'Hunter travaillait ici ?

— Ouais, dit-elle. Désolée, je ne savais pas qu'il bossait aujourd'hui.

— Ce n'est rien, dis-je. Il s'est… excusé.

Elle en lâche les albums qu'elle tient dans les bras et ne les rattrape que de justesse. Heureusement qu'elle n'était pas en train de boire, je serais probablement trempée à l'heure qu'il est. Son expression vaut de l'or : ses yeux sont comme exorbités, et sa bouche si grande ouverte que j'aurais pu y fourrer une cuisse de poulet entière. Je souris, amusée.

— Il s'est *quoi* ? s'écrie-t-elle.

— Il a présenté ses excuses pour hier soir, dis-je en haussant les épaules.

— Genre, il a vraiment… utilisé ce mot ?

Je hoche la tête et l'entends laisser échapper un « oh putain » dans un souffle, ce qui me fait sourire de plus belle. Visiblement, j'ai vu juste : il n'est pas du genre à s'excuser. Le fait qu'il m'ait dit être désolé, à moi, me réchauffe un peu le cœur. Je commence sérieusement à me poser des questions sur son comportement plutôt contradictoire par rapport à la première fois. Il s'est montré hostile, impoli et grossier envers moi, ce qui est étrange, puisqu'il m'a également défendue et raccompagnée chez moi. Enfin, en quelque sorte. Et maintenant, c'est comme s'il s'était adouci, comme s'il s'était convaincu de changer de comportement avec moi, pour une raison que j'ignore. Tout cela me donne le tournis.

J'accompagne Heather à la caisse pour qu'elle règle ses achats. Je finis tout de même par m'offrir cet album des Clash en plus de celui que j'avais déjà choisi. En sortant de la boutique, je ne peux m'empêcher de regarder encore une fois un peu partout pour voir si Hunter n'a pas réapparu, mais non. Je suis Heather à l'extérieur, et nous passons le reste de l'après-midi à nous balader dans diverses boutiques et à discuter. J'aime vraiment passer du temps avec elle et j'apprécie d'apprendre à la connaître un peu plus. Elle me raconte qu'elle vit ici depuis sa naissance, avec son père, qui est shérif adjoint à Carmel. Elle n'a jamais connu sa mère, elle est partie un peu après qu'elle soit née et n'a jamais cherché à savoir pourquoi. Son père travaille bien trop pour passer du temps avec elle, alors elle passe son temps dehors. Elle a fini le lycée il y a un an et n'a jamais pensé à intégrer l'université, préférant travailler au bar.

Je lui parle encore un peu de ma mère et de ma vie à New York. Elle me confie n'avoir jamais quitté la Californie et qu'elle aimerait beaucoup voyager, et je lui promets de lui faire visiter mon ancien chez-moi un jour.

Quand je la quitte, j'ai à nouveau le cœur léger. Je range mes courses dans la voiture, quand j'entends une voix masculine héler mon prénom. Levant les yeux, j'aperçois Hunter courir vers moi, dans son t-shirt blanc et son jean noir. Une fois à ma hauteur, il ralentit, et appuie ses mains sur la porte de mon coffre, au-dessus de sa tête.

— Je voudrais… hum… t'inviter à dîner, bégaye-t-il.

Bégayer, lui ? Jamais je n'aurais pensé le voir aussi gêné. Enfin, la dernière fois que j'ai vu cette expression de malaise sur son visage, c'est lorsqu'il m'a raccompagnée chez Anna et m'a demandé si j'allais être à la plage le lendemain. Il faudrait peut-être que j'arrête de croire que j'ai vu clair en lui. Face à mon silence et mon air ahuri, il semble se décomposer quelque peu, et je tente de me rattraper rapidement en formulant un semblant de réponse.

— Hum… oui, je… Quand ?

— Ce soir.

Ce n'est pas une question, mais plutôt une affirmation, sans appel. Je ne peux protester car l'air qu'il affiche finit de me convaincre. Il ne semble pas habitué à ce genre de proposition, aussi je décide de récompenser son effort.

— Ok, dis-je.

— Je passe te prendre à 19 heures.

Et sur ces mots, il tourne les talons, les mains dans les poches, retournant vers l'entrée du centre commercial d'un pas décidé. Je reste là un bon moment, face à mon coffre ouvert. Un étrange sentiment de déjà-vu me parvient, et pourtant, ce moment est différent. Il semble réellement en proie à un conflit, comme si le fait qu'il m'invite ainsi à dîner n'était pas quelque chose de naturel pour lui. Abasourdie par ce qui vient de se passer, une seule phrase ne cesse de tourner en boucle dans ma tête.

Est-ce que je viens d'accepter un rencard avec Hunter Lowell ?

10 – Hunter

Je suis officiellement possédé. Je ne sais pas ce qui m'a poussé à m'excuser comme ça, et encore moins à l'inviter à dîner. Putain, j'invite personne à dîner ! Je ne sais pas ce qui m'a pris… peut-être était-ce une étincelle d'espoir dans son regard ? Ou le son de son rire quand je l'ai vue entrer dans la boutique avec Heather ? Je suis persuadé que cette dernière ne l'a pas amenée ici par hasard. Elle a tout planifié, elle me force la main. Elle me connaît mieux que personne. Et je suis tombé dans le panneau comme un idiot.

J'ai adoré voir ses yeux s'écarquiller de surprise quand j'ai présenté mes excuses, j'ai savouré de la voir prise au dépourvue quand je lui ai demandé de sortir avec moi ce soir. Mais bon sang, maintenant que je suis de retour derrière la caisse, un million de choses me passent par la tête, dont une énorme question : qu'est-ce que je vais bien pouvoir foutre ce soir avec elle ?

À la voir, elle a probablement déjà eu le parfait petit ami qui l'emmenait dans les meilleurs restaurants, qui la courtisait comme dans ces putains de romans à l'eau de rose et qui lui murmurait des mots doux à l'oreille. Elle ne peut pas ne pas avoir déjà connu le prince charmant, avec des yeux et un sourire pareil. Pourquoi a-t-elle accepté au juste ? Je n'en ai aucune putain d'idée mais je ne peux pas ôter ce sourire béat de mon visage. J'ai très probablement l'air débile.

— Lowell ! crie mon patron à travers la boutique.

Je lève les yeux vers son crâne dénudé et le vois me faire signe dans l'arrière-boutique. Je soupire. J'espère qu'il ne compte pas encore me demander de faire l'horaire du matin, demain, je n'ai aucune envie de croiser ce putain de livreur, ni même de soulever autant de caisses dès sept heures du matin. Je suis le petit homme grassouillet jusque dans le placard qui lui fait office de bureau. Il s'assoit sur son fauteuil défoncé, et me fait signe de m'asseoir, mais je suis bien trop nerveux alors je décide de rester debout et m'appuie contre le mur en face de lui.

— Je ne vais pas pouvoir accepter ta demande pour faire plus d'heures, lâche-t-il. Je suis désolé.

— Quoi, m'offusqué-je. Mais pourquoi ?

— Les affaires vont mal, soupire-t-il. Cette connerie de téléchargement en ligne ne m'aide pas à faire plus de ventes et je n'ai pas les moyens de te payer plus que je ne le fais déjà.

— Et je fais comment pour payer mes factures, putain ?

— Je sais que tu as des problèmes, fiston. Mais ton oncle ne pourrait-il pas…

— Hors de question !

— Dans ce cas, je suis désolé, dit-il. Je ne peux rien faire de plus pour toi.

Bordel de merde. C'est bien la seule fois que je demande quelque chose à Harry, et voilà que même ça, il ne peut pas me l'accorder. Je vais être obligé de demander de l'aide à Bob… même si la simple idée de le voir user de son putain de fric de riche pour me sortir de la merde me donne la gerbe. Je n'ai surtout pas envie de voir son petit sourire plein de compassion pendant qu'il règle mes dettes. Jamais de la vie. Je suis capable de me débrouiller tout seul. Je le fais depuis des années, je ne vois pas pourquoi ça changerait.

Si Harry refuse de m'aider, je vais devoir passer outre mes principes et rappeler cette femme. Son argent est sale, mais au moins, il me dépannera le temps que je trouve une solution plus définitive.

11 – Lena

Il est presque seize heures quand je rentre chez Anna. Je suis passée par le salon comme une tornade, entraînant la surprise de Monica et de Ronny au passage. Je suis maintenant dans ma chambre à faire les cent pas devant ma garde-robe.

J'ai un rencard. Ce soir. Avec lui. Je suis tellement prise au dépourvu que j'ai du mal à réaliser et surtout, à appréhender cette idée sans paniquer complètement. Je décide d'appeler Heather, mais à mon grand regret, elle ne répond pas et je tombe sur sa messagerie avant de me souvenir qu'elle doit travailler ce soir. La dernière fois que j'ai été invitée à un rencard de ce genre, j'avais seize ans, et c'était avec un garçon du club de littéraire qui a passé la soirée à me parler de son ex. Autant dire que je n'ai pas été particulièrement encline à réitérer l'expérience.

On frappe légèrement à ma porte et je crie un « entrez » en essayant de contrôler le tremblement de ma voix, en vain. Monica passe ses grosses joues à travers la porte, un air inquiet déformant ses traits.

— Tout va bien ? demande-t-elle.

— Je ne sais pas, j'avoue. Je crois que… je crois que j'ai accepté un rencard ?

J'ai dit cela sur le ton de l'interrogation, parce que j'ai besoin de m'en rendre compte moi-même d'abord. Je continue à fixer ma garde-robe du regard, la trouvant soudain atrocement vide. Je jure à l'instant même de ne plus jamais me moquer de ces filles clichées à la télé qui se plaignent toujours de ne rien avoir à se mettre alors que leur chambre déborde de vêtements. Elles sont dotées du même manque de confiance en elles que moi.

— Oh ! s'écrie Monica en tapant dans ses mains. Mais c'est merveilleux !

— Merveilleux, je ne sais pas, je marmonne.

— Il faut vous trouver la tenue idéale, dans ce cas, dit-elle en avançant vers ma garde-robe, les poings sur les hanches. Pourquoi n'iriez-vous pas prendre une douche pendant que je cherche quelque chose de décent ?

— Décent, oui… mais peut-être pas trop non plus ? me risqué-je.

— *Dios mio !* s'étonne-t-elle. Chercheriez-vous à séduire ce jeune homme ?

— Peut-être un peu, j'avoue. Je ne sais pas… je ne pense pas être le genre de fille avec qui il sort d'habitude.

— S'il vous l'a demandé, c'est que vous lui plaisez, dit-elle. Vous ne devriez pas changer pour plaire à qui que ce soit.

— Je n'ai jamais dit ça…, dis-je en haussant les épaules. Simplement être un peu plus… femme ?

— Je vois, dit-elle en réfléchissant. Je vais devoir appeler de renforts. Allez donc, filez dans cette salle de bains !

Je la vois sortir son téléphone de sa poche et appuyer sur une touche. J'obtempère et finis par me convaincre qu'une douche parviendra peut-être à me calmer. L'eau chaude ne semble cependant pas se décider à dénouer mes nerfs dans ma nuque et mes épaules. Je prends le temps de me laver les cheveux, de me raser, et me savonne trois fois de suite. Je suis encore plus nerveuse que le jour où j'attendais les réponses des différentes universités auxquelles j'ai postulé. Je m'entoure d'une serviette et fais de même avec mes cheveux, avant de me regarder dans le miroir.

Il faut que j'arrive à faire la part des choses. Ma mère voudrait que je m'amuse, que je reprenne le cours de ma vie de la meilleure façon qui soit. Rencontrer quelqu'un fait forcément partie de ses souhaits me concernant. Elle voudrait que je sois heureuse, que je laisse quelqu'un entrer dans ma vie et me voir, moi… me voir vraiment. Je ne sais pas si Hunter sera cette personne-là. Et jusqu'à présent, rien ne me laisse penser ça. Mais c'est une chance. Une opportunité. Quelque chose de nouveau à essayer, et j'ai promis à ma mère d'essayer. Au moins, essayer.

J'entends soudain deux voix provenir de ma chambre, en train de discuter. Je passe la porte de ma salle de bains et me fige en voyant Monica tenir deux tenues devant elle, les montrant à une fille aux cheveux de jais assise sur le bout de mon lit. Je me racle la gorge, et les deux se tournent vers moi.

— Lena, voici ma fille, Alejandra, dit-elle. J'ai pensé qu'elle pourrait davantage vous aider que moi !

— Salut, me dit l'intéressée.

Je la salue à mon tour et avance doucement, gênée, tout en l'observant du coin de l'œil. Elle porte un top à fleurs rouge et blanc, qui dévoile ses épaules au teint halé, au-dessus d'un short blanc taille haute. Ses longues jambes sont fines et brunes, le genre à sûrement faire pâlir n'importe quel représentant de la gent masculine et rendre verte de jalousie n'importe quelle fille, moi y compris.

— Alejandra est passionnée de mode, me dit Monica. Elle part étudier à Parsons en septembre !

— Waouh, fais-je dans un souffle.

Je suis réellement impressionnée. De ce que j'en sais, Parsons est la meilleure école du pays en ce qui concerne la mode. La dénommée Alejandra se met à rougir et à intimer doucement sa mère de ne pas se vanter. Elle me regarde en souriant doucement. Elle doit sans doute se sentir aussi mal à l'aise que moi, à aider quelqu'un qu'elle ne connaît absolument pas.

— Tu devrais porter la blanche, dit-elle doucement. Elle a un bustier, ce qui mettra en valeur ta poitrine, et cette couleur a tendance à plaire par son côté innocent mais pas trop.

Je regarde la robe en question. Je l'ai achetée il y a quelques jours ne sachant pas vraiment quand j'aurais l'occasion de la porter, mais en effet, elle pourrait plaire à Hunter. En tout cas, elle me plaît à moi. Je hoche lentement la tête en touchant le tissu du bout des doigts. C'est léger et doux comme du coton, absolument parfait pour la température assez lourde de l'extérieur. Monica s'échappe de la chambre en silence, me laissant seule avec sa fille. J'ai encore du temps devant moi pour me préparer.

— Je suis désolée pour ta mère, au fait, dit-elle. Ma mère m'a un peu raconté.

— Merci, réponds-je presque machinalement. C'est super sympa de prendre du temps pour aider une inconnue.

— Avec plaisir, c'est important de s'entraider entre filles. Surtout que... Maman m'a dit que tu traversais une période difficile. Je ne veux pas avoir l'air intrusive ou quoi, mais c'est super que tu te dépasses de la sorte. Quand mon père est mort, je suis restée cloîtrée dans ma chambre pendant un mois… en y repensant je regrette beaucoup de ne pas avoir tenté d'avancer.

— Désolée, je murmure.

— T'en fais pas, c'était il y a longtemps, dit-elle en souriant tristement.

Alejandra me surprend. Elle est d'une beauté naturelle, du genre déesse ingénue, mais ne semble pas avoir conscience – ou du moins tirer profit – de son charme. Je décèle une timidité qui ne m'est pas inconnue. Ses cheveux sont courts, s'arrêtant juste au-dessus de ses épaules, et une frange recouvre son front, mettant ainsi en valeur ses grands yeux noirs. Elle porte tout un tas de bracelets dorés aux poignets. Elle dégage quelque chose d'unique, que je n'avais jamais rencontré auparavant. J'ai l'impression qu'on se ressemble, par bien des aspects.

Après que je me suis changée, nous continuons à discuter dans la salle de bains pendant qu'elle explore ma maigre trousse de maquillage. Je n'en porte presque jamais, mais aujourd'hui, j'ai envie de rester sur ma lancée. Elle me parle de son petit frère qui entre dans l'équipe de football de son lycée l'année prochaine, et du fait que ça lui rappelle son père. Quelque part, je suis contente qu'elle soit venue, car depuis que ma mère n'est plus là, je ne me suis jamais vraiment sentie comprise par qui que ce soit. Probablement parce que personne ne pouvait réellement me comprendre. Alejandra a perdu son père : elle sait ce que c'est.

— Tu fais quoi avec tes cheveux, d'habitude ? me demande-t-elle.

— J'y touche rarement, dis-je en riant nerveusement. Ils me désespèrent.

— Comme pour nous toutes, dit-elle en se joignant à mon rire. Tu devrais essayer de les attacher, pour mettre en valeur tes épaules.

Elle entreprend alors de me les sécher et de les dresser en un haut chignon, laissant échapper quelques mèches pour encadrer mon visage. Elle dégaine alors un fer à boucler – dont j'ignorais qu'il se trouvait dans la salle de bains – pour mettre en forme ces mèches, et je dois avouer que le résultat est véritablement bluffant. Je me regarde dans le miroir et j'ai l'impression de voir quelqu'un d'autre. Ce n'est plus une fille, mais une femme que je vois dans mon reflet. Pour la première fois de ma vie, je sens que je fais mon âge.

J'ai la boule au ventre à l'idée de passer une soirée en tête à tête avec Hunter. À nouveau, ce sentiment de trahison me submerge et je dois me faire violence pour ne pas tout annuler. Heather et Alejandra ont raison, il n'est jamais trop tôt pour être heureuse. Je ne suis pas spécialement certaine qu'Hunter soit la réponse ultime à mon bonheur, mais c'est un début. Un pas de plus vers cette nouvelle version de moi-même que je m'efforce de dénicher cet été. Que j'ai promis à ma mère de trouver.

Alejandra me propose de mettre simplement un peu de mascara en plus de l'anticernes, indispensable puisque je pleure souvent ces derniers temps. Finalement, je n'ai pas besoin de grand-chose de plus, et ça me va très bien. Ma nouvelle amie admire son œuvre en me faisant tourner sur moi-même.

— Absolument parfaite ! dit-elle en tapant dans ses mains. Tu vas le faire tomber à la renverse.

Je ne sais pas vraiment ce que j'attends de cette soirée. Je meurs d'envie d'en savoir plus sur Hunter : il est entouré d'une bulle de mystère que je rêve de faire disparaître, mais en même temps, ça me fait peur. J'ai peur de ce que je vais découvrir et surtout, j'ai peur d'aimer ça. Car il n'est pas du tout le genre de personne que je fréquente habituellement, bien que je ne fréquente pas grand monde de base.

— Tout va bien, là-dedans ? demande Monica depuis la chambre.

— Oui, M'man, on arrive ! lui lance sa fille.

Je pénètre dans la chambre et suis très flattée de voir Monica écarquiller les yeux, la bouche grand ouverte.

— *Magnifica !* s'écrie-t-elle. Vous allez faire des ravages !

Je souris, fière de mon petit effet. Alejandra et sa mère prennent congé quelques minutes plus tard, me laissant ainsi seule avec mes pensées. Je regarde dehors et je ne peux m'empêcher de penser au fait qu'Hunter soit tellement plus expérimenté que moi, pour diverses choses. Ça me rend nerveuse et excitée à la fois.

Je suis prête. J'enfile mes sandales blanches et attrape mon sac à la volée. En descendant les escaliers, j'entends sonner à la porte d'entrée, et je jette un œil vers la cuisine : Monica et sa fille sont déjà rentrées chez elle, mais Anna n'est pas encore revenue du travail. Je me précipite vers la porte, Ronny sur mes talons, sa queue balayant l'air.

Avant d'ouvrir, je jette un dernier coup d'œil à mon reflet dans le miroir de l'entrée et me résous à ouvrir.

Hunter se tient debout dans l'encadrement de la porte, son éternel jean noir qui pend parfaitement sur ses hanches. Il porte… une chemise ? Elle est blanche, immaculée, et laisse légèrement entrevoir de l'encre noire sur son torse. Il a négligemment retroussé ses manches, desquelles dépassent d'autres tatouages noirs que je me surprends à observer un peu trop longtemps. À part ce léger changement vestimentaire, il arbore toujours ses cheveux ébouriffés et ses converses noires et blanches. Lorsque je reporte mon regard vers son visage, je vois la surprise déformer ses traits alors qu'il me détaille à son tour de haut en bas, et je réprime un sourire. Je n'ai pas l'habitude de laisser les gens sans voix avec ma simple apparence. Je me promets de remercier Alejandra un million de fois dès demain.

— Tu… hum… tu es prête ? demande-t-il.

— Oui, lâché-je d'une petite voix.

Cette boule dans ma gorge est toujours là, aussi j'évite de trop parler avant de dire une bêtise. Je gratte Ronny sur la tête et ferme la porte, espérant que sa maîtresse sera bientôt de retour. D'ailleurs, alors qu'Hunter s'avance devant moi vers le portail, je vois la Jeep de ma tante remonter l'allée. Je m'arrête machinalement, je devrais la prévenir que je ne dînerai pas avec elle ce soir. Elle sort de sa voiture et me fait un signe de la main, que je lui rends, alors qu'elle s'approche de nous. Hunter n'a pas l'air particulièrement à l'aise, les mains dans les poches et le regard rivé sur ses chaussures.

— Salut, fait ma tante d'un air enjoué. Tu sors ?

— Oui, je… je commence. Hunter m'invite à dîner.

— Oh, c'est chouette ça, dit-elle en regardant l'intéressé.

Un ange passe et l'ambiance se loge dans un malaise un peu trop long à mon goût. Hunter ne lève toujours pas les yeux, et ma tante l'observe un peu trop longtemps à mon goût. En tout cas, assez pour que je trouve ça louche pendant quelques secondes. Elle finit par reporter son attention sur moi.

— Bien, amusez-vous alors, dit-elle. Faites attention sur la route.

Je lui souris en hochant la tête, et la vois tourner les talons pour rentrer dans la maison. Une fois qu'elle disparaît, je me tourne vers mon rencard qui, visiblement, est toujours prostré dans le silence. Après avoir attendu de longues secondes qu'il m'adresse la parole, je soupire, lève les yeux au ciel et entreprends d'avancer vers le portail. J'entends des pas derrière moi, m'indiquant qu'il me suit. Décidément, ses sautes d'humeur vont finir par me rendre folle.

Il se dirige vers une Ford Mustang assez vieille, mais impressionnante : la carrosserie est peinte en noir, et la capote est baissée. Les sièges en cuir rouge ont l'air confortables, bien qu'assez usés également. Je m'approche et Hunter m'ouvre la portière côté passager. Il m'offre un sourire, semblant avoir repris le contrôle de lui-même en quelques secondes.

— Et il se montre galant, en plus, le nargué-je.

— Ne t'y habitue pas, dit-il en souriant.

Je ne peux empêcher un léger rire, de s'échapper de mes lèvres en m'installant sur la banquette. Le soleil n'est pas encore près de se coucher et pourtant, une brise légère et agréable s'est déjà levée. Hunter contourne la voiture pour venir s'installer au volant, et je le surprends en train de reluquer mes jambes du coin de l'œil, ce qui a le don de me faire rougir. Je me surprends à regarder autour de moi, et remarque quelque chose sur la banquette arrière, dissimulé sous une couverture.

— Où est-ce que tu m'emmènes ? demandé-je.

— Tu verras, dit-il en démarrant.

— Je n'aime pas les surprises, dis-je en le regardant d'un air faussement méfiant.

— Ça, j'avais remarqué.

Je décide de me taire et, en détournant les yeux pour voir le paysage défiler, un sourire étire à nouveau mes lèvres, amusée par ses réactions. Il n'a clairement pas l'habitude de ce genre de soirée et c'est tant mieux, car moi non plus. J'ai certes quelques notions car, après tout, je suis une lectrice chevronnée, mais la réalité n'est souvent pas aussi claire et facile que dans les bouquins.

Le vent fouette mon visage, et ça fait du bien avec une telle chaleur. Je ne suis toujours pas habituée au soleil brûlant de la côte ouest, même si je ne peux nier que j'apprécie la météo clémente du coin. Je me demande soudain de quoi a l'air l'hiver par ici. À New York, il neige parfois, mais il y fait surtout très froid.

Je remarque que nous avons dépassé les limites de la ville depuis quelques minutes. Je commence à paniquer. Et s'il se révèle être un psychopathe ? Non, il a beau avoir une attitude quelque peu effrayante, par moment, je ne pourrais jamais l'imaginer en train de me faire du mal de cette façon. C'est le stress qui me fait penser comme ça. Néanmoins, je ne suis pas plus rassurée.

Il se gare sur le bas-côté de la route au milieu de nulle part, et je commence vraiment à me demander ce que je fais là.

— Bouge pas, m'ordonne-t-il.

Il doit se rendre compte de la dureté de son ton, car il m'offre un léger sourire avant de sortir de la voiture. Il contourne le véhicule, et m'ouvre la portière pour la deuxième fois de la soirée.

— Tu comptes m'assassiner ? me risqué-je sur le ton de la plaisanterie.

Je regarde l'endroit désert et l'entends émettre un léger rire, pour toute réponse. Il a l'air aussi nerveux que moi, et d'un côté, c'est plutôt rassurant. Se penchant vers la banquette arrière, il révèle ce qu'il cache sous cette couverture : un panier de pique-nique. D'un pas nonchalant, il se dirige vers la plage, et je le suis sans protester. Je suis bien trop curieuse pour reculer maintenant.

Devant moi s'étend un véritable paradis. La route est dissimulée derrière un mur de verdure et, de l'autre côté, le sable blanc s'étend à perte de vue. En face de moi, l'océan calme, le bruit des vagues agissant comme une douce berceuse sur mon âme. Le soleil est en train de descendre lentement vers l'horizon et colore le ciel de tons orange et roses. Un peu plus loin, je remarque un ponton de bois qui se perd au milieu de l'eau. C'est dans cette direction qu'Hunter avance. Il installe la couverture sur le bois usé, et m'invite à s'asseoir à ses côtés. Je retire mes chaussures et laisse mes jambes pendre dans le vide, mes pieds effleurant à peine l'eau qui s'agite en dessous de nous. Hunter ne dit rien, et se contente de révéler le contenu du panier. Dans sandwichs maison, du chocolat et… serait-ce une bouteille de vin rouge ?

— Tu as pensé à tout, remarqué-je en souriant.

— J'ai essayé, dit-il en faisant la grimace

Il sort deux verres en plastique et y verse la boisson couleur sang, m'en tendant un que j'accepte avec un sourire. Je bois une gorgée : c'est fruité et légèrement amer, mais agréable.

— Je ne t'aurais jamais imaginé du genre romantique, dis-je.

— Moi, romantique ? dit-il en fronçant les sourcils et en souriant. Dis pas de connerie.

— Si tu le dis, dis-je en haussant les épaules. C'est vrai que le coucher de soleil, l'océan, le vin... c'est loin d'être romantique.

— Je n'avais pas vu ça comme ça, dit-il. Je n'ai pas trop envie qu'on se la joue séance de psy, si ça ne t'ennuie pas.

Je me tais, et un léger malaise s'installe, qu'il s'empresse de briser en me tendant un sandwich au beurre de cacahuète et à la confiture. Voilà qui s'avère décevant, moi qui pensait briser le mystère qu'est Hunter Lowell, c'est raté. Je ne peux m'empêcher de sourire, cependant, en l'imaginant dans sa cuisine en train de préparer le repas de ce soir. Jamais je n'aurais imaginé un pareil rencard : je croyais qu'il allait simplement m'emmener au restaurant, ou pire, chez MacDo. Il continue de me surprendre et je me sens de plus en plus à l'aise avec lui.

C'est ce moment-là qu'il choisit pour me poser un million de questions, auxquelles je réponds sans aucune retenue. Il me regarde si intensément qu'il finira par trouer ma tête, à force. Il boit la moindre de mes paroles, comme si j'étais la chose la plus fascinante au monde. Je lui parle de ma passion pour la littérature, de New York, et même de ma mère, tout cela avec une facilité déconcertante. Il arbore un expression plutôt sombre lorsque je lui confie qu'elle est morte d'un cancer, mais il ne se confond pas en excuses compatissantes non plus, ce dont je lui suis reconnaissante. Je n'ai pas envie que ce genre de sujet jette un froid sur la conversation qui va bon train, contre toute attente, même si je suis celle qui parle le plus.

C'est si facile de lui parler, c'est comme si j'avais fait ça toute ma vie. Il m'écoute avec attention sans jamais ciller, réagissant à mes blagues, mêmes mauvaises, lançant une petite pique çà et là auxquelles je ris aux éclats. J'ai enfin l'impression d'avoir une vie normale, de vivre et *d'être* normale. Et ça fait un bien fou.

Je commence à tanguer légèrement, et pour cause : la bouteille est déjà aux trois quarts vide et je n'ai pas l'habitude de boire autant. J'entends soudain des voix au loin, derrière nous et me retourne. Trois personnes s'avancent dans notre direction . À mesure qu'ils s'approchent, je commence à les reconnaître : Ally, accompagnée de Jared, le chanteur, et du bassiste dont je ne connais toujours pas le nom. Dans mon enthousiasme éméché, je leur adresse un petit signe de la main, ce qui me vaut un regard étrange de la part d'Ally. Ils s'arrêtent à notre hauteur et cessent de rire entre eux en nous voyant. La surprise se peint sur leurs visages.

— Hey, Hunter, lance Jared.

— Salut, rétorque l'intéressé sans les regarder.

Quand je me tourne vers lui, je peux lire la gêne sur son visage, et une pointe de colère colorer ses joues. Il serre les poings sur ses genoux et ne me regarde pas.

— On joue les amoureux transis, Hunter ? fait Ally en riant légèrement.

— Va te faire foutre, Ally ! crache-t-il.

À ces mots, elle se renfrogne, et entraîne les deux garçons plus loin. Le groupe continue sa route et moi, j'essaie de comprendre ce qui vient de se passer. Je regarde Hunter, il arbore un air renfrogné et énervé. Il se met à remballer nos déchets dans le panier, me prenant mon verre encore à moitié plein des mains.

— Qu'est-ce que tu fais ?

— On devrait y aller, il se fait tard, marmonne-t-il.

L'alcool aidant, je mets quelques secondes avant de comprendre et de réagir.

— Ça te gêne qu'ils te voient avec moi ? lancé-je sur un ton accusateur.

— Quoi ? Non !

Il essaie de se défendre mais je ne le crois pas. Je laisse échapper un rire sans humour et me lève précipitamment, marmonnant un « mais bien sûr » plein de colère. Récupérant mes sandales, je mets quelques secondes avant de pouvoir avancer, car ma tête me tourne. Je ne marche pas très droit mais je parviens tout de même à atteindre la route et à enfiler mes chaussures. Je me mets à marcher sur le bas-côté, pas très droit, mais je fais des efforts. Le soleil a disparu et de lourds nuages noirs ont assombri le ciel nocturne. Génial, il ne manque plus qu'un orage.

Je ne me suis pas trompée : le ciel se met à gronder quand j'entends la voix d'Hunter derrière moi.

— Lena, arrête ! C'est ridicule, putain ! s'écrie Hunter dans mon dos.

— Ridicule ? m'énervé-je. Je me demande qui est le plus ridicule, dans cette histoire ! Moi, pour avoir cru que tu t'intéressais vraiment à moi, ou toi, qui tient tant à faire croire à tes potes que tu es bien trop cool pour être avec quelqu'un comme moi !

— Je me fiche de ce qu'ils pensent, d'accord ? crie-t-il encore en essayant de me rattraper. Reviens, tu vas pas rentrer à pied, tu as bu !

— Je fais ce que je veux, Hunter !

Je fais volteface en prononçant cette phrase. Il s'arrête à un pas de moi, visiblement étonné par ma vive réaction. Je ne me suis jamais sentie aussi bête et autant en colère. J'ai accepté un rendez-vous avec lui sans y réfléchir, et je savais que c'était une mauvaise idée. Ça devait arriver, c'était trop beau pour être vrai. Évidemment qu'il est mal à l'aise que ses amis le voient avec moi, je ne suis pas du même monde qu'eux. Sans doute préférerait-il que je sois un peu plus comme Ally : disponible, et pas difficile.

Ma tête me tourne vraiment, mais je me concentre sur ma colère pour rester lucide, et ça a l'air de fonctionner.

— S'il te plaît, reviens et monte dans la voiture, demande-t-il en soupirant.

— Va te faire foutre, je lâche en continuant ma route.

— Qu'est-ce que tu as dit ? s'écrie-t-il.

— Tu m'as bien entendue ! Et arrête de me suivre.

Soudain, je sens sa main agripper mon poignet, et il me tire vers lui. Je me retrouve à seulement quelques centimètres de son visage, éclairé pendant quelques secondes par un éclair zébrant le ciel, et je retiens mon souffle malgré moi. Le ciel gronde encore une fois, comme en écho à la colère qui semble nous animer.

— Ne me parle plus jamais comme ça, dit-il à voix basse d'un ton menaçant.

— Je te parlerai comme je veux, répliqué-je.

Une forte pluie se met soudain à tomber, nous trempant tous les deux jusqu'aux os.

Nous ne bougeons pas d'un pouce. Je vois sa poitrine se soulever rapidement alors qu'il plante son regard dans le mien. Peut-être est-ce l'effet de l'alcool, mais cet instant me semble plus intense que tout ce que j'ai pu vivre jusqu'ici. Ses doigts autour de mon poignet provoquent de légères décharges électriques le long de mon bras, et mon souffle se fait désordonné.

— Pourquoi est-ce que tu tiens tellement à me résister ? demande-t-il encore.

J'ai du mal à l'entendre par-dessus le bruit de la pluie, mais je comprends qu'il ne me pose par vraiment la question. C'est davantage un constat qu'autre chose. Je ne dis rien, de toute manière, je ne saurais pas quoi lui dire. Pourquoi lui résister ?

Après tout, il est beau à tomber, avec ses grands yeux verts et brillants, sa bouche rose et ses lèvres pleines, son nez aquilin et ses dents parfaites. Les veines dans son cou et sur ses avant-bras, ses épaules larges, ses bras puissants et tous ces tatouages… il a l'habitude d'attirer les regards. Il a sans doute aussi l'habitude que les filles lui tombent dans les bras. Mais je me suis promis de ne pas devenir l'une d'elles. C'est sans doute à cause de cette promesse que nous en sommes là, à nous défier du regard sous une pluie battante, ses doigts enserrant toujours mon poignet avec fermeté.

— Qu'est-ce que tu veux de moi ? je murmure d'un ton plaintif.

J'aurais voulu paraître plus forte, mais la fatigue me gagne et mon taux d'ébriété n'aide pas vraiment. Son parfum est accentué par la pluie qui lui tombe dessus, cette odeur divine dont je hais admettre que je ne pourrai plus jamais m'en lasser. Je sens son souffle saccadé caresser mon visage. L'incompréhension déforme ses traits, et j'ai soudain peur de ce qui va se passer ensuite.

Quand il fond sur moi, je retiens mon souffle encore une fois, et ses lèvres s'écrasent sur les miennes. D'abord surprise, je ne bouge pas d'un poil. Sa main vient se poser dans le creux de mes reins pour m'attirer vers lui, d'un geste tellement naturel qu'on aurait dit qu'il a fait ça toute sa vie. Ses lèvres ont un goût sucré, sûrement à cause de ce que nous avons mangé et bu ce soir. Je finis par me détendre, sans comprendre comment. J'écarte les lèvres ; il en profite pour glisser sa langue dans ma bouche. Elle est douce, et danse avec la mienne avec des gestes experts qui ne me surprennent qu'à moitié. Totalement à sa merci, je le laisse prendre le contrôle de notre baiser. Il m'embrasse avec une telle fougue que j'ai du mal à tenir debout et je suis heureuse de le voir me retenir d'une main dans le dos. Son autre main lâche soudain mon poignet pour venir se réfugier dans mon cou, m'attirant encore plus près de lui, comme si nous n'étions jamais assez proches. Un grand frisson s'empare de moi, et j'ai l'impression de littéralement entendre mon cœur exploser dans ma poitrine. Une étrange sensation de chaleur prend naissance au bas de mon ventre, puis entre mes jambes. Je ne me rends pas compte tout de suite que mes mains sont venues se réfugier dans sa nuque, et que mes doigts agrippent ses cheveux : je dois l'entendre gémir légèrement contre mes lèvres pour le réaliser, et c'est sans aucun doute le son le plus divin et sexy que j'aie jamais entendu.

L'orage gronde encore au-dessus de nos têtes, et la pluie fouette nos corps désormais brûlants. Il interrompt doucement notre baiser. Son front est collé au mien, et dans la surprise la plus totale, il dépose un léger baiser sur mes lèvres, d'une tendresse qui me désarçonne complètement. Nos souffles haletants se mélangent, et une éternité semble flotter au-dessus de nous avant qu'il ne brise le silence d'une voix rauque.

— Tu veux bien monter dans la voiture ? S'il te plaît.

Après quelques secondes encore, où je décide de savourer cette proximité, incertaine de quand ce genre d'instant parfait se produira à nouveau, je hoche doucement la tête, et suis Hunter jusqu'à la Mustang, aux sièges désormais trempés.

12 – Lena

Lorsqu'Hunter se gare devant la maison d'Anna, je frissonne encore. D'être trempée, mais aussi à cause de ce qu'il vient de se passer. Lui a gardé le silence depuis qu'il s'est installé derrière le volant. Ses cheveux trempés retombent devant son visage, de petites gouttelettes finissant sur sa chemise. Je l'observe du coin de l'œil alors qu'il tire le frein à main et ne bouge pas. Il a l'air aussi perdu que moi et pourtant, je me sens étrangement bien, juste là, assise à côté de lui. Je n'ai aucun moyen de deviner ses pensées, et d'un seul coup, sans que je ne puisse m'en empêcher, les mots s'échappent d'un seul coup de ma bouche.

— Tu veux entrer un moment ? Pour te sécher.

Il tourne vivement la tête vers moi, d'abord surpris, puis hésitant quand son regard dévie vers la maison de ma tante. Je n'aurais jamais pensé qu'il hésiterait à ce point à entrer chez une fille, mais vu le nombre de fois où il m'a surprise ces trois derniers jours, je commence à penser que mes préjugés ne sont rien de plus que cela : des préjugés. Il hoche la tête et sort de la voiture pour venir m'ouvrir la portière, encore une fois.

Je passe le portail, Hunter sur mes talons, et avance vers l'entrée dans un silence total. Il a cessé de pleuvoir il y a quelques minutes, mais l'air est encore chargé d'humidité. Mes cheveux collent dans ma nuque et je ne rêve que d'une bonne douche bien chaude et de mon lit douillet.

Je fais signe à Hunter de rester silencieux avant d'ouvrir la porte ; il lève les yeux au ciel, ce qui me fait sourire.

Aucune trace d'Anna, ni de Ronny. La maison est plongée dans le noir et le silence le plus complet. J'avance à tâtons jusqu'à l'escalier, qui est heureusement éclairé par la lune perçant à travers la baie vitrée. Je grimpe doucement les marches, m'assurant d'un regard par-dessus mon épaule qu'Hunter me suit toujours. Arrivée devant la porte de ma chambre, je m'arrête un instant pour écouter. Par la porte légèrement entrouverte de la chambre d'Anna, je peux entendre les ronflements de ma tante, ce qui m'assure qu'elle est bien endormie. J'ouvre la porte et la referme immédiatement derrière Hunter.

Quand je me retourne vers lui, je prends le temps de m'habituer à cette image. Non seulement il y a un garçon dans ma chambre, mais en plus, il est diablement séduisant, trempé jusqu'aux os avec cette chemise blanche qui est devenue presque transparente… D'ailleurs, ma robe n'est pas en meilleur état et je me félicite d'avoir choisi de porter un bandeau blanc au-dessus de mon soutien-gorge. Je passe à côté de lui, sentant son regard suivre ma course et disparais dans la salle de bains. En regardant mon reflet dans le miroir, je peux remarquer mes joues rougies, mes lèvres légèrement gonflées et mon mascara qui a coulé. Je règle ce dernier problème d'un coup de démaquillant, avant d'attraper deux serviettes propres et de retourner dans la chambre.

Hunter est planté devant ma bibliothèque et semble détailler les titres sur les dizaines de livres que je possède. Sur l'étagère du haut, juste à côté de mon exemplaire *d'Anna Karénine,* j'ai rangé les deux LP que j'ai achetés ce matin, dont celui qu'il m'a conseillé, ce qu'il remarque sans mal avec un léger sourire en prenant l'album entre ses mains.

— Tu n'as même pas de tourne-disque, dit-il à voix basse.

— Je pensais que ma tante en avait un, dis-je en haussant les épaules. Je vais devoir en trouver un, je suppose.

Je lui tends une des deux serviettes et il se met à se sécher les cheveux. J'en fais de même avant de retourner dans la salle de bains pour me changer. Je retire ma robe et enfile mon short de pyjama et un débardeur, avant de réaliser que, peut-être, ce n'est pas la tenue la plus décente lorsqu'on a de la compagnie. Je troque donc mon short pour un pantalon de yoga noir, et retourne dans ma chambre pour trouver Hunter en train d'admirer l'océan au-dehors, l'air pensif.

— À quoi tu penses ? me risqué-je.

— Je crois que je devrais m'excuser, déclare-t-il.

Je marque un temps d'arrêt en m'immobilisant près de mon lit. Ai-je bien entendu ? S'excusera-t-il auprès de moi deux fois dans la même journée ? Il me jette un regard en coin puis se tourne vers moi, les mains dans les poches de son jean.

— Pour la façon dont j'ai réagi tout à l'heure…, complète-t-il. Quand Ally et les autres ont débarqué.

— Est-ce que tu t'excuses là ? demandé-je histoire d'être sûre.

— J'essaie, ok ?

Il soupire, un air exaspéré sur son visage. Il n'a pas l'habitude de s'excuser, ça se voit. J'ai un léger mouvement de recul, car je ne comprends pas vraiment sa réaction. Ce n'est pourtant pas compliqué de dire « excuse-moi d'avoir déconné », non ? Mais visiblement, avec lui, c'est une autre paire de manches. Il semble cependant se rendre rapidement compte de son erreur en voyant ma réaction, car il détourne légèrement les yeux en soupirant encore, passant sa main dans ses cheveux encore humides.

— Merde, écoute, je suis désolé, ok ? dit-il en s'avançant vers moi. Je ne voulais pas te blesser.

— J'ai compris, rétorqué-je un peu trop sèchement. Ce que je ne comprends pas, c'est ta réaction. Pourquoi ça te gêne autant qu'ils nous voient ensemble ? Tu as peur pour ta réputation ?

— C'est pas ça, c'est juste…

Il semble être à court de mots et moi, je le dévisage en cherchant une réponse dans son regard. Ce que nous venons de vivre était intense et complètement déroutant, pour moi du moins, et je me surprends à me demander s'il est habitué à ça. Vu son état en ce moment, je me mets à espérer que ce ne soit pas le cas. Je n'ai pas envie que ça le soit.

— Je n'ai pas envie qu'ils pensent que tu es une putain de conquête de plus sur ma liste, lâche-t-il. Parce que ce n'est pas le cas, ok ? Putain, j'ai pas envie que ça soit le cas.

Cette phrase a le don de me scier. C'est comme s'il avait lu dans mes pensées, pour répéter mes propres mots. Ai-je donc raison d'espérer ? Peut-être bien. J'ai du mal à ne pas le croire en le voyant me regarder de la sorte. Il perce mon âme avec ses grands yeux verts, et je ne me rends compte qu'il s'est approché que lorsque ses doigts effleurent ma joue. Quand est-ce que la situation a changé, pour lui ?

Avant ce rencard, avant notre baiser, tout chez lui me donnait l'impression que je n'étais pas grand-chose à ses yeux, que je n'étais qu'une distraction, un joli divertissement et honnêtement, j'avais juste envie de rire un bon coup et de passer un bon moment en sa compagnie, comme une fille normale. Mais voilà que tout est devenu plus intense, plus vrai maintenant que j'ai goûté à ce qu'il peut m'offrir. Est-ce pareil pour lui ? Est-ce pour ça qu'il en est arrivé à cette conclusion ?

La tension est palpable dans la pièce et, bien qu'elle soit légèrement similaire à celle qui s'était installée quand je me suis énervée contre lui, quelques instants plus tôt, elle est bien meilleure, bien plus savoureuse. Je sens mon souffle se désordonner à mesure qu'il s'approche encore, et mon rythme cardiaque s'accélère. Ses lèvres viennent effleurer les miennes, comme si un papillon s'y était posé, et je ferme les yeux, savourant les sensations que cet instant me procure. Sa main maintenant franchement posée sur ma joue, je dois lever la tête pour atteindre sa bouche tant il est grand. Il semble légèrement surpris par mon initiative, mais il me rend mon baiser avec une tendresse que je ne lui connaissais pas.

La situation est certes quelque peu dangereuse : nous sommes seuls, dans ma chambre, il est presque onze heures et je suis encore légèrement ivre, à cause de l'alcool, mais aussi à cause de ce qu'il me fait ressentir. De nouveaux frissons s'emparent de moi, et tout semble disparaître autour de nous : la pièce, le bruit des vagues, le tic tac frénétique de mon horloge au-dessus de ma porte. Il n'y a plus que lui, moi, et nos souffles haletants se mêlant l'un à l'autre.

Avant que la situation ne dégénère, je profite d'un éclair de lucidité pour interrompre doucement notre étreinte. Hunter me tient tout contre lui, et mes mains se posent sur ses avant-bras couverts d'encre noire. Je rêve déjà de pouvoir prendre le temps d'observer tous ces dessins sur sa peau de plus près et d'en retracer le contour du bout des doigts.

— Je devrais y aller, déclare-t-il dans un murmure ;

Je hoche la tête, à contrecœur car je n'ai pas envie de le voir partir. Je suis devenue accro à son toucher, ses caresses, son regard, son parfum, tout… et c'est probablement une mauvaise idée. Probablement la pire idée que j'aie jamais eue, mais je m'en fiche pas mal. En cet instant, je suis heureuse, perdue et confuse, mais heureuse, et c'est tout ce qui compte. C'est ce que je cherchais. Nous n'avons rien résolu, cependant. Mais nous sommes sans doute tous les deux épuisés, et dormir est la meilleure solution à nos problèmes pour le moment.

— Je trouverai la sortie tout seul, dit-il avec un léger sourire.

À nouveau à court de mots, je hoche simplement la tête, et il s'éloigne, contournant mon lit pour atteindre la porte de ma chambre. Sans un bruit, il disparaît.

13 – Lena

Le lendemain matin, je me réveille étrangement plus reposée que jamais. C'était la meilleure nuit de ma vie. Mon réveil se met à sonner quelques secondes après que j'ai ouvert les yeux, et je me souviens pourquoi je l'ai activé.

Je commence mon premier jour de boulot aujourd'hui. Sans plus attendre, je balance ma couette et file sous la douche.

Le souvenir des lèvres d'Hunter est encore bien présent sur mes lèvres lorsque je descends prendre mon petit déjeuner. J'ai l'impression que son odeur est encore imprégnée sur ma peau, et j'espère que ni Monica, ni Anna ne s'en apercevront. Heureusement pour moi, aucune d'elle ne semble être présente ce matin, et je savoure donc un des muffins posés sur le bar dans le silence le plus complet, les images de la veille me revenant les unes après les autres.

Je ne sais pas trop quoi en penser. Mes doutes ne m'ont pas quittée une fois endormie, et je ne peux m'empêcher de me dire que tout cela est bien trop beau pour durer. Je ne suis pas venue ici pour vivre une amourette de vacances. Bien qu'il m'ait semblé sincère, je doute qu'Hunter soit encore du même avis dans deux jours. Pourtant, une partie de moi continue à y croire, à croire qu'il peut être cette personne pour moi, quelqu'un sur qui compter, qui pourrait s'ouvrir à moi et s'intéresser à ce que je pense, à ce que j'aime, tout ce qui fait de moi celle que je suis. J'en sais tellement peu sur lui que c'en est frustrant. Il m'a dit, l'autre soir, que je posais trop de questions, et ça n'a pas eu l'air de lui plaire. M'en dira-t-il plus sur lui, à présent ? Quelque part, j'en doute fortement, mais je ne peux qu'espérer que ce soit le cas. J'ai besoin de savoir ce qu'il pense de tout ça avant de m'y lancer à corps perdu.

J'ai besoin de parler à Heather. C'est étrange comme elle est devenue une si grande part de ma vie en quelques jours seulement. Je décide de lui envoyer un texto, pour savoir s'il nous est possible de nous voir ce soir. C'est lorsque je m'assois derrière le volant de ma voiture que je reçois une réponse.

Heather : *Je taffe, mais tu peux passer chez Lars !*

Bon, si elle travaille, ce sera plus difficile de discuter, mais tant pis. Ça ne peut pas vraiment attendre. Je lui réponds par l'affirmative, et me mets en route vers le centre-ville.

Mine de rien, je suis impatiente de commencer à travailler. C'est un nouveau défi, et un bon moyen de garder l'esprit clair et occupé pendant mes journées. J'espère cependant avoir plus de chance pour me garer que la dernière fois. Heureusement pour moi, une place s'est libérée dans la rue juste à mon arrivée, et je peux me garer à quelques mètres de l'entrée. En pénétrant dans le bâtiment, je suis surprise de constater que la salle de concert qui jouxte les bureaux du label, par laquelle je dois passer pour les atteindre, est illuminée, et quelques personnes semblent s'y affairer. Je repère Bob un peu plus loin, et pars le saluer.

— Ah, Lena ! fait-il avec un sourire. Content de vous voir ! Venez, je vais vous montrer votre poste de travail.

Je le suis rapidement derrière la porte. En y entrant, je remarque qu'il a fait installer un autre bureau flambant neuf de l'autre côté de la pièce, près de l'entrée. Dessus, un ordinateur, une tasse au nom du label avec quelques stylos dedans, et ce que je devine comme étant un agenda.

— Voilà votre place, dit-il en souriant. Installez-vous, on va discuter un peu.

Je dois me faire violence pour m'installer du bon côté du bureau, pendant que Bob attrape une chaise qui traîne par là pour s'installer devant moi. Tout cela est nouveau pour moi, je n'ai jamais vraiment eu de poste à responsabilité : d'habitude, à Brooklyn, quand je travaillais à la librairie pendant l'été, je rangeais les bouquins par ordre alphabétique d'auteur et prenais les commandes, c'était tout. Rien de bien sorcier, et ça payait suffisamment à mes yeux. Et en plus, j'étais entourée de livres tout le temps, c'était le paradis. Ici, tout m'est étranger, et Bob semble me faire encore plus confiance que je le pensais.

— Alors j'aimerais que vous commenciez par faire un peu d'encodage, aujourd'hui. C'est un peu ennuyeux, mais j'ai vraiment besoin de mettre de l'ordre dans mes dossiers…

Il commence à me parler de listes de contacts et de rendez-vous à fixer. Tout cela ne me semble pas bien compliqué, et je comprends rapidement ce qu'il attend de moi, ce qui le fait sourire. Quelques minutes plus tard, il me souhaite bon travail et disparaît à nouveau dans le couloir, me laissant seule. Je m'attèle rapidement à la tâche, et les trois heures qui suivent passent à une vitesse hallucinante.

Alors que j'explore l'agenda qu'il m'a confié, je sursaute lorsque j'entends une porte s'ouvrir violemment de l'autre côté de la pièce. Je n'ai pas vraiment pris le temps d'explorer l'endroit, aussi je mets un moment avant de comprendre que la porte qui avait claqué donnait sur le studio d'enregistrement, séparé du bureau par une énorme vitre. Une silhouette à première vue masculine est entrée dans le studio, et ne semble pas m'avoir remarquée. Sans doute un artiste venu enregistrer. La curiosité me gagnant, je me dévisse le cou tout en essayant de demeurer cachée, et tente de voir ce qui se trame à l'intérieur, en vain. Aussi discrètement que possible, je quitte mon bureau pour ouvrir l'une des portes en verre.

Le studio est séparé en deux pièces différentes : celle dans laquelle j'atterris est probablement la pièce dédiée à l'ingénieur son, car une énorme console couverte de boutons en tous genres s'étend devant une vitre, donnant, elle, sur la partie enregistrement. La porte qui permet d'accéder à l'autre côté est entrouverte, ce qui me permet d'entendre les quelques notes de piano s'échapper de l'instrument. Je m'avance doucement, remerciant mentalement quiconque a construit cet endroit pour avoir choisi de recouvrir le sol de la moquette qui étouffe le bruit de mes pas. Je jette un œil à travers la vitre… et je tombe presque dans les vapes.

Je connais cette nuque tatouée, ces épaules et ces épais cheveux noirs. Mon corps tout entier se fige et je suis heureuse, soudain, qu'il me tourne le dos, car je suis complètement à découvert. Je me concentre sur la mélodie qu'il est en train de jouer au piano. C'est absolument magnifique, mais ce n'est que lorsqu'il se met à chanter – *à chanter, bordel !* – que mon cœur s'arrête de battre.

I hope I see you soon

Because you're fond of me, and I am fond of you

These days, I guess, it's all it takes

That and just a few mistakes

And I have made mistakes…

I have made mistakes, today

Yes I have made mistakes, today.

I have made mistakes.

Il marque une pause, joue quelques notes en instrumental en ralentissant le rythme. Et moi, je suis tout simplement sciée, complètement hypnotisée par ce garçon qui m'apparaît soudain si fragile, avec sa voix rauque et ses cheveux en bataille.

So tonight I'll be your Brooklyn,

So cold and yet so far away

Just tell me what you want for me to say

And if it brings you home ?

J'ai soudain l'impression que mon cœur se brise en mille morceaux. Je ne connais pas cette chanson, mais elle résonne dans ma tête comme un souvenir, comme une réalité. J'ai l'impression qu'il me parle, à moi, rien qu'à moi, alors que je suis complètement invisible de là où il est assis. Je ne veux pas rompre le charme de ce moment, et alors qu'il continue à jouer, je ne peux me résoudre à faire un pas. Je suis clouée sur place sans aucun moyen de bouger ou de m'éclipser pour le laisser tranquille, faire comme si je n'avais rien entendu. J'ai probablement l'air débile, plantée là, derrière cette vitre, à le regarder et à l'écouter.

Je me souviens alors de la première fois où je l'ai vu, vraiment vu. Quand il jouait derrière la batterie au bar, et qu'il avait rivé son regard sur moi, si bien que j'avais également été clouée sur place. Ce garçon a un talent fou et je me demande s'il en est réellement conscient. Je n'ai jamais vraiment été une passionnée de musique, mais si c'est pour l'écouter à longueur de journée, je suis prête à le devenir. Quand la chanson est terminée, et que le silence s'installe, je ne recouvre toujours pas la capacité de mes mouvements. Je le regarde se pencher sur le piano, les coudes posés devant lui, passant ses deux mains dans ses cheveux comme s'il était soudain dépassé par quelque chose. Je ne devrais vraiment pas être là. À l'évidence, personne n'est censé écouter ça, il est venu ici pour être seul.

D'ailleurs, comment est-il entré ? Connaît-il Bob ? Sans doute, j'ai parfois du mal à me rappeler à quel point cette ville est petite. Les gens à Carmel se connaissent presque tous, ça ne devrait donc pas être une surprise.

Alors que je suis en train de me décider à partir, Hunter se lève précipitamment et, avant que j'aie eu le temps de déguerpir, il se retourne.

Comme moi, il semble cloué sur place en me voyant plantée là, et je me fige à nouveau, m'attendant à recevoir toute sa colère parce que je l'ai espionné, bien que ce n'était pas mon intention à l'origine. La surprise passée, je le vois soupirer, détourner légèrement les yeux avant de se rasseoir. Je me risque à avancer vers la porte, et m'immobilise dans l'encadrement, quelque peu embarrassée d'avoir été prise sur le fait.

— Qu'est-ce que tu fous ici ? demande-t-il en soupirant.

— Je travaille, révélé-je d'une toute petite voix. J'ai… j'ai dit à ma tante que je voulais trouver un job pour l'été et… elle m'a trouvé une place ici.

— Super…, marmonne-t-il.

Je suis blessée de me rendre compte qu'il n'est pas spécialement content de me voir, et j'ai un léger mouvement de recul. Je n'ai pourtant pas rêvé la nuit dernière. Je n'aime pas ce Hunter-là, celui qui râle tout le temps et semble pris d'une colère inexpliquée. J'hésite entre rester là à attendre qu'il dise autre chose et partir pour éviter de l'entendre déverser sa colère sur moi. Avant que je n'aie pu faire un choix, je le vois grimacer, sans doute parce qu'il s'est rendu compte de sa réaction déplacée.

— Ce n'est pas ce que je voulais dire, se rattrape-t-il. C'est juste… je pensais que je serais seul aujourd'hui.

— Ce n'est rien, le rassuré-je en baissant les yeux. Je ne devrais pas être là, de toute façon.

— Viens là, dit-il soudain. Ferme la porte.

Il me tend la main, et mon cœur se réchauffe légèrement quand le soulagement me gagne. Je m'exécute et m'avance prudemment et, quand je ralentis le pas, il s'empare de ma main pour réduire l'espace entre nous. Je souris timidement.

— Ce n'est pas bien d'espionner les gens, dit-il d'une voix basse qui me fait frissonner. Tu es trop curieuse.

— Je sais, dis-je en haussant les épaules. Je m'attendais à voir Justin Timberlake.

— Justin Timberlake ? dit-il en haussant les sourcils. C'est ça ta référence ?

Ses mains viennent se poser sur mes hanches, et il écarte les jambes pour que je puisse m'y glisser. Ne sachant pas où mettre mes mains, je les pose maladroitement sur ses épaules, ce qui le fait sourire. Je meurs d'envie d'agripper ses cheveux dans sa nuque encore une fois, il a eu l'air d'aimer ça hier soir.

— Je ne savais pas que tu jouais du piano, dis-je pour faire diversion. Ni que tu chantais.

— Je suis plein de surprises.

— Ça je sais. Même si c'est bien l'une des seules choses que je sais de toi.

Hier soir, il m'a posé tant de questions que j'ai fini par lui parler de ma vie entière, si peu passionnante à mes yeux qu'il ne me fallut pas bien longtemps pour en faire le tour, mais ça n'a jamais eu l'air de lui suffire. Il voulait toujours en savoir plus, et moi, je n'ai pas cherché à comprendre d'où lui venait cette curiosité. Mais comme il a dit qu'il ne voulait pas parler de lui, je me suis retenue de lui demander quoique ce soit. Seulement, ces questions commencent à s'empiler les unes sur les autres dans un tas désordonné dans un coin de mon esprit, et prennent de plus en plus de place.

— Je réponds à toutes les questions, dit-il soudain. Si tu acceptes qu'on retourne à la plage ce soir .

La proposition est plus que tentante, mais j'ai déjà prévu de retrouver Heather ce soir pour lui parler de tout ça, justement. Je pourrais cependant facilement faire les deux si je ne passe pas par la maison d'ici là…

— D'accord, dis-je après un léger moment de flottement. Mais je dois voir Heather avant.

Il sourit d'un air malicieux et je sens une de ses mains dévier de sa trajectoire vers mes fesses. D'un geste brusque, il me rapproche de lui, et j'émets un hoquet de surprise en sentant sa main à cet endroit. C'est inhabituel, et pourtant, je ne m'écarte pas.

— Je n'ai pas envie de te partager, dit-il à voix basse. Mais je suppose que je n'ai pas le choix.

— C'est moi qui lui ai demandé qu'on se retrouve. Ce serait impoli d'annuler.

— Et on ne voudrait pas être impolis avec elle, n'est-ce pas ?

Il enfouit son visage dans mon cou et je crois mourir sur place quand il inonde ma peau de petits baisers doux comme la soie. Mon esprit embué tente de se remettre en ordre, en vain, et je soupire.

— Hunter, je dois retourner travailler, dis-je le souffle haletant.

— Bob peut bien se passer de toi dix minutes, dit-il contre la peau de mon cou.

Sa main au creux de mes reins me pousse encore plus vers lui, et je suis contrainte de m'asseoir à califourchon sur ses genoux. Je ne résiste plus, l'envie est bien trop grande. J'ai pensé à ça toute la nuit. Je suis moi-même surprise de ma soudaine assurance quand mes doigts viennent agripper ses cheveux dans son cou pour relever sa tête vers la mienne. Ce demi-sourire dont il se sert si souvent pour tenter de m'amadouer étire ses lèvres, que j'embrasse sans retenue. Le rouge me monte aux joues mais je m'en fiche. Ses mains expertes remontent dans mon dos pour me serrer tout contre lui. Cette chaleur dans mon bas-ventre refait surface, et vient se loger dans mon entrejambe, contre lequel je perçois sans mal le petit renflement dans son jean. Je me laisse guider par l'instinct, oubliant à nouveau où nous sommes, et ondule doucement des hanches contre lui.

— Putain, Lena, murmure-t-il contre mes lèvres.

J'aime lui faire cet effet-là, j'aime l'idée que je parviens à le déstabiliser autant qu'il le fait avec moi. Je suis surprise par mon audace et, en même temps, je suis heureuse de constater à quel point il lui est aisé de me donner confiance en moi de la sorte. J'agrippe le col de son t-shirt autant que je le peux et il grogne contre ma bouche. Soudain, ses mains sur mes hanches viennent stopper mes mouvements, et je m'écarte, réalisant que nous sommes bel et bien en train de nous peloter sur mon lieu de travail.

— Si tu n'arrêtes pas ça tout de suite, je vais être obligé de te prendre sur ce piano, dit-il.

Je rougis immédiatement et fais les gros yeux, lui donnant une petite tape sur l'épaule pour le réprimander de son langage cru. Je sais qu'il a l'habitude d'employer ce langage quelque peu vulgaire, mais je ne suis pas habituée à ce qu'on parle de moi de cette façon… Bien que ça ne soit pas déplaisant. Mais ça, je ne l'admettrai jamais, ou en tout cas, pas tout de suite.

Mon corps tout entier est en feu, et cela se voit sur mon visage. Je remets mes cheveux en place comme je le peux et me relève pour arranger mes vêtements. Je ne sais pas ce que j'aurais fait si j'avais choisi de mettre une robe aujourd'hui. Heureusement, mon short en jean me protège de l'évidence, car au fond de ma petite culotte, je suis trempée, et je ne suis pas habituée à cette sensation.

Je jette un regard timide vers le responsable de mon état. Il remet son jean en place et se passe une main dans les cheveux, avant de se lever et de replacer une de mes mèches rebelles derrière mon oreille.

— Je préfère tes cheveux comme ça, dit-il soudain. J'aime passer ma main dedans.

Je rougis de plus belle, clairement pas habituée à autant d'attention de sa part. Mais fidèle à lui-même, il ajoute :

— La prochaine fois que tu voudras me sauter dessus, évite de le faire là où tu bosses.

— Hunter ! m'offusqué-je en écarquillant les yeux.

Il éclate de rire et je ne peux m'empêcher de l'imiter.

14 – Hunter

Je suis arrivé tôt au studio ce matin pour deux raisons. La première, c'est que je ne suis pas parvenu à m'endormir après avoir laissé Lena chez sa tante et que cet air m'a trotté dans la tête toute la nuit. La seconde, c'est que je mourrais d'envie de relâcher la pression. Je viens ici pour évacuer, pour éviter de démolir une pièce ou de m'enfiler une bouteille d'alcool entière.

Cette chanson, je l'ai entendue à la radio au travail, et elle m'a immédiatement fait penser à elle. Je n'ai pas pu m'empêcher d'avoir envie de l'apprendre immédiatement. C'est un bon exercice et ça fait toujours plaisir à Bob de me voir ici.

Mais je n'ai jamais voulu qu'elle me surprenne en plein délit. Personne ici, à part mon oncle, ne connaît mes talents cachés. Tout simplement parce que je n'ai jamais eu envie d'en faire quoique ce soit, donc je ne vois pas en quoi ce serait utile de révéler au monde entier que je sais à peu près chanter juste et que je me débrouille pas mal au piano ou à la guitare. Pourtant, mon oncle ne cesse de me répéter que je devrais me montrer, prendre plus de risques. Il semble convaincu que mon talent est plus que suffisant pour en vivre. J'ai toujours repoussé cette idée : la musique, c'est mon défouloir, et rien d'autre. Mais visiblement, Lena et l'univers tout entier semblent avoir décidé que ça devait changer. Sans le savoir, elle me connaît déjà bien plus que la plupart des gens ici. Je me suis montré vulnérable, face à elle, et bien que ça m'effraie plus que je ne saurais l'admettre, je n'ai pas envie que ça change.

Bon d'accord, ça m'a un peu énervé qu'elle m'espionne comme ça aujourd'hui, même si j'ai vu dans son regard de biche prise entre deux phares qu'elle n'avait pas l'intention de le faire au départ. Elle est juste bien trop curieuse, ça m'agace, mais j'aime ça aussi. Elle s'intéresse à moi, à mes pensées les plus profondes, bien plus que quiconque avant elle.

Mais bordel, comment ne peut-elle pas se rendre compte à quel point elle est sexy ? Elle me fait un effet de dingue et je n'arrive pas à me contrôler quand elle est dans les parages. Bien que je n'aurais aucun scrupule à faire des cochonneries dans ce studio, je ne veux pas la mettre dans une situation délicate sur son lieu de travail, même s'il ne s'agit que d'un job d'été. Sa timidité et son innocence me sidèrent et m'excitent en même temps, et je n'arrive pas à imaginer qu'elle n'ait jamais eu de petit ami avant. Quand je la taquine ou que j'emploie des gros mots, ses joues rosissent, et j'adore ça. J'adore voir les effets que mes simples paroles produisent sur son corps. Je n'ai jamais ressenti une telle satisfaction avant. Je me fichais pas mal des réactions des autres filles sous mes caresses avant, tout ce qui m'importait, c'était d'en finir au plus vite et de prendre rapidement mon pied. Mais avec Lena, j'aime prendre mon temps et surtout, j'aime lui parler, jurer contre ses lèvres quand elle me rend dingue. Je ne parle pas, d'habitude. Avec personne, sauf peut-être Heather, mais c'est mon amie et la seule personne avec qui je discute vraiment. Et mon oncle, mais c'est la famille et je n'ai pas vraiment le choix. J'évite le contact social en général. Avec Lena, c'est facile. Tout est d'une simplicité extrême, et la facilité avec laquelle elle parvient à m'arracher les mots de la bouche me fait peur. Tout en elle est absolument fascinant et effrayant à la fois, et alors que je l'observe, je ne peux m'empêcher de me demander si mon cerveau est toujours en état de marche, ou si mon cœur a finalement décidé de prendre les rênes.

15– Lena

— Qu'est-ce que tu fais ici, au fait ? me risqué-je à demander.

— Je viens quand je veux, dit-il en haussant les épaules. Bob me laisse occuper le studio quand il n'y a personne.

Je hoche la tête en souriant. Une multitude d'autres questions s'enchaînent dans mon esprit, mais je me retiens de les poser. C'est déjà bien qu'il réponde à l'une d'elles. Je commence à comprendre à quel point il peut être secret, même si la véritable raison m'échappe encore. Il faut que je retourne travailler, je ne tiens pas vraiment à me faire réprimander dès mon premier jour. J'ai toujours mis un point d'honneur à fournir un travail bien fait, peu importe sa nature. Cette assiduité, dans toutes les matières, m'a valu une grande reconnaissance dans mon ancien lycée et le statut de major de ma promo. Je suis fière de mes accomplissements scolaires et je compte bien appliquer cette même philosophie dans la moindre de mes entreprises, qu'elles soient personnelles ou professionnelles.

— Je devrais retourner bosser, dis-je à Hunter alors qu'il se lève du piano.

Il ne dit rien, se contente d'approcher de moi doucement, ce sourire malicieux étirant ses lèvres. Ses yeux brillent d'une lueur espiègle dont je commence à me méfier un peu, mais qui ne peut que me faire sourire. Il a cette façon de me regarder qui me désarçonne complètement. Alors qu'il est à nouveau plus proche de moi qu'il le ne devrait, je sursaute en entendant la voix de Bob dans mon dos.

— Hunter ! s'exclame-t-il. Je ne savais pas que tu devais venir aujourd'hui.

— Moi non plus, dit-il en reculant légèrement.

— Je vois que tu as fait connaissance avec Lena, remarque Bob avec un sourire.

Je n'ose pas le regarder en face et me contente de lui jeter un bref regard, étant parfaitement consciente du rouge sur mes joues. Je suis plus embarrassée que jamais, contrairement à Hunter qui, lui, a l'air tout aussi parfait que s'il ne m'avait pas embrassée comme un fou il y a quelques minutes seulement.

— Je ferais bien de retourner à mon poste, je marmonne pour la troisième fois en dix minutes.

Hunter ne me retient pas cette fois, et se lance dans une conversation avec mon patron que je préfère ne pas écouter. Il faudra que j'apprenne à réfréner ma curiosité maladive avant qu'elle ne m'attire plus d'ennuis.

À nouveau assise à mon bureau, je ne peux m'empêcher de guetter la sortie d'Hunter du studio. Le regarder est ma nouvelle passion et je me surprends à détester le savoir si proche sans pouvoir le voir. J'ai du mal à me concentrer sur mon travail tant il envahit mes pensées. L'image de moi, assise à cheval sur lui, hante mon esprit, la sensation de ses mains sur moi, sa bouche explorant la mienne de toutes les façons possibles... Jamais je n'ai ressenti ça avant. C'est si bon, et en même temps, effrayant... Je suis au bord du précipice et s'il me pousse encore un peu, je tomberai bientôt sans pouvoir y faire quoique ce soit.

Quand j'entends l'autre porte du studio se fermer, je sais qu'il est parti. Une part de moi a espéré qu'il repasse par le bureau pour me dire au revoir, mais au fond je sais que ce serait tenter le diable. Je suis devenue accro, et je n'ai pas encore décidé s'il était une bonne ou une mauvaise drogue.

À la fin de la journée, je me précipite dehors pour retrouver Heather au bar. Je gare ma voiture dans un parking non loin de la digue, et fais le reste du chemin à pied. Il fait bien plus chaud que ce matin et je tente tant bien que mal de m'attacher les cheveux pour éviter qu'ils ne me collent à la nuque. Il n'y a pas beaucoup de monde au bar en cette fin d'après-midi, et je repère sans mal mon amie qui pose deux verres sur une table où un couple de touristes semble roucouler joyeusement. Lorsqu'elle m'aperçoit, elle m'offre son plus beau sourire.

— Installe-toi, dit-elle en désignant un des tabourets au bar. Qu'est-ce que je te sers ?

— Un remontant, demandé-je en soupirant. Tu ne devineras jamais ce qui m'arrive.

— Raconte ! s'écrie-t-elle en posant une chope de bière pleine devant moi.

Je bois une gorgée de ma boisson pour me donner du courage, puis me mets à tout lui raconter. Je commence par le moment où je l'ai quittée hier après notre petite séance de shopping improvisée, quand Hunter m'a rattrapée sur le parking pour me proposer ce rencard. Je lui dis absolument tout, et elle m'encourage même à être plus détaillée. À la seule mention du nom d'Ally, elle grimace juste au bon moment ce qui me fait légèrement rire. Elle n'a vraiment pas l'air de la porter dans son cœur, et je commence bien à me demander pourquoi. Visiblement, elle la connaît assez pour avoir une opinion d'elle bien ancrée. Il faudrait que je l'interroge sur cette animosité qu'elle semble lui porter. J'enchaîne sur la réaction d'Hunter, et ma colère enhardie par mon état d'ébriété évident, ce qui la fait légèrement sourire.

En lui racontant la suite, son expression passe de l'émerveillement rêveur à la surprise totale. Je termine par lui faire part du reste de la soirée, et de ce matin, et quand j'ai enfin fini de parler, je bois plusieurs gorgées de ma bière.

— Waouh ! souffle-t-elle. Qui aurait cru qu'Hunter était du genre… romantique ? dit-elle en grimaçant.

— Je ne sais vraiment pas quoi en penser, Heather, marmonné-je. D'un côté, ça colle vraiment entre lui et moi, mais… je ne sais pas, j'ai ce mauvais pressentiment. Si ça se termine mal… je ne pense pas que je pourrais supporter perdre quelqu'un d'autre, même de cette façon-là.

C'est bien la première fois que je pense à moi de cette manière et je m'en félicite intérieurement. Depuis que ma mère est tombée malade, j'ai investi toute mon énergie à m'occuper d'elle et à conserver ma moyenne pour ne pas flancher. Je ne faisais plus jamais rien pour moi, et ça avait le don de l'agacer. Un sentiment de culpabilité me pince légèrement le cœur à cette idée, mais je tente de le chasser rapidement en secouant la tête. Il n'y a pas de mal à être un peu égoïste de temps en temps, n'est-ce pas ? Surtout quand on sait que je ne suis pas du tout de ce genre-là, d'habitude.

— Je te dis ça comme quelqu'un qui connaît Hunter par cœur, dit-elle en essuyant un verre. Il faut absolument que tu fasses attention, avec lui. Il a l'habitude de faire tomber les meufs, c'est son passe-temps préféré. Mais d'après ce que tu me dis, il semble vraiment s'intéresser à toi. En tout cas, je ne l'ai jamais vu se comporter comme ça, avec personne. Mais les hommes sont des créatures d'habitude : tout ce qui est nouveau et différent leur fait peur, et il ne faut pas hésiter à les dresser un peu.

Elle serre le poing pour appuyer ses propos et je laisse échapper un rire. Elle a raison, comme toujours. Si Hunter n'est pas habitué à pareille situation, je le suis encore moins que lui. Mais comment savoir s'il ne va pas finir par changer d'avis, ou se lasser de moi ?

Je ne suis absolument sûre de rien et je n'ai aucune idée concrète sur ce que je suis censée faire.

— Je suis censée le revoir ce soir, marmonné-je.

— Ok, dit-elle en hochant la tête en ayant l'air de réfléchir. Mais si tu veux mon avis, après ça, tu devrais le laisser te courir un peu après. Montre-lui que tu n'es pas toujours à sa disposition, qu'il doit faire des efforts pour vraiment t'avoir. S'il le fait, alors tu sauras qu'il tient vraiment à toi, et qu'il a envie de plus… sinon, et bien, au moins tu seras fixée.

Je réfléchis un instant à ses propos. La seule chose dont j'ai peur, c'est qu'il soit en train de me mener en bateau. La mort de ma mère m'a déjà bien assez fait souffrir comme ça, et c'est en grande partie grâce à Hunter que je parviens à penser à autre chose, à m'évader et à sortir de ma bulle. Je me sens bien avec lui, et j'ai une peur bleue de perdre cette sensation, cette étincelle de bonheur potentiel. Mais je ne dois pas me voiler la face : je ne sais même pas ce qu'il représente à mes yeux, ni moi aux siens. J'espère comprendre en partie tout ça avec lui ce soir, mais je ne me fais pas d'illusion.

J'estime avoir suffisamment embêté Heather avec mes histoires. Je la regarde s'éloigner vers une table où deux nouveaux clients viennent d'arriver. Je termine ma bière, et lorsqu'elle revient, je décide de lui poser la question qui me brûle les lèvres depuis quelques jours déjà.

— Pourquoi est-ce que tu la détestes autant ? Ally ?

Elle semble quelque peu prise au dépourvue par ma question et se fige un instant. Je vois bien qu'elle évite mon regard, et je commence à regretter d'avoir laissé ma curiosité l'emporter encore une fois sur ma raison.

— Tu sais garder un secret ? dit-elle en se penchant vers moi.

Je hoche frénétiquement la tête, l'encourageant d'un sourire bienveillant, heureuse qu'elle choisisse elle aussi de se confier à moi. Elle semble hésiter un instant, mais elle soupire, cédant visiblement à ma question.

— La vérité, commence-t-elle en chuchotant, c'est que… Ally et moi on sortait ensemble, au lycée. C'était ma première copine, mais elle n'a jamais vraiment assumé notre relation. Je ne sais pas… je suppose qu'elle a pris peur quand les gens ont commencé à parler de nous dans notre dos. Personnellement, je m'en fichais, mais elle… elle ne l'a pas supporté. Elle m'a plaqué en prétextant que je n'étais qu'une expérience, et elle est devenue… ce qu'elle est devenue.

Je suis véritablement sciée. Je m'attendais à tout, sauf à ça. J'imaginais qu'Ally lui avait piqué son mec, ou un truc dans le genre. Jamais je n'aurais imaginé une telle histoire, ni qu'Heather préfère les filles. D'ailleurs, face à mon silence et mon air ahuri, elle baisse les yeux.

— Je ne l'ai pas encore dit à mon père, murmure-t-elle. Tu sais, que je suis… gay.

— Heather, murmuré-je en lui prenant la main. Tu ne devrais pas porter ce genre de choses toute seule. Tu dois le lui dire.

— Je sais, dit-elle en hochant la tête. Mais il n'est jamais là, c'est un peu difficile de trouver le… bon moment.

Je hoche la tête. Elle ose à peine me regarder et mon cœur se brise en mille morceaux à l'idée qu'elle ait peur que son propre père puisse la rejeter pour ce qu'elle est. Le monde a bien changé et les mentalités avec. Je ne connais pas son père mais j'ai du mal à imaginer qu'il puisse renier sa fille parce qu'elle est gay. Elle se recule légèrement et attrape un autre verre pour l'essuyer. Je vois bien qu'elle essaie de ne pas craquer et ça me fait mal de la voir comme ça.

— Elle était si différente avec moi, je suis tombée amoureuse d'elle comme ça, dit-elle en claquant des doigts. Je sais que c'est débile…

— Ce n'est pas débile, Heather, lui dis-je. Je comprends…

C'est sincère, Hunter est si différent avec moi, par rapport à son attitude d'il y a quelques jours. Je remarque bien comme il est distant avec tout le monde, sauf moi, pour une raison que j'ignore encore… c'est bien ce genre de détail qui peut vous faire tourner la tête.

— Elle ne veut pas admettre qui elle est, dit-elle en haussant les épaules. Et j'en ai eu assez d'essayer de le lui faire comprendre.

Je l'observe un instant. Je ne la connais que depuis quelques jours et elle est déjà devenue une constante dans ma vie. Je ne l'ai jamais vue avec un regard si triste, un air si renfrogné. Comme si elle avait abandonné une partie d'elle-même, et je peux comprendre ce sentiment.

Jamais je n'aurais imaginé que le dégoût que mon amie montre à chaque fois que je mentionne Ally vienne en réalité d'un amour désespérément profond. Je suis également honorée et un peu gênée qu'elle se confie à moi de la sorte. Je ne savais pas qu'elle me faisait à ce point confiance, et j'en suis si émue que j'ai besoin de lui demander un autre verre.

Nous passons encore une bonne heure à discuter de choses et d'autres pour alléger l'atmosphère, et je lui confie dans la foulée que j'ai bien envie de me dénicher un tourne-disque pour ma chambre, ce qui la fait sourire. Elle n'a acheté que des CD, hier, mais j'aime l'idée d'une collection de vinyles. Ma mère en possédait quelques-uns qu'elle n'a plus jamais écoutés, car son appareil est tombé en rade il y a quelques années et qu'elle n'a jamais pris la peine de s'en procurer un autre. On se promet alors de se faire une autre virée shopping ce weekend.

— Lena ?

Je me retourne vivement et écarquille les yeux en voyant Alejandra pénétrer dans le bar, quelque peu hésitante.

— Alejandra ! Qu'est-ce que tu fais par ici ? demandé-je.

— Je me baladais, dit-elle en haussant les épaules. Je ne pensais pas que tu fréquentais ce genre… d'endroit.

— Ce n'est pas si mal, dis-je en haussant les épaules. Viens, je t'invite !

Elle me sourit, et s'assied sur le tabouret à mon côté.

— Heather, voici Alejandra, dis-je. Elle est la fille de la gouvernante de ma tante. Alejandra, je te présente Heather, une amie.

— Enchantée, disent-elles en chœur.

Nous rions, amusées par la situation. Alejandra n'est visiblement pas dans son élément et elle ne cesse de regarder Heather d'un air étrange.

— Ta soirée s'est bien passée alors ? me demande-t-elle.

Je décide de la mettre à l'aise en lui racontant brièvement mes aventures. Nous finissons par discuter toutes les trois pendant plusieurs dizaines de minutes, et bientôt, l'une d'entre nous devient totalement invisible : moi. Je tiens la chandelle pour Heather et Alejandra, qui ne cessent de rire entre elles et de se raconter leurs vies. Je les observe et écoute leur conversation avec amusement.

Soudain, je sens une présence à côté de moi. M'attendant à voir Hunter, je tourne la tête en souriant… mais transforme rapidement mon sourire enjoué en sourire poli lorsque je reconnais le bassiste du groupe. Il me rend mon rictus. Je ne connais pas son nom et je doute qu'il connaisse le mien. Surtout que je ne l'ai jamais entendu, ni vu parler à qui que ce soit : il affiche toujours cet air de zombie, d'habitude, mais maintenant que je le vois de plus près, je ne peux nier qu'il a un certain charme. Il me fixe de ses yeux marron, et je remarque quelques étincelles dorées dans ses prunelles.

— Tu es Lena, c'est ça ? demande-t-il d'une voix suave que je n'aurais jamais pu soupçonner.

— Oui, réponds-je timidement.

— Caleb, dit-il en tendant une main vers moi.

Je la lui serre en souriant toujours aussi poliment. Lui aussi arbore quelques tatouages sur les bras, mais beaucoup moins qu'Hunter. Il a également un piercing sur la lèvre qui lui donne un air inaccessible, mas finalement, ça le rend encore plus séduisant. Je retourne à la contemplation du liquide ambré dans mon verre pour éviter de le dévisager trop longtemps.

— Tu es en vacances, ici ? demande-t-il.

— On peut dire ça, dis-je, ne trouvant pas d'autre réponse à sa question.

— C'est cool, dit-il. Comment tu trouves Carmel ?

— C'est… atypique, dis-je en riant légèrement.

— C'est sûr ! On ne voit pas ça partout… Je n'y suis pas encore habitué.

Sa réaction pique ma curiosité maladive, et je ne peux m'empêcher de lui poser davantage de questions. Il a l'air si ouvert à la conversation, c'en est déroutant étant donné la première impression qu'il m'a donnée.

—Tu ne viens pas d'ici ? demandé-je.

— Non, j'ai grandi à Chicago, dit-il avant de prendre une gorgée de sa bière. Ma mère a été mutée ici l'an dernier alors, je l'ai suivie et je ne suis pas reparti après le lycée. J'imagine que je m'y suis fait.

Il continue à me parler de sa vie dans la ville venteuse. J'ai lu quelque part que le taux de criminalité y était en hausse, et ça ne m'a jamais vraiment donné envie d'y mettre les pieds. Mais la façon dont Caleb en parle pourrait presque me faire changer d'avis. Il a la conversation facile, ce qui me plaît beaucoup. Il commence à me parler de sa mère lorsque nous sommes interrompus.

— Dégage, Caleb.

Je me retourne vivement et aperçois Hunter qui se dirige vers nous à grandes enjambées. Même Heather et Alejandra cessent leur conversation en le voyant arriver, tant sa présence est imposante. Mon nouvel ami se fige et son expression renfermée reprend sa place sur son joli visage. Il m'offre un léger sourire d'excuse avant de se lever et de s'éloigner. Agacée, je me tourne vers Hunter en fronçant les sourcils.

— On ne faisait que discuter, pourquoi tu lui as parlé comme ça ? le réprimandé-je.

— Il n'a pas à toucher à ce qui n'est pas à lui, dit-il.

— Je ne suis à personne, Hunter.

Mon ton cinglant a le don de lui clouer le bec. À présent véritablement énervée, je termine mon verre cul sec et me lève pour partir, mais il me retient pas le bras.

— Où est-ce que tu vas ? demande-t-il, la colère déformant ses traits.

— Je rentre, déclaré-je. Tu n'es visiblement pas de bonne compagnie ce soir, alors je préfère te laisser ruminer tout seul.

— Tu as promis que tu serais là, ce soir, assène-t-il. Tu préfères peut-être passer du temps avec *lui* ?

Je ne comprends vraiment pas d'où lui vient cette soudaine jalousie. Exaspérée, je me dégage de son emprise et recule d'un pas, attirant les regards des quelques clients présents dans le bar.

— Je ne t'ai rien promis du tout ! crié-je. Et tu n'as aucun droit d'être jaloux, c'était juste une conversation !

— Bah voyons ! ironise-t-il en levant les bras. Il te déshabillait du regard, mais bien sûr, tu es trop naïve pour le voir !

— Hunter ! s'écrie soudain Heather.

Je tente de laisser cette parole blessante me passer au-dessus, mais je n'y parviens pas. J'ai l'impression d'être à nouveau sur le bord de cette route à le fuir sous la pluie. Il se comporte vraiment comme un connard. Que suis-je censée faire ? Encaisser sans broncher ? Hors de question. Ma mère n'accepterait jamais ça de ma part.

— Ne me suis pas, lancé-je en tournant les talons.

Évidemment, il fait comme s'il ne m'avait pas entendue, car ses pas résonnent derrière moi alors que je me dirige vers la plage. Je n'ai pas envie de rentrer si tôt et j'aurais aimé passer plus de temps avec Alejandra et Heather, mais je ne peux pas rester là. Hunter me suit toujours, sans pour autant me rattraper. Je me demande à quoi il pense : essaie-t-il de trouver la meilleure façon de s'excuser ou attend-il simplement que je m'épuise et m'arrête pour que je cède encore ? La confrontation est peut-être la meilleure des solutions, finalement. Je fais volte-face, laissant parler ma rage et mon agacement face à son comportement puéril. Il semble pris de court.

— Pourquoi tu te comportes toujours comme un vrai connard ? m'exclamé-je.

— Moi, je suis un connard ? se vexe-t-il. C'est plutôt toi qui fais l'enfant !

— Je fais *quoi ?*

— Tu fais un caprice parce que j'ai chassé ton nouveau chéri ! hurle-t-il. Mais c'est avec moi que tu es censée être !

— C'est drôle, je ne t'ai jamais entendu dire quoique ce soit qui me laisse penser ça.

Il se tourne vers l'océan en passant ses deux mains dans ses cheveux, visiblement dépassé par la situation. Il n'a pas l'habitude qu'on lui résiste, mais je m'en fiche complètement. Il vient d'interrompre une conversation que j'appréciais, totalement innocente, sans raison valable, et en plus il l'a fait avec une grossièreté qui doit lui valoir une médaille. Ce qui m'a le plus surprise, c'est la réaction de Caleb : il a réagi comme s'il avait peur de lui. Cette situation s'est-elle déjà produite avant ? Est-ce qu'Hunter est aussi jaloux avec les autres filles ? J'en doute fortement. Essaie-t-il de me prouver quelque chose ? Tant de questions sans réponse, ça commence à m'agacer.

— Je pensais avoir été clair dans mes intentions, lance-t-il soudain sur un ton agressif.

— Et bien il va falloir m'éclairer encore un peu, répliqué-je. Parce que ta réputation n'aide pas vraiment à me convaincre.

— Qu'est-ce qu'*il* t'a raconté ?!

Il semble vraiment en colère, à présent, et il me fait un peu peur. J'ai un léger mouvement de recul quand il s'approche en hurlant, mais je ne me démonte toujours pas.

— Quoi ? Rien du tout ! On n'a même pas parlé de toi !

— Tu mens, m'accuse-t-il.

— Va te faire foutre !

Soudain, il grogne et se met même à hurler. Ses poings serrés et son air agité me disent qu'il a envie de casser quelque chose, mais il n'y a rien autour de nous : juste du sable, et le bruit des vagues. Soit il est complètement parano, soit il ne comprend pas lui-même ce qu'il ressent pour moi. À vrai dire, j'ai moi-même du mal à le comprendre, je ne peux donc pas l'aider davantage. Je commence à avoir mal pour lui, de le voir autant en colère pour si peu. Est-ce que ce sera toujours comme ça ?

— Tu vas me rendre… complètement dingue, souffle-t-il soudain en respirant fort.

Il s'approche vivement de moi et, alors que j'allais reculer, je suis surprise de sentir ses mains encadrer mon visage. Il me force à le regarder dans les yeux, alors c'est ce que je fais. Ses mains sont chaudes et douces sur mes joues. Un long moment passe, durant lequel il ne fait que me détailler, silencieux, et je remarque que son souffle s'est apaisé. Il semble plus calme, même si l'incompréhension et la colère brillent encore dans ses yeux.

— T'as tout rendu plus compliqué, dit-il tout bas. Ça ne devait pas se passer comme ça.

Je ne comprends pas à quoi il fait référence, mais lorsqu'il plaque ses lèvres sur les miennes, je suis trop surprise pour réfléchir à la question. Son baiser est comme un trop plein d'émotions qu'il a besoin d'évacuer, j'en ai le souffle coupé. C'est plus violent encore que d'habitude, et je me surprends à aimer ça encore plus que les autres fois. Je ne comprends pas ce qui vient de passer. On s'est hurlé dessus comme jamais et, l'instant d'après, il m'embrasse et me serre contre lui comme s'il avait peur que je disparaisse. Tout cela me donne le tournis, et celui qui me permet de tenir debout est le même qui me fait perdre la raison.

Je suis perdue, plus encore qu'avant, mais là, tout de suite, seules comptent ses lèvres qui dévorent les miennes, sa langue qui danse avec la mienne. C'est divin et j'en veux plus, toujours plus. Ce n'est jamais assez, je ne serai jamais rassasiée de lui. Je m'agrippe à son cou et, comme s'il lisait dans mes pensées, il me soulève de terre et j'en profite pour entourer sa taille de mes jambes, sans jamais quitter ses lèvres. Je le sens s'agenouiller et il me pose délicatement sur le sable, sans cesser de m'embrasser. Il n'y a personne autour de nous et j'en suis heureuse. Le sable s'incruste dans mes cheveux, mais je le remarque à peine.

— Bordel, Lena, murmure-t-il contre mes lèvres.

Il est allongé au-dessus de moi, logé entre mes jambes et appuyé sur ses avant-bras pour ne pas m'écraser. J'ai chaud, bien trop chaud. L'incendie est déclaré entre mes cuisses et je ne peux rien faire pour l'arrêter, encore moins lorsqu'il se met à frotter son érection contre moi. Je gémis et passe une main sous son t-shirt, dans son dos, puis l'autre sur son ventre. Je le sens frissonner sous mes paumes, ce qui me donne encore plus d'assurance.

— J'ai envie de te toucher, grogne-t-il dans mon cou.

Je mets un moment avant de comprendre ce qu'il veut dire par là et, lorsque l'idée s'introduit dans mon esprit, je sens mes joues prendre feu immédiatement, ce qu'il ne manque pas de remarquer. Il me regarder comme s'il avait peur de me brusquer, comme si j'étais faite de porcelaine et qu'il avait peur de me casser avec ses envies.

— Tu veux bien ? demande-t-il plus doucement.

Le souffle haletant, je le regarde un instant. Ses yeux verts ne montrent plus aucune colère, aucune animosité, seulement un désir brûlant et intense. Je ne devrais sans doute pas lui faire confiance aussi vite, mais quelque chose en moi me pousse à hocher doucement la tête.

— Je… je veux bien, articulé-je dans un souffle. Mais pas ici. Ma… ma voiture n'est pas loin…

Il me considère pendant quelques secondes avant de hocher la tête, prenant sans doute conscience que nous sommes un peu à découvert. Il m'aide à me relever et je le guide jusqu'au parking. Une fois devant la voiture, j'hésite un instant. Suis-je censée me mettre au volant ? Hunter perçoit mon hésitation et se met à sourire, avant d'ouvrir la porte de la banquette arrière. Je l'imite et m'assois à son côté. Il semble percevoir ma nervosité, car il m'observe un moment. J'ai soudain peur qu'il change d'avis, ou qu'il laisse passer trop de temps et que je finisse par retrouver ma raison, une fois la tornade de désir et d'adrénaline dissipée.

Quand il se penche à nouveau pour m'embrasser, la lenteur et la tendresse de son baiser envoie directement une nuée de papillons dans le creux de mon ventre. Sa main droite voyage sur mon corps, partant de ma joue, mon cou, mes épaules, passant entre mes seins et sur mon ventre, pour finalement déboutonner mon short d'une lenteur exquise. Hunter se rapproche encore de moi sur la banquette sans détacher ses lèvres des miennes. J'apprécie qu'il ne dise rien. Il m'embrasse, se contente de m'observer, dépose de légers baisers sur ma joue et dans mon cou alors que ses doigts se glissent dans ma culotte. Je le sens souffler plus fort lorsqu'il se rend compte à quel point je suis humide, mais il ne dit toujours rien et j'en suis heureuse. Je ne sais pas si je serais capable de le laisser faire plus longtemps sans paniquer s'il se mettait à faire des commentaires ou pire, à me poser des questions comme on en entend dans les films pornos.

C'est la première fois que je me laisse toucher de la sorte. Je l'ai déjà fait moi-même, une seule fois, juste après avoir regardé la scène d'amour entre Damon et Elena dans un épisode de *The Vampire Diaries*. Le désir et le feu dans les yeux de l'acteur m'avaient titillée… et j'ai voulu essayer. Mais ce n'est en rien comparable à ce qu'Hunter est en train de faire. Son index et son majeur caresse d'une lenteur extrême mon point sensible, et de longs frissons s'emparent de tout mon corps. Je me cambre en gémissant légèrement.

— Hunter…, soufflé-je.

L'adrénaline monte en moi comme une flèche et mon cœur bat si fort qu'il est sûrement sur le point de s'arrêter.

— Ouvre les yeux, murmure-t-il à mon oreille.

J'obéis, et son regard émeraude emplit mon champ de vision. Ses mouvements entre mes jambes s'accélèrent, je me mords la lèvre inférieure en luttant pour garder les yeux ouverts. Il semble fasciné par mon visage, par la moindre expression que je lui offre. Des étoiles se mettent à danser devant mes yeux et alors qu'il accélère encore, je me tortille légèrement sous lui, mes jambes se mettent à trembler sans que je ne puisse les contrôler et de petits bruits s'échappent de mes lèvres. J'atteins l'extase dans un long gémissement, me cambrant encore, laissant le plaisir se déverser sur moi alors qu'Hunter me dévore du regard. J'essaie tant bien que mal de reprendre mon souffle alors qu'il s'attèle à reboutonner mon short.

— Ça va ? me demande-t-il.

Je tourne mon regard vers lui. Une lueur d'inquiétude se lit dans ses yeux, comme s'il avait peur que je regrette ce qu'il vient de se passer . Je dois laisser planer un léger silence avant de pouvoir répondre d'une voix claire. Posant ma main sur sa joue, je tente d'analyser la situation. Je viens de le laisser me toucher… *là*. Mes joues sont probablement d'une teinte cramoisie, et mon dos me fait un peu souffrir d'être courbée comme ça contre le siège. Mais je me sens délicieusement bien.

— Oui, dis-je timidement.

— C'était la première fois ? demande-t-il.

J'aurais voulu qu'il ne le devine pas, mais je n'ai pas été capable de cacher mon embarras pendant toute l'opération, visiblement. Je hoche doucement la tête en évitant son regard, mais il pose une main sous mon menton pour me forcer à le regarder.

— Excuse-moi, dit-il.

— De quoi ? demandé-je en fronçant les sourcils.

— D'être un vrai connard, marmonne-t-il.

Je ne peux m'empêcher de sourire et il m'imite. Je me redresse et me rends soudain compte que, peut-être, il s'attend à ce que je lui rende la pareille. Étant donné ma très pauvre expérience – qui avoisine le zéro – j'espère que ce n'est pas le cas, du moins, pas maintenant. J'essaie encore de me faire à l'idée qu'il vient de me donner mon premier orgasme. Je suis un peu dépassée par cette passion dévorante qui semble nous submerger à chaque fois qu'on se croise, peu importe qu'on soit en colère, ou simplement heureux de se voir.

Alors qu'il remet une de mes mèches rebelles en place derrière mon oreille, je le vois afficher un air pensif, et cela m'inquiète un peu. Regrette-t-il ? Ne suis-je pas assez… désirable ? J'ai probablement une drôle de tête en plus…

— Qu'est-ce qu'il y a ? le questionné-je.

— Je me demandais si tu voulais que je reste, dit-il en haussant les épaules.

— Bien sûr que je veux que tu restes ! lancé-je du tac au tac. Pourquoi tu te demandes ça ?

— Je… j'en sais rien, soupire-t-il. Je n'ai pas l'habitude, c'est tout.

Je fronce les sourcils. Est-ce que les autres filles sont plutôt du genre « merci, au revoir » ? Dégoûtant. Je ne relève cependant pas. J'ai l'impression que nous marchons sur des œufs et ça commence à devenir agaçant. Un silence de plomb s'installe, je sens qu'il est en train de réfléchir à toute vitesse, ce qui n'est probablement pas une bonne chose. Je regarde l'océan, derrière le pare-brise, lorsqu'il me vient une idée un peu folle.

— Tu veux te baigner ? demandé-je.

— Quoi ? demande-t-il les yeux écarquillés.

— Te baigner, répété-je. Avec moi.

Son regard passe de moi au large plusieurs fois de suite, avant qu'un sourire étonné ne se dessine sur son doux visage. Il a l'air plus jeune, soudain, comme un enfant à qui l'on vient de proposer un super jeu.

— Ok, dit-il avec cet air espiègle.

Nous sortons de la voiture et je me félicite d'avoir réussi à détendre l'atmosphère, mais maintenant qu'il ôte son t-shirt, je regrette ma proposition. Je ne me suis jamais baignée dans l'océan avec qui que ce soit, et certainement pas avec un garçon tatoué de partout avec un corps de rêve… car à présent que je peux le voir de plus près, je remarque sans mal les ligne de ses abdos subtilement dessinées en dessous de toute cette encre noire. Je me dépêche de l'imiter avant qu'il ne remarque mon hésitation. À mesure que je le regarde, je prends de plus en plus confiance en moi. J'ôte mon top et mon short, demeurant en sous-vêtements. Je regrette soudain de ne pas avoir enfilé de maillot sous mes fringues, ou bien de ne pas avoir de lingerie plus coquine. Mon soutien-gorge basique blanc ne doit pas avoir l'air très sexy en ce moment, mais Hunter ne semble même pas le remarquer. Il reste en boxer et, avant que je ne puisse protester, il me soulève de terre et me balance par-dessus son épaule. Je hurle et ne peux m'empêcher d'éclater de rire.

— C'était ton idée ! lance-t-il.

Il entre dans l'eau, laquelle se révèle légèrement plus froide que ce que j'aurais cru, et lorsqu'il tombe, m'entraînant avec lui dans sa chute, je retiens ma respiration. Nous nous écroulons tous les deux dans l'eau et, quand je retrouve la surface, je le vois remonter devant moi.

— Je ne te savais pas si audacieuse, dit-il en plaquant ses cheveux en arrière d'une main.

— Moi non plus, dis-je en riant.

Il sourit, amusé par ma réponse. L'océan est plutôt calme face au crépuscule, je ne peux empêcher mon regard de se tourner vers le magnifique coucher de soleil qui s'offre à nous. Ces couleurs orange et roses me rappellent la veille, ce moment sur le ponton où il me souriait à pleines dents alors que je lui parlais de mon huitième anniversaire et du clown que ma mère avait jugé bon d'inviter pour ma fête, alors qu'elle savait que j'en avais une peur bleue. Je souris à ce souvenir, et un air mélancolique s'empare de mes traits, ce qu'il ne manque pas de remarquer non plus.

— À quoi tu penses ? demande-t-il.

— À ma mère, soufflé-je avec un petit sourire.

— Je suis désolé, répond-il précipitamment, l'air gêné.

— Ce n'est rien, dis-je. Je suis contente de pouvoir penser à elle sans me mettre à pleurer.

Je me tourne vers lui et, alors qu'il m'observe de cet air grave, je suis prise d'une nouvelle vague de courage que je ne m'explique pas. Je crochète doucement sa nuque et l'embrasse avec fougue. Je sens ses mains sous l'eau se poser sur mes hanches. C'est probablement la chose la plus sexy que j'aie jamais vécu. Il est si beau, là, à la lueur du soleil couchant, la peau trempée et les cheveux mouillés. J'empoigne ceux-ci dans ma paume et il gémit légèrement. Ce n'est pas la première fois et j'en déduis qu'il aime ça, alors je me promets de recommencer.

— Attends, Lena, s'il te plaît, dit-il soudain contre mes lèvres.

Je tente de ne pas l'écouter en l'embrassant de plus belle. Il ne va pas m'interrompre comme ça, alors que je suis enfin sûre de ce que je veux, que tout est clair dans ma tête : c'est lui, rien que lui, et je suis en paix avec cette idée. Je ne me sens plus coupable d'être heureuse, de rechercher le bonheur, et c'est en partie grâce à lui, même s'il ne s'en rend pas compte. Mais il me repousse doucement et je fais la moue, ce qui le fait sourire.

— Il faut qu'on discute, dit-il.

— Pourquoi faire ? soupiré-je.

— Même si j'adorerais poursuivre cette petite activité, dit-il d'une voix grave, je t'ai fait une promesse ce matin, tu te souviens ?

Je soupire. Je m'en souviens parfaitement. Il m'a promis de me parler de lui et jusqu'à ce qu'il se mette à me hurler dessus, sur la plage, j'étais excitée à cette idée. Mais j'ai peur, à présent, que ce qu'il s'apprête à me dire me fasse changer d'avis à son sujet. J'en doute, mais sait-on jamais… Heahter m'a demandé d'être prudente avec lui et je tente de me rappeler ses paroles en hochant la tête.

Il m'entraîne sur la rive et nous retrouvons nos vêtements.

Une fois habillé, il me prend la main et nous entraîne vers ma voiture. Il remarque soudain son geste, et alors que je pense qu'il va la retirer, il serre encore un peu plus mes doigts autour des siens, et je souris discrètement. Une fois dans ma voiture, je me sèche les cheveux avec son t-shirt. Je ne me sens pas de conduire, aussi je lui lance les clés. Torse nu, il prend place derrière le volant. Il allume le chauffage, pour que je n'attrape pas froid.

— Tu veux qu'on reste là ou qu'on aille ailleurs ? demandé-je.

— J'ai pensé qu'on pourrait aller chez moi ? propose-t-il en démarrant le moteur.

Je réfléchis une seconde en l'observant. Chez lui ? Habite-t-il seul ? Ses parents seront-ils là ? C'est lorsque toutes ces questions fusent dans mon esprit que je le remercie mentalement de nous avoir arrêtés dans l'eau, tout à l'heure. Il a raison, je ne sais absolument rien de lui et ce serait idiot de ne pas chercher à savoir. Heather m'a dit qu'il n'était pas particulièrement bavard, pas même avec elle alors qu'ils semblent bien se connaître. Je me demande soudain ce qui le pousse à se confier à moi, mais je décide de chasser cette interrogation, car je finirai par imaginer le pire, comme toujours. Me rendant compte que je ne lui ai toujours pas répondu, je lui adresse un sourire.

— Ok, va pour chez toi.

Je me demande si je devrais prévenir ma tante que je rentrerai tard, et alors que j'attrape mon téléphone, je me ravise et le range dans mon sac. Ce n'est pas la peine, elle n'est pas du genre à s'inquiéter pour rien.

16– Lena

Hunter serpente dans les petites rues de Carmel en chantonnant légèrement ce qui passe à la radio. Je ne reconnais pas la chanson, mais je me laisse bercer par sa voix, et je me demande s'il se rend compte qu'il est en train de chanter en conduisant. Je ne fais aucun commentaire, de peur qu'il ne se ravise, car j'aime l'entendre chanter. Il a une voix légèrement cassée, rauque et chaude qui me détend immédiatement.

Il s'arrête devant une petite maison blanche. Elle ne ressemble pas aux autres cottages typiques de la petite ville qu'on trouve dans le centre, et alors que je m'extirpe de la voiture, je remarque que toutes les bâtisses de la rue sont identiques. Un petit jardinet défraîchi occupe chaque côté de l'allée qui mène au porche devant l'entrée, vers lequel Hunter se dirige, moi à sa suite. Il déverrouille la porte et me fait entrer dans un petit hall plongé dans l'obscurité. Il déniche un interrupteur et quand la lumière se fait, je peux observer l'endroit plus en détail. Il n'y a pas grand-chose à l'intérieur : un miroir juste à côté de l'entrée surplombe un petit meuble sur lequel Hunter balance ses clés. Plusieurs vieilles paires de chaussures traînent çà et là. Face à moi, un escalier semble mener à l'étage, et je remarque quelques vêtements qui pendent négligemment sur la rampe. Ça sent le sel et la menthe, son odeur à lui, et je souris en me tournant vers lui.

— Tu vis seul ? demandé-je.

— Ouais, rétorque-t-il en enlevant ses chaussures. Tu veux un truc à boire ?

— Je veux bien un verre d'eau, dis-je doucement.

Je le suis dans la petite cuisine qui, visiblement, fait également office de salle à manger. De la vaisselle sale traîne dans l'évier, ce qui confirme l'idée qu'il vit bien ici tout seul. Il doit travailler souvent pour ne pas avoir le temps de s'occuper du ménage. Ou alors est-il vraiment désordonné, ce qui ne m'étonnerait pas non plus. Il attrape un verre propre dans l'armoire et le remplit d'eau du robinet, avant de me le tendre avec un sourire d'excuse. Je lui souris pour le rassurer. Je ne suis pas difficile. Buvant une gorgée, j'accueille avec plaisir la fraîcheur de l'eau dans ma gorge. Je le suis à nouveau à travers le hall, vers ce qui me semble être le salon. Il allume une lampe et révèle un canapé parsemé d'affaires en tout genre qu'il se dépêche de ranger.

— Désolé, je n'avais pas prévu d'avoir de la visite aujourd'hui, dit-il.

— Ce n'est rien, dis-je alors qu'il me fait signe de m'installer. Ma mère était bordélique, elle aussi. J'ai l'habitude.

Il attrape une télécommande et une douce musique s'échappe d'une chaîne hi-fi que je n'avais pas encore remarquée : elle trône fièrement dans un coin de la pièce, plus grande même que la télé. Je regarde tout autour de moi, explorant la pièce dans les moindres détails pour ne rien manquer. Le salon est légèrement plus grand que la cuisine. Face au canapé, une table basse dont je ne peux pas voir la couleur tant il y a de bouquins et d'objets non-identifiés dessus. Un meuble contre le mur supporte une petite télévision à écran plat. De l'autre côté de la pièce, je remarque un piano mural noir, un peu vieillot, sur lequel est posée une partition. Je suis interrompue dans l'exploration de cet univers par la voix de mon hôte.

— Ce n'est pas grand-chose, dit-il en haussant les épaules. Mais au moins, c'est à moi.

— Tu l'as achetée ? demandé-je.

— Ma mère l'a achetée quand je suis né. Mais elle est… partie.

Il se gratte l'arrière de la tête avant de décapsuler une bière qu'il a attrapée dans le frigo un peu plus tôt. Partie ? Je fronce les sourcils. Bien qu'il m'ait promis de me parler de lui, je suis surprise de constater à quel point je me retiens de poser des questions. J'ai peur de le brusquer, ou qu'il change d'avis. Cependant, il me rassure en poursuivant de lui-même, sans que je n'aie à dire quoique ce soit.

— Elle a rencontré un gars de passage il y a trois ans et elle a décidé de le suivre à Los Angeles, dit-il en reniflant légèrement. Je n'ai pas voulu la suivre, alors elle est partie.

— Tu avais quel âge ?.

— 17 ans, dit-il avant de boire une gorgée de sa bière.

— Elle t'a laissé ici te débrouiller tout seul alors que tu n'étais même pas encore majeur ?

— Je m'en fous, honnêtement, dit-il en haussant les épaules. Ce n'est pas comme si elle s'occupait grave de moi avant, je me suis toujours débrouillé tout seul. J'ai même réussi à terminer le lycée, tu sais.

— Mais, tu ne te sens pas… seul ? me risqué-je.

Il observe sa bouteille un instant, semblant réfléchir. Il évite mon regard, et bien que je déteste ça, je me fais violence pour ne pas le pousser trop loin. C'est déjà incroyable qu'il me raconte tout ça de lui-même et qu'il ne s'énerve pas de me voir poser autant de questions. Je me sens privilégiée, et je suis fière de voir les efforts qu'il fournit pour me laisser entrer dans sa vie.

— Si, souffle-t-il. Parfois. C'est pour ça que je ne suis pas souvent ici. J'aime bien mon boulot et la musique me permet de me défouler.

Il désigne le piano à l'autre bout de la pièce et je me promets de lui demander de me jouer quelque chose un peu plus tard, mais pas tout de suite. Je ne veux pas le couper dans son élan. Il se laisse aller contre le dossier du canapé et passe un bras derrière moi, m'invitant à venir me blottir contre lui. Je m'exécute sans me faire prier. Je l'entends déglutir alors qu'il avale une gorgée de sa boisson. Son torse est chaud et encore un peu humide, mais je m'en fiche pas mal. Je suis bien, là, dans ses bras. Je me mets à tracer le contour d'un de ses tatouages avec le bout de mon index : c'est une branche de lierre qui remonte le long de son ventre, jusqu'à son cœur. Je le sens frissonner légèrement.

— Comment est-ce que tu connais Bob ? demandé-je.

— C'est mon oncle, dit-il. Mon père est mort avant ma naissance et il est resté pour aider ma mère, pendant qu'il montait son label. C'est lui qui m'a poussé à faire de la musique. Il me supplie de signer avec lui mais je refuse toujours.

— Pourquoi ?

— Je ne sais pas si j'ai envie de ça, dit-il en haussant les épaules. La célébrité, les tournées, voyager tout le temps… J'aime bien ma vie, je suis pénard ici.

— Tu n'as jamais eu envie de quelque chose de plus ?

— Je ne sais pas. Ça m'a toujours paru si… inaccessible. Mais maintenant que ça ne l'est plus, j'ai peur que ça devienne une obligation plutôt qu'un défouloir.

— Je comprends.

Et c'est vrai, je commence à le comprendre un peu mieux. Cette colère dont il semble toujours être la proie vient de tout un tas de chose, et bien qu'il dise le contraire, je peux voir sans mal qu'il est en colère contre sa mère d'être partie. Il continue de me parler de sa musique, de comment il a fini par jouer de la batterie pour Jared et son groupe. Encore une fois, il m'assure que ce n'est qu'un défouloir, un moyen de relâcher la pression, et je m'empresse de le complimenter timidement sur son talent, ce qui le fait rire. Il me raconte ensuite qu'il connaît Heather depuis le lycée, et que même si ça ne se voit pas, ils ont toujours été très proches. Il la considère comme sa meilleure amie.

Je me mets à bâiller, il laisse échapper un petit rire. Je jette un œil au cadran de la chaîne hi-fi qui indique qu'il est déjà presque onze heures. Je ne me suis même pas rendu compte que deux heures s'étaient écoulées pendant notre discussion. J'en ai appris tellement sur lui que je devrais faire le tri, mais je suis bien trop fatiguée pour ça.

— Je t'ennuie ? demande-t-il sur le ton de la plaisanterie.

— Non, non pas du tout ! dis-je. Je suis juste fatiguée.

— Tu peux dormir ici, si tu veux, dit-il. J'irai dormir dans la chambre de ma mère.

Le fait qu'il me le propose me fait sourire. Il peut se montrer si gentil, parfois : c'en est déconcertant, surtout quand on sait à quel point il peut être énervant. D'ailleurs, j'ai peur que le matin n'arrive, car je ne sais pas dans quelle humeur je le retrouverai. Se mettra-t-il à regretter de m'avoir invitée chez lui, de m'avoir raconté tout ça sur sa vie ? J'espère de tout cœur que non, que rien ne changera.

— J’aimais bien ce que tu jouais dans le studio, ce matin, me risqué-je alors qu’il se relève.

— C’est juste une reprise, dit-il en haussant les épaules.

— C’était très beau, ajouté-je.

Il me sourit d’un air malicieux en se penchant doucement vers moi. Il pose les deux mains de part et d’autres de mon visage, sur le dossier du canapé, me dominant de toute sa grandeur. Mon regard rivé dans le sien, il détaille mon visage en s’humectant les lèvres. Un long silence plane au-dessus de nos têtes, sans que cela ne soit dérangeant pour autant.

— Je ne sais pas ce que tu m’as fait, commence-t-il sur un ton étrange, mais je commence à aimer ça.

Je rougis, et il sourit avant de m’embrasser sur le nez, puis sur les lèvres.

17– Lena

Je descends les escaliers vers le salon, où ma mère est encore une fois allongée, devant un épisode de sa série préférée. C'est celui où Rachel et Ross sont complètement saouls, enfermés dans une chambre d'hôtel de Las Vegas. Ma mère se met à rire aux éclats, puis à tousser.

— Attends, je t'apporte un verre d'eau, lui dis-je avant d'aller dans la cuisine.

Je remplis un verre et me dirige à nouveau vers le salon. Sauf que ce n'est plus mon salon. C'est une chambre d'hôpital, et ma mère est allongée là, inerte, le teint gris. Elle est entourée d'une armée de médecins qui s'évertuent à la ramener à la vie.

— Maman ! hurlé-je sans pouvoir entendre ma propre voix.

Je réessaie de l'appeler, encore et encore, sans succès. On m'attrape par les épaules, deux autres médecins me font reculer de force alors que je me débats pour rejoindre ma mère. Si elle peut m'entendre, peut-être reviendra-t-elle ?

— Maman ! Maman ! continué-je à hurler.

Mais rien ne sort de ma gorge, aucun son, je suis muette. Je continue de me débattre, quand soudain, j'entends mon nom au loin, comme si la voix venait d'ailleurs.

— Réveille-toi, Lena !

Je me redresse dans le lit en hurlant. Je transpire comme un bœuf et mes cheveux collent à ma peau. Je mets un moment avant de réaliser que je ne suis pas dans ma chambre à Brooklyn, ni même chez Anna. La pièce m'est étrangère, mais les yeux verts qui me fixent avec inquiétude ne le sont pas. Deux grandes mains fraîches viennent encadrer mon visage.

— Hunter…, couiné-je.

Je pleure. Mes joues sont inondées de larmes sans que je ne puisse les arrêter. J'ai encore fait ce rêve. Je pensais m'en être débarrassée depuis quelques jours mais, visiblement, il a décidé de revenir me hanter. Toujours le même, toujours aussi effrayant.

Je regarde autour de moi en tentant de me souvenir comment j'ai atterri ici. Le lit double dans lequel je suis assise, la fenêtre entrebâillée sur ma droite, la guitare trônant dans un coin et le placard plein de vêtements masculins… je suis dans sa chambre. Après notre discussion, Hunter a bien été dormir dans l'ancienne chambre de sa mère, comme il l'a suggéré, me laissant la sienne. Mais il est là, assis en face de moi, seulement habillé d'un short en coton gris. Ses cheveux sont plus en bataille que d'habitude. Il scrute mon visage, l'air affolé.

— Calme-toi, murmure-t-il. C'était juste un cauchemar.

Il pose son front contre le mien et je tente de reprendre doucement ma respiration en prenant de grandes inspirations. Il me caresse les joues des deux pouces et je tente de caler ma respiration sur la sienne. Une fois calmée, je reste assise encore un moment, jusqu'à ce qu'Hunter brise le silence.

— Putain, Lena, je ne veux plus jamais t'entendre crier comme ça, murmure-t-il.

Je me fige, ce qu'il semble remarquer car il dépose un léger baiser sur mes lèvres. Pendant un moment, j'ai cru qu'il allait m'engueuler de l'avoir réveillé.

— C'est atroce, ajoute-t-il. Je déteste ça.

— Excuse-moi, balbutié-je dans un souffle.

— Ne t'excuse pas, dit-il en me regardant droit dans les yeux.

Je regarde ce garçon, cet homme, là, en face de moi, et je me sens bien. J'ai envie qu'il prenne soin de moi, qu'il me rassure. J'en ai *besoin.* Mes doutes à son sujet se sont bel et bien évaporés depuis quelques heures maintenant, et à mesure que je le regarde, je comprends que c'est là qu'est ma place. Avec lui.

— Tu restes avec moi ? demandé-je d'une toute petite voix.

Sans me répondre, il dépose un autre baiser sur mes lèvres et m'invite à me recoucher en s'allongeant près de moi. Je plaque mon dos contre son torse, il dépose ses lèvres dans mes cheveux, près de mon oreille, son bras enserré autour de moi. Je réfléchis à toute vitesse. Je suis blottie dans ses bras et je me sens étrangement à ma place, et ça fait du bien. Mais que se passera-t-il demain matin ? Va-t-il me chasser ? Me dira-t-il de ne plus jamais revenir ?

Mes questions s'évaporent à l'instant où je l'entends murmurer à mon oreille.

— Je ne vais nulle part.

Je ne tarde pas à me rendormir, rêvant à ce regard vert qui m'envoûte un peu plus à chaque seconde, et à cette voix rauque qui ensorcelle la moindre de mes pensées.

***

Au réveil, j'ai chaud. Hunter est allongé sur le ventre, sa tête posée sur ma poitrine. La chaleur de son corps se mélange à la mienne et, bien que je sois confortablement installée, je dois me dégager de là avant de fondre. Je prends un moment pour l'observer alors qu'il dort encore à poings fermés. Le réveil sur sa table de nuit indique sept heures et demie. Il faut encore que je passe chez ma tante pour me changer avant d'aller travailler. Je tente de bouger sans le réveiller, mais il grogne légèrement et ouvre les yeux, redressant la tête vers moi.

— Salut, dit-il d'une voix ensommeillée.

— Salut, soufflé-je.

Il se redresse sur un coude et m'observe. Quand je vois la douceur de son regard, je peux respirer à nouveau. Décidément, il ne cesse jamais de m'étonner. Lui qui a la réputation d'enchaîner fille après fille et de se montrer toujours plus désagréable que le diable en personne… peut-être que les gens se trompent à son sujet, tout simplement. Peut-être que *je* me suis trompée. Peut-être que j'ai trouvé cette partie de lui qu'il s'efforce toujours de cacher. Je commence à me demander combien de temps tout cela durera avant la prochaine explosion, la prochaine dispute, mais mes doutes se dissipent lorsqu'il se met à me sourire bêtement.

— T'as les cheveux en pétard, dit-il d'un ton moqueur. C'est mignon.

Je rougis et lui donne une petite tape sur l'épaule pour le réprimander. Il fait semblant d'avoir mal et je ris.

— Il faut que je rentre, annoncé-je. Je travaille dans deux heures et je n'ai rien pour me changer.

— On va y aller, mais avant… dit-il en m'attrapant par le bras. Viens.

J'allais protester, mais il me tire vers lui pour m'embrasser. Je cède, lui rendant son baiser en riant à moitié lorsqu'il me fait tomber à la renverse sur le lit. Se calant au-dessus de moi, il se met à rire à son tour en me regardant.

— Je pourrais m'y habituer, dit-il.

— À quoi ? demandé-je en feignant l'indifférence.

— À toi, ici, le matin.

Je ne réponds pas et me contente de rougir. Je n'arrive toujours pas à réaliser à quel point les choses sont arrivées si vite, en moins d'une semaine. J'aime le fait qu'il apprécie assez ma compagnie au point de vouloir me voir aussi souvent, mais je ne veux pas aller trop vite non plus. D'ailleurs, avec tout ça, on n'a jamais vraiment discuté de ce que nous sommes vraiment l'un pour l'autre. Je sais qu'il m'a dit ne pas vouloir que ses amis pensent que je ne suis qu'une conquête de passage. Cependant, je doute fortement qu'Hunter Lowell soit prêt à qualifier qui que ce soit de « petite amie ». Je ne sais pas moi-même si c'est ce que je veux vraiment, je n'ai jamais été du genre à poser une étiquette sur quoi que ce soit.

— Il faut vraiment que j'y aille, dis-je à Hunter en riant.

— Si tu insistes, soupire-t-il avec un air exaspéré. Il faut que j'aille récupérer ma voiture.

— Je t'emmène, assuré-je.

J'espère ne pas l'avoir froissé, et je suis rassurée lorsqu'il me sourit avant de se lever. Quelques instants plus tard, je le ramène à sa voiture, puis me mets en route vers la maison d'Anna. J'ai encore beaucoup de mal à considérer cet endroit comme mon nouveau chez moi… ce ne sera probablement jamais le cas et je me dis soudain que, peut-être, je n'aurai pas vraiment de chez moi avant un long moment. Cette pensée déclenche en moi une vague de tristesse à laquelle je ne m'attendais pas.

Je ne m'attendais pas non plus à voir la Jeep d'Anna garée dans l'allée. Fronçant les sourcils, je m'arrête au bord du trottoir, ne prenant pas la peine de remonter jusqu'au garage puisque je ne fais que passer. Je n'ai pas le temps de faire deux pas dans la maison que déjà Ronny se met à aboyer, signalant ma présence à tout le voisinage. Ma tante débarque dans le hall d'entrée : elle a l'air fatiguée et… en colère ?

— Où est-ce que tu étais ? demande-t-elle d'un ton accusateur.

— Je…

— Je ne te dirai jamais ce que tu dois ou ne dois pas faire, Lena, tu as dix-huit ans et j'estime que tu es suffisamment responsable pour te débrouiller, m'interrompt-elle. Mais tu vis chez moi, et j'aurais aimé ne serait-ce qu'un texto pour me dire que tu ne rentrerais pas cette nuit. J'étais morte d'inquiétude et tu ne répondais pas au téléphone.

— Je n'avais plus de batterie, répliqué-je. Excuse-moi, je ne pensais pas que tu… t'inquiéterais.

— Je viens de perdre la personne la plus importante dans ma vie, dit-elle sur un ton plus calme. Je ne tiens pas à te perdre aussi. Je n'y survivrai pas, tu m'entends ?

Elle s'approche de moi d'un pas, puis se ravise en s'immobilisant soudain. Je la dévisage. C'est la première fois que je la vois s'exprimer de la sorte, avec autant d'émotion dans les yeux. C'est aussi la première fois qu'elle admet à voix haute que ma mère, sa sœur, est partie. Ses yeux brillants de larmes me toisent un long moment avant de se détourner.

— Alors, où étais-tu ? demande-t-elle encore une fois.

Je mets un moment avant de décider quoi répondre. Puis-je vraiment lui dire que j'ai passé la nuit chez un garçon que je connais à peine ? Je sais qu'Anna ne me jugera jamais, mais l'inquiétude dans ses yeux me dit que je devrais peut-être la ménager.

— Chez Heather, mens-je. Hier soir, elle avait trop bu alors… je l'ai ramenée chez elle et je suis restée pour m'assurer qu'elle allait bien.

Ma tante hoche la tête, avalant mon mensonge sans plus un mot.

— Dépêche-toi de te changer, dit-elle en tournant les talons. Tu vas être en retard.

La froideur dans son attitude me glace le sang. Je me maudis d'avoir pensé que ma tante ne s'inquiéterait jamais pour moi comme ma mère l'avait fait. Je suis vraiment un monstre de croire que le fait qu'elle dissimule ses sentiments signifie qu'elle n'en a pas. Il est clair qu'elle ne s'est toujours pas remise de la disparition de maman, et moi non plus d'ailleurs. J'essaie seulement, comme elle, d'avancer et de dépasser ces phases du deuil à ma manière.

Je soupire et me dépêche de me changer, avant de me remettre rapidement en route.

La journée passe à une vitesse folle et j'en apprends encore plus sur mon nouveau job aujourd'hui. J'ai même l'occasion de discuter avec Bob pendant ma pause déjeuner, et je ne manque pas de l'interroger sur son neveu, ce qui me vaut quelques révélations croustillantes. L'homme est assis derrière son bureau en train de déguster son sandwich en hochant la tête, quand je lui pose la question qui me brûle les lèvres, avec une innocence feinte. Je ne veux pas non plus qu'il comprenne que je fréquente Hunter alors que je viens juste d'arriver dans l'entreprise.

— Dites, je ne veux pas avoir l'air intrusive, mais j'ai entendu votre neveu jouer du piano l'autre jour, et je me demandais pourquoi il n'était pas signé dans votre label.

Ma question semble le surprendre, mais il plonge son regard dans le vide, comme fouillant ses souvenirs, et je comprends qu'il s'apprête à y répondre. Un frisson d'excitation me parcourt.

J'espère cependant qu'Hunter ne m'en voudra pas, s'il apprend que j'ai posé des questions à son sujet…

— Comment connaissez-vous mon neveu, au juste ?

— Euh… et bien…, balbutié-je. Nous avons… sympathisé, il y a quelques jours.

Bob me sourit d'un air entendu en haussant les sourcils. J'en conclus qu'il est au courant de sa réputation. Je rougis, pas vraiment prête à en dire plus.

— Hunter a toujours été très talentueux, dit-il avec un sourire fier. Déjà tout petit, il avait le sens du rythme et une intelligence hors norme. J'étais certain qu'il deviendrait quelqu'un d'influent, mais sa mère n'a pas fait les meilleurs choix le concernant. Quand mon frère a disparu… je me suis dit que c'était mon devoir de m'occuper de lui, sans pour autant prendre la place de son père. Il a toujours été… en colère. Contre quoi, je ne sais pas vraiment. Contre tout, j'imagine. J'aimerais simplement qu'il se rende compte à quel point il est exceptionnel… Je suis sûr que s'il acceptait d'enregistrer, ça pourrait l'aider à obtenir cette reconnaissance qu'il lui manque.

— Vous pensez qu'il manque de confiance en lui ? demandé-je, dubitative. Ce n'est pas l'impression qu'il donne.

— Bien sûr que ce n'est pas l'impression qu'il donne ! dit-il en riant. Regardez-le ! Mais vous verrez, Lena. En apprenant à le connaître, ça deviendra évident.

Maintenant que j'y réfléchis, j'en viens à penser que la jalousie qu'il a exprimée plus d'une fois peut être un signe. Mais de quoi a-t-il réellement peur ?

Je décide de mettre mes questions de côté pour l'instant. Ce n'est pas ma place et puis il risque de se fermer si je le pousse trop à bout. Bob me libère un peu plus tôt, et j'en profite pour me reposer cet après-midi. Ces deux derniers jours ont été riches en émotions et j'ai besoin de me remettre les idées en place, dans le calme. De retour à la maison, je maudis les tensions dans mon cou et mes épaules, et décide de me poser au soleil sur la terrasse du rez-de-chaussée après avoir enfilé un bikini noir. Je n'ai pas vu Monica depuis un moment, et même si je l'ai un peu évitée, je me demande bien où elle se cache. Je ne l'ai pas vue ce matin quand Anna m'a presque engueulée d'avoir découché.

18– Lena

Mes lunettes de soleil sur les yeux, j'attrape une bouteille de limonade dans le frigo et m'installe sur l'une des chaises longues où je me plonge dans un bouquin en profitant du soleil. Mais mon esprit est bien trop embrumé pour être accaparé par ma lecture. Mon regard dévie sans arrêt vers la plage, et mon esprit, vers la soirée d'hier. Je me suis baignée en sous-vêtements avec un garçon. Jamais, au grand jamais, n'aurais-je un jour été capable de faire ça si ça n'avait été Hunter. Ma mère n'en croirait pas ses oreilles si j'avais pu le lui raconter. Un léger sourire nostalgique sur les lèvres, je décide d'abandonner toute idée de lecture pour aujourd'hui, et ferme les yeux en me laissant aller sur la chaise longue. Le soleil me fait du bien et pour une fois, l'air n'est pas trop lourd.

Quelques dizaines de minutes plus tard, je me réveille en entendant des voix à l'intérieur. Jetant un œil à ma montre, je vois qu'il n'est que quatre heures. Anna ne peut pas être déjà rentrée, si ? Pourtant, c'est bien sa voix que j'entends dans le salon. Elle a l'air énervée, et je me doute qu'elle ne sait pas que je suis là. Ma nature curieuse me pousse à m'enfoncer un peu plus sur ma chaise pour ne pas révéler ma présence.

— Qu'est-ce qui t'a pris de l'emmener chez toi ? s'énerve-t-elle. Je t'avais dit que tout ça devait rester platonique ! Tu devais être là pour elle, la distraire, lui donner envie de rester, pas l'inviter dans ton lit !

— Vous me faites chier, avec cette connerie ! Vous parlez comme si ça relevait du choix.

Je me fige en reconnaissant la voix de l'homme qui vient de s'élever dans l'autre pièce. C'est Hunter qui vient de parler. Que fait-il là ? Et surtout, de quoi parlent-ils, tous les deux ? Je pensais qu'ils ne se connaissaient pas.

— C'est ce que je voulais faire au départ, ok ? ajoute-t-il. Mais les choses ont changé. Elle…

Je rêve ou ils parlent de moi ?

— Je ne tiens pas à ce que mon unique nièce, qui vient tout juste de perdre sa mère, finisse avec un délinquant dans ton genre, crache Anna. Tout ce que je t'ai demandé, c'est de la distraire pour qu'elle passe un bon été et choisisse de rester avec moi. Être son ami, pas un plan cul !

— Ne parlez pas d'elle comme ça ! s'énerve Hunter.

— Oh quoi, elle te plaît maintenant ? rétorque Anna avant d'émettre un rire moqueur. N'oublie pas que c'est grâce à mon argent que tu la connais, compris ? Je peux te la retirer quand je veux, elle et ton salaire. Sans moi, tu serais déjà à la rue.

Mon cœur se brise en mille morceaux en entendant ces mots. Je ne comprends absolument rien de ce qui se passe. Du moins, ce que je semble comprendre ne veut pas faire sens dans mon cerveau. C'est tout simplement impossible. Je n'ai pas bien entendu ou alors, je saute trop vite aux conclusions… mais je ne vois pas d'autre explication à cette étrange conversation. Après que la panique m'a envahie, elle laisse place à la colère. Le genre de rage dont je ne me savais pas capable. Mon cœur bat à tout rompre et l'adrénaline qui coule dans mes veines me donne la force de me relever et de débarquer dans le salon.

— Tu l'as payé ? m'écrié-je en regardant ma tante droit dans les yeux.

Le duo improbable se tient là, devant moi, leurs visages déformés par la surprise et la honte. Elle pensait sans doute que je serais encore au boulot, à cette heure. C'est raté. Je n'ose même pas regarder Hunter dans les yeux, je ne sais pas encore si j'en suis capable sans fondre en larmes. Tout cela n'a donc été qu'un tissu de mensonges ? Il s'est intéressé à moi pour de l'argent ? Je secoue la tête, remettant cette réflexion à plus tard et décide de me concentrer sur le pourquoi. Pourquoi ma tante a-t-elle fait une chose pareille ?

— Lena, dit-elle en s'efforçant de recouvrer son calme. Écoute-moi, ma chérie.

— Épargne-moi ton affection mal placée ! craché-je. Dis-moi la vérité, tu l'as payé ? Pourquoi ?

Elle ouvre la bouche mais aucun son n'en sort. Elle est à court de mots et, honnêtement, ce n'est pas vraiment le moment. Je jette un bref regard vers Hunter lorsque je le vois s'approcher de moi, entrouvrant la bouche, prêt à se justifier, mais la menace qui brille dans mon regard l'en dissuade. La situation est plus que tendue et je n'ai vraiment pas besoin qu'il se mette à jouer les héros en tentant de m'amadouer. Je reporte mon attention vers Anna, attendant une réponse.

— Je voulais..., commence-t-elle. Je voulais que tu restes. J'avais peur que tu décides de repartir pour New York en septembre, alors je l'ai payé... pour que tu aies envie de rester avec moi, ici.

J'accuse le coup avec un mouvement de recul. Quelque chose cloche, je sens qu'elle ne me dit pas tout. J'ai l'impression de devenir folle. Ma vue se brouille, mais aucune larme ne menace de couler. Je regarde cette femme, cette inconnue, là, devant moi, qui semble penser que l'argent est la réponse à tout. Elle a tenté de contrôler ma vie sans que je ne soupçonne quoique ce soit, elle m'a imposé des choses, m'a manipulée alors que je pensais qu'elle était facile à vivre, si conciliante. Et elle a osé m'engueuler ce matin parce que j'ai découché sans prévenir ? Mais pour qui se prend-elle ? Je n'ai jamais entendu quelque chose d'aussi tordu que ça.

Elle aurait pu simplement me dire qu'elle se sentait seule, qu'elle ne voulait pas que je parte. On en aurait discuté. Bordel, qu'est-ce qui ne va pas chez elle ?

Hunter se tient toujours là, interdit, les mains dans les poches , se dandinant d'un pied sur l'autre. Quand enfin mon regard se pose sur lui, mon cœur se brise encore un peu plus, si c'est encore possible. Comment la situation a-t-elle pu changer de la sorte en si peu de temps ? Ce matin, je me suis réveillée dans ses bras, plus heureuse que jamais et convaincue que j'avais enfin trouvé ma place sur cette Terre. Je me suis sentie si bien que j'en avais oublié mes doutes, mes interrogations et mes peurs sur mon avenir. Le coupable de ce bonheur se trouve là, dans ce salon juste sous mes yeux, et soudain il se transforme en énorme blague. La blague la plus cruelle qu'on puisse imaginer. Ce mec est un véritable hypocrite, d'une cruauté sans faille, et même si je l'ai entendu se défendre quelques minutes plus tôt, ce qu'il a accepté de faire efface toute trace de bonté en lui à mes yeux.

—Toi, murmuré-je en le toisant. Tu as osé me dire que tu ne voulais pas que je sois une conquête de plus sur ta putain de liste.

— Lena, je ne voulais pas…

— Non, tu la fermes ! asséné-je alors que ma gorge se serre de plus en plus. J'avais confiance en toi.

Ma voix se brise sur ces derniers mots, et je vois son visage se décomposer. Il ne s'attendait sûrement pas à ça. Soudain, je comprends. Je comprends ce qu'il m'a dit sur la plage hier soir.

Ça ne devait pas se passer comme ça.

C'est de ça qu'il parlait, de ce que ma tante lui a demandé de faire. Elle l'a payé pour qu'il soit ma distraction, cet été. C'est bien trop fou et trop tordu pour que je parvienne à saisir tous les détails de cette histoire. Et quand je pose à nouveau mon regard sur ma tante, je comprends avoir raison en pensant qu'elle me cache quelque chose.

C'est ce moment que choisit Monica pour débarquer dans le salon. Ronny, complètement indifférent à la situation, l'accueille dans un aboiement joyeux en remuant la queue. Lorsque la petite dame mexicaine pose les yeux sur la véritable scène dramatique qui se déroule dans la pièce, elle se fige. J'espère de tout mon cœur qu'elle n'est pas de mèche, car je ne pense pas pouvoir supporter une trahison de plus. Je n'arrive pas à détacher mon regard d'Hunter, qui m'observe avec une lueur de désespoir total dans les yeux. Comment ose-t-il me regarder de la sorte, comme s'il venait de tout perdre d'un coup ? Comme si c'était lui qui venait de se prendre une énorme claque ?

— *Que pasa ?* demande-t-elle timidement.

— Ça ne vous regarde pas, Monica, réplique ma tante d'un ton sec.

— Ne lui parle pas comme ça ! crié-je.

J'ai envie de m'arracher les cheveux tant l'air détaché d'Anna me sort par les yeux. Elle prend tout ça comme si elle n'avait rien fait de mal, comme si j'étais censée comprendre. À quoi s'attend-elle au juste ? À ce que je lui dise que ce n'est pas grave, que c'est normal qu'elle veuille prendre des décisions à ma place ? Je commence à me demander si tout ce confort et cet argent ne lui sont pas montés à la tête.

Me tirant enfin de ma contemplation, je parviens à rappeler à mes jambes comment bouger. Je me précipite vers Monica, ma dernière ancre dans cet océan de folie.

— Pourriez-vous me trouver un endroit pour la nuit ?

Je n'imagine pas utiliser cette voiture achetée par ma tante, je n'imagine pas m'enfuir avec quoi que ce soit venant d'elle. Mais il faut que je parte, je le sens dans mes tripes.

Monica jette un bref coup d'œil vers Anna par-dessus mon épaule, puis pose son regard bienveillant sur moi. Elle semble comprendre ma détresse car elle me sourit doucement, et hoche la tête. Me rendant soudain compte que je suis encore en bikini, je soupire et fonce vers les escaliers en évitant soigneusement le regard des deux comploteurs toujours plantés au milieu du salon. Je redescends après avoir enfilé un short et un débardeur par-dessus mon maillot et préparé un sac rempli de mes affaires de toilettes et de quelques vêtements piochés au hasard.

— Lena, ne fais pas ça, m'implore ma tante.

— Va te faire foutre, craché-je.

Monica me précède dans l'allée, et je remarque la vieille coccinelle rouge à la peinture flétrie garée devant le portail, vers laquelle elle se dirige.

— Lena ! entends-je Hunter m'appeler dans mon dos.

Je dois me faire violence pour ne pas me retourner et le gifler de toutes mes forces. Les larmes montent toute seule en l'entendant prononcer mon nom. Des deux, je lui en veux probablement le plus. Il aurait pu me révéler le pot au rose dès le départ, dès qu'il a senti que quelque chose se passait entre nous. Mais non, il a préféré garder tout ça pour lui, pour une raison que je ne m'explique pas. Il m'a menée en bateau et, en vérité, je ne parviens plus à faire la différence entre ce qui est vrai et ce qu'il a été payé pour faire.

— S'il te plaît, laisse-moi t'expliquer ! continue-t-il.

Quand il me rattrape et s'empare de mon poignet, je me retourne vivement et me dégage violemment de son emprise.

— Ne me touche pas !

Jamais je n'ai été autant en colère de toute ma vie. Même l'autre soir, pendant l'orage, ce n'était rien comparé à ça. Je ne pensais pas être capable d'autant de haine. Je les hais, lui et ma tante pour avoir osé m'enlever mon libre arbitre, que ma mère m'a appris à cultiver pendant toutes ces années. Elle m'a toujours encouragée à émettre mon avis, à penser par moi-même et à assumer mes propres décisions. Mais ils m'ont enlevé ça sans même penser aux conséquences. Et dire que j'étais heureuse ce matin. Là, tout mon monde vient de s'écrouler d'un seul coup.

— Ce n'est pas ce que tu crois, putain ! hurle-t-il. Je voulais tout arrêter, je te le jure !

— Je ne veux rien savoir, je ne veux plus rien entendre venant de toi, asséné-je. Ne t'avise pas de me suivre.

Je tourne les talons et me mets à courir vers la voiture que Monica vient de faire démarrer dans un crachotement peu rassurant. Je grimpe sur le siège passer et lutte pour ne pas jeter un dernier regard vers l'homme planté là, dans l'allée, la colère et le désespoir déformant son beau visage.

19 – Lena

Monica ne dit pas un mot de tout le trajet. Je me promets de la remercier quand j'aurai repris mes esprits, car ce silence est tout ce dont j'ai besoin pour me ressaisir. J'essaie de toutes mes forces de mettre de l'ordre dans mes idées, de comprendre ce qu'il vient de se passer, mais ça dépasse l'entendement. Le regard rivé sur la fenêtre, feignant d'admirer le paysage, je fais de mon mieux pour faire le tri et pour ne pas éclater en sanglots.

Anna a payé Hunter pour qu'il passe du temps avec moi. Je n'ai pas très bien compris pourquoi, car les raisons qu'elle a évoquées n'en sont pas vraiment. J'ai pu voir la peur dans son visage, mais peur de quoi ? D'être seule ?

Tout ça me dépasse, j'ai trop de mal à comprendre comment quelqu'un peut faire une chose pareille.

Et puis, comment Hunter a-t-il pu accepter pareil marché ? Lui qui se fiche de tout et de tout le monde, lui qui adresse à peine la parole à ses propres amis et qui met un point d'honneur à se débrouiller seul, d'obtenir ce qu'il veut par la seule force de son regard ? Est-ce simplement pour l'argent ? A-t-il de plus gros problèmes qu'il ne l'a laissé entendre ? Même si c'est le cas, je ne pense pas pouvoir un jour comprendre ce qui l'a amené à se mêler de tout ça, même pour du fric. Il y a tant d'autres choses qu'il aurait pu faire s'il manque d'argent ! Pourquoi accepter de jouer les gentils toutous auprès d'une étrangère comme moi ? Peut-être espérait-il que je sois une fille facile de plus ? Après tout, il a admis que ça ne devait pas se passer comme ça.

Quand j'essaie d'aller plus loin dans cette réflexion, je me force à faire marche arrière, car je ne veux pas penser à l'éventualité que, peut-être, s'il a essayé de tout arrêter aujourd'hui c'est parce qu'il a des sentiments pour moi. L'admettre rendrait toute cette histoire encore plus difficile à accepter.

— Je ne veux pas me mêler de ce qui ne me regarde pas, se risque soudain Monica, mais est-ce que vous désirez en parler ?

Je soupire. Je savais qu'elle voudrait que je lui parle à un moment ou à un autre : après tout, je lui ai demandé de m'emmener loin de chez sa patronne, ce qui lui vaudra sans doute de se faire renvoyer. Je lui suis reconnaissante d'avoir pris ce risque pour moi, surtout qu'en voyant sa voiture je peux dire qu'elle a besoin de cet argent. Je me tourne légèrement vers elle, je sais qu'elle ne me jugera pas mais j'appréhende quand même sa réaction. Néanmoins, malgré ma peur, je me lance dans le récit le plus tordu qu'il m'ait été donné de raconter jusqu'ici.

Elle ponctue chacune de mes révélations par des « oh » et des « *dios mio* » qui m'auraient fait sourire si ce n'était pas aussi grave. Quand j'ai terminé, elle ne dit rien. Le silence plane pendant quelques minutes. Quand je crois qu'elle n'allait vraiment rien dire, je me détourne à nouveau vers la fenêtre, mais sa voix retentit dans l'habitacle quelques secondes après.

— Qu'est-ce que vous pensez de ce garçon ? demande-t-elle.

— Quoi ?

— Hunter, c'est ça ? fait-elle en souriant. Vous l'aimez bien, pas vrai ?

Je fronce les sourcils. Je ne suis pas certaine de pouvoir répondre en toute franchise à cette question. Certes, Hunter me plaît, et ce depuis le début – même si j'ai eu du mal à l'admettre. Ai-je des sentiments pour lui ? Probablement. Il me donne envie de m'arracher les cheveux les trois quarts du temps, mais il me fait rire et je me sens bien avec lui. À ma place.

Quelle ironie de se dire à présent que tout ce que je représentais pour lui n'était qu'un moyen d'arrondir ses fins de mois. J'ai été vendue par ma tante à mon insu…

Dégoûtant.

— Si vous voulez mon avis, Lena, ajoute Monica face à mon absence de réponse, ce garçon s'est rendu compte que ce qu'il faisait était mal, et c'est pour ça qu'il est venu voir votre tante aujourd'hui. Si j'ai bien compris ce que vous avez entendu, il vous a défendue auprès d'elle et il a cherché à réparer…

— Il n'aurait pas dû se lancer là-dedans au départ, répliqué-je, cinglante. Quel genre de personne fait ça ?

— Le genre qui a besoin d'argent facilement et rapidement ? dit-elle.

Je détourne les yeux. Je peux comprendre qu'il ait des problèmes d'argent, mais il doit avoir une morale, non ? Je ne comprends pas comment quelqu'un peut en arriver là. D'ailleurs, combien ma tante lui a-t-elle donné ? Quel prix a-t-elle jugé assez élevé pour poser sur ma tête ? Je ne suis pas sûre de vouloir le savoir, mais ma curiosité me poussera certainement à poser la question à un moment ou à un autre.

Le reste du trajet se passe dans le silence le plus complet, ce qui me permet de réfléchir encore un peu à la situation. Rien n'y fait : j'ai beau retourner ça dans tous les sens, je ne parviens toujours pas à comprendre comment on en est arrivé là. Je suis plus perdue encore que lors de mon arrivée ici. J'ai envie de parler à Heather ou à Alejandra, car elles sont ce qui se rapproche le plus de mes amies ici, mais j'ai peur qu'Heather ne trouve des excuses à son ami d'enfance. Je ne pourrai pas lui en vouloir d'essayer de le défendre, mais je n'ai pas besoin de ça en ce moment.

Monica s'engage sur une route un peu cabossée. On a dépassé le centre-ville depuis un moment. Carmel est une petite ville, mais j'ignorais qu'elle était suffisamment grande pour accueillir un quartier comme celui-ci. Les bicoques qui servent de maison aux gens du coin sont toutes petites, elles ressemblent à des blocs de Lego dépareillés qu'on a collés ensemble pour former une habitation. Celle devant laquelle Monica s'arrête est rouge d'un côté, blanche de l'autre. Le porche improvisé abrite un hamac fait maison sur lequel se balance un garçon qui semble un peu plus jeune que moi, en train de lire un livre.

— Alejandra est à l'étage, me dit-elle.

Je ne dis rien, hochant simplement la tête, et jette un regard vers celui que j'identifie comme étant le fils de Monica. Il a les mêmes cheveux noirs qu'elle, et sa peau a cette même couleur caramel. Ses yeux noirs m'observent un bref instant avant de se reporter sur son livre. Sa mère lui lance quelque chose en espagnol que je ne comprends pas, et il se contente de marmonner quelques mots en retour.

La maison me semble déjà bien petite vue de l'extérieur, mais ce n'est rien comparé à ce que je découvre en entrant. Le salon et la cuisine ne forment qu'une seule petite pièce, seulement séparée par une toute petite table rectangulaire en bois pouvant tout juste accueillir quatre personnes. Juste devant nous, un escalier étroit mène à l'étage. Cette maison toute entière peut tenir dans le salon d'Anna, ce qui ne fait qu'attiser encore plus ma colère envers celle que je croyais connaître depuis ma naissance. Comment peut-elle laisser Monica vivre dans un trou pareil avec deux enfants ? Ne la paie-t-elle pas autant que je le pensais ? Elle a tout cet argent, elle insiste pour que j'en profite, et pendant ce temps, elle laisse sa seule employée dans la merde ?

Jamais ne j'aurais cru penser un jour que ma tante soit quelqu'un d'aussi cupide et sans cœur. Et bien que Monica n'ait fait aucun commentaire quant au comportement de sa patronne, je sais qu'elle se retient de la défendre. Soit elle est bien trop gentille, soit elle pense sincèrement qu'Anna est une bonne personne, ce dont je commence à douter fortement.

Malgré le désordre et la petite taille de cet endroit, je me sens bien ici. C'est une vraie maison, avec son bordel et sa famille. Une maison pleine de vie, comme chez moi, à Brooklyn. Monica m'invite à grimper les escaliers derrière elle et je découvre l'étage. Il y a deux chambres et une petite salle de bains qui les sépare. Elle m'assure que dormir dans le salon ne la dérange pas, mais je ne peux m'empêcher de me dire qu'elle mérite tellement mieux.

Elle me rappelle tant ma mère, en plus âgée et en plus sage. Prête à tout sacrifier pour ses enfants, y compris son propre confort. Ma mère m'a eue très jeune et elle s'est toujours débrouillée pour que je ne manque de rien, pour que je reçoive la meilleure éducation possible. Quand elle a enfin pu mettre de côté assez d'argent pour acheter cet appartement à Brooklyn, elle en a pleuré de joie, je m'en souviens même alors que je n'avais que cinq ans.

— Merci, Monica, dis-je en me tournant vers elle. Vous êtes incroyable.

Je la serre dans mes bras et elle émet un léger hoquet de surprise en me tapotant le dos d'un geste tendre.

— Je vous en prie, Lena, dit-elle en me regardant. Ce n'est rien.

Elle a tort, c'est bien plus que ce que j'espérais. Si elle n'avait pas été là, je n'aurais eu nulle part où aller, même si je ne doute pas qu'Heather aurait accouru pour me sauver. Seulement, je pense que si j'avais fui par mes propres moyens, Hunter se serait précipité chez elle, persuadé de m'y trouver. Avec Monica, je ne risque rien. Il ne me retrouvera pas ici, je vais pouvoir prendre le temps de digérer toutes ces informations.

Je regrette de ne pas avoir ma voiture, même si la conduire serait au-dessus de mes forces. Il faudra que je retourne travailler demain, même si je n'en ai aucune envie. J'ai comme le pressentiment qu'Anna saura exactement où me trouver, de même qu'Hunter, et je n'ai aucune envie de les voir, ni l'un ni l'autre. J'ai besoin de temps pour réfléchir à ce que je vais faire. Je ne retournerai certainement pas là-bas, c'est hors de question. Mais je ne peux pas rester indéfiniment ici non plus.

Monica ouvre la chambre de la porte de sa fille avant d'émettre un cri de surprise.

— *Mama* ! entends-je Alejandra crier.

Monica referme la porte précipitamment, ses joues rouges comme des tomates. Je l'interroge du regard.

— Désolée, ma chérie ! dit-elle à travers la porte. Hum… Lena est ici.

Je l'entends s'affairer dans la chambre, et après quelques minutes, elle finit par ouvrir la porte. Elle a les joues rosies et les cheveux un peu emmêlés. Quand elle me voit, son regard s'adoucit légèrement et elle me fait signe d'entrer.

La surprise déforme mes traits quand je vois Heather assise sur le petit lit, remettant son t-shirt en place.

— Salut ! dit-elle.

— Heather ?

— Longue histoire ! dit-elle en levant les mains. Qu'est-ce que tu fais là ?

Je décide de réfréner ma curiosité et de remettre mon interrogatoire à plus tard. À la place, je m'assois à côté de mon amie, Alejandra prenant place sur une chaise de bureau face à nous. Je passe mes mains sur mon visage et décide de tout leur raconter. Les larmes montent à nouveau d'elles-mêmes. Je n'ai jamais pleuré pour autre chose que la mort de ma mère, et soudain je me sens à nouveau très égoïste. Toute cette merde m'atteint jusqu'au plus profond de mon âme et je suis anéantie. Je leur raconte tout, de A à Z, et mes deux amies ne réagissent pas pendant tout le long de mon récit. Elles gardent une expression de surprise tout du long. Quand j'ai terminé, je prie pour ne plus avoir à raconter cette histoire une troisième fois avec autant de détails. C'est bien trop douloureux. Le silence plane encore quelques minutes jusqu'à ce qu'enfin la voix de Heather n'intervienne.

— Ta tante, elle est pas un peu tarée ? dit-elle.

Je regarde son expression et je ne peux m'empêcher d'éclater de rire. Un rire nerveux et triste, certes, mais un rire quand même. Comment ai-je pu finir dans une situation pareille ? Jamais je n'aurais pensé une seule seconde que les problèmes émotionnels de ma tante iraient jusqu'à la rendre tordue à ce point. Heather et Alejandra rient avec moi et, pendant un instant, je savoure d'être en compagnie de deux personnes aussi compréhensives et pleines de bienveillance. Elles savent m'écouter comme personne et j'espère pouvoir les aider autant qu'elles l'ont fait pour moi un jour.

Les filles décident alors de me remonter le moral en me racontant des blagues. Heather se met à parler de deux touristes allemands qu'elle a servis au bar hier, et qui tentaient de lui faire comprendre par des gestes étranges qu'ils cherchaient un Burger King. Je finis par rire avec elles, mais je ne parviens pas vraiment à changer mon humeur. Je tente de suivre leur conversation, alors qu'elles s'efforcent toujours de me faire rire, et me mets à observer la chambre. Le lit simple sur lequel nous sommes assises a été poussé dans un coin près de la fenêtre qui donne sur un jardinet devant la maison. Une garde-robe prend tout le mur d'un côté, et un petit bureau s'encastre dans un coin du mur face au lit. J'y vois une machine à coudre. Je me rends compte qu'Alejandra, qui a mon âge, a tellement moins que moi et pourtant tellement plus de raisons de vivre. Soudain, je me surprends à la jalouser, elle et son bonheur évident. Elle semble même avoir trouvé une nouvelle raison d'être heureuse avec Heather. J'ai l'impression que je ne pourrai plus jamais sourire comme elles le font en ce moment. Pas après tout ce que cet été est en train de m'arracher.

Mon téléphone se met à vibrer, encore. C'est au moins la dixième fois en une heure. Ma tante ne cesse de m'appeler depuis que j'ai quitté la maison, mais je ne tiens pas à lui parler, et encore moins à entendre ses explications. Une fois que j'aurai trouvé comment lui échapper, il faudra que je retourne chercher le reste de mes affaires, ce que j'appréhende grandement.

Chaque chose en son temps. Avant tout, je dois me calmer. Comment ma vie a-t-elle pu basculer autant en si peu de temps ? Il y a trois mois à peine, ma mère a appris qu'elle avait un cancer en phase terminale. Tout a été si vite, si brutal, que je n'ai même pas eu le temps de souffler une seule fois pour réaliser ce qui nous tombait dessus. Son état a très vite empiré, et je n'ai pu que la regarder mourir à petit feu, même si elle a réussi à garder le sourire jusqu'au bout. Je sais qu'elle faisait ça pour m'épargner, me convaincre que tout irait bien et qu'elle avait accepté la situation. Mais pas moi. Je me suis sentie si inutile face à sa détresse, sa maladie. Tellement coupable de ne pas pouvoir faire plus... Pas étonnant que je ne cesse de faire le même cauchemar sans arrêt. Je n'ai pas encore accepté tout ça, bien que j'ai pu effleurer le bonheur du bout des doigts cette semaine, avec Hunter...

La seule mention de son nom dans mes pensées me serre le cœur, et c'est à ce moment-là que les larmes font à nouveau leur apparition.

— Oh, non, Lena, arrête ! me dit Alejandra. Ne pleure pas.

— Ça va aller, me dit Heather en me prenant par les épaules. Tu vas venir chez moi, d'accord ? Comme ça tu ne manqueras pas le travail demain, et Monica ne sera pas embêtée s'il se passe quoi que ce soit.

— Non, dis-je en secouant la tête. Hunter risque de…

— Ne t'en fais pas, me coupe-t-elle. Mon père est là ce soir, il ne le laissera pas entrer.

20 – Lena

Quelques minutes plus tard, après que j'ai remercié mille fois Monica de m'avoir sauvée de cette maison de fous, je suis dans la voiture d'Heather.

— Qu'est-ce que tu faisais chez Alejandra, au fait ? demandé-je, l'air innocent.

C'est la première fois que je vois mon amie rougir. Ses joues sont presque assorties à ses cheveux.

— Alors comme ça, toi et… ? dis-je d'un ton complice.

— Disons qu'on a bien accroché, marmonne-t-elle.

Je laisse échapper un rire. Je suis contente pour elle. Je ne lui en demande pas plus, car je suppose que tout est tellement récent qu'elles n'ont pas encore discuté de ce qu'il se passait.

Arrivées chez Heather, nous nous faufilons jusqu'à sa chambre en évitant son père, qui semble s'exciter avec ses collègues devant un match de baseball. Je m'écroule dans son lit sans plus un mot. Épuisée par toutes ces émotions et ces larmes, je m'endors en quelques minutes seulement.

À mon réveil, Heather est assise à côté de moi en train de lire. Le matin est déjà levé, et je panique soudain à l'idée d'être en retard au travail.

— Quelle heure il est ? demandé-je.

— Relax, il n'est que six heures et demie, me dit mon amie. Tu as dormi comme une masse, tu n'as même pas entendu le grabuge, hier soir.

— Quel grabuge ?

— Hunter a débarqué ici comme un malade deux heures après que tu te sois endormie. Il n'arrêtait pas de dire que tout était de sa faute, et il… il a balancé une de nos lampes. Mon père l'a vite fait déguerpir.

— Oh mon dieu… je suis désolée, Heather, je ne voulais pas que tu sois mêlée à tout ça.

— Arrête un peu ! dit-elle en levant les yeux au ciel. Tu es mon amie.

Je souris en l'entendant le dire à haute voix. C'est vraiment une fille exceptionnelle. J'ai beaucoup de chance de l'avoir.

— Tu vas me détester, me dit-elle soudain. Mais je pense que tu devrais lui parler.

— Non, réponds-je du tac au tac. Je n'y tiens pas.

— Je ne veux pas jouer l'avocat du diable, dit-elle en levant les mains. Mais il avait vraiment l'air…

— Quoi ? Désespéré ? Dévasté de m'avoir vue partie ? j'ironise. Tant pis pour lui, il l'a mérité.

— N'oublie pas qu'il a essayé de te défendre. Tu ne peux pas rejeter toute la faute sur lui. Il a essayé de tout arrêter avant que ça ne dégénère entre vous.

— Il n'aurait pas dû y avoir quelque chose à arrêter, point barre ! m'énervé-je.

Elle a un léger mouvement de recul et je m'empresse de m'excuser. Je ne veux pas m'énerver sur elle, et quelque part je m'attendais à ce qu'elle tente de le défendre. Hunter est son ami après tout, et Monica m'a dit la même chose. Peut-être ont-elles raison, toutes les deux, mais je ne suis pas prête à faire ce pas vers lui pour le moment. Peut-être plus tard, mais pas maintenant. J'ai besoin de mettre de l'ordre dans ma tête et surtout de savoir ce que je vais faire.

— Hunter est du genre buté, dit-elle. Il va tout faire pour te retrouver, je l'ai vu dans ses yeux.

— N'exagère pas, non plus, dis-je en riant jaune.

— Je le connais, Lena. Je ne l'ai jamais vu aussi… bouleversé. Il a des sentiments pour toi, j'en suis sûre. Ça se voit quand il te regarde.

— Je ne veux pas y penser, murmuré-je. Ça rendrait tout encore plus… compliqué.

— Et si c'était pas le cas ? Si ça te simplifiait la vie, au contraire ? Entre lui et ta tante, il est probablement le moins taré des deux. Dingue quand même, mais moins qu'elle, et pour une bonne raison : toi. Il a accepté de l'argent pour… Dieu sait quoi, mais il a trouvé tellement plus avec toi au final.

— Je ne voyais pas ça comme ça, dis-je en grimaçant.

— Bon, c'est quand même tordu, je te l'accorde, dit-elle en hochant la tête. Mais lui parler serait peut-être un bon moyen de comprendre au moins une partie du problème ?

Je ne dis plus rien jusqu'à ce que mon amie me propose un petit déjeuner. Manger me fait du bien et je parviens à me calmer un peu tout en réfléchissant à ce qu'elle me suggère de faire.

— Je suis vraiment désolée de te demander ça, mais..., demandé-je en me tournant vers Heather. Est-ce que tu pourrais me déposer devant chez ma tante le temps que je récupère ma voiture ?

J'emprunterais bien un vélo, mais le studio est beaucoup trop loin d'ici, je n'ai pas d'autre choix. Et puis, Anna peut bien me laisser utiliser cette maudite voiture, après tout ce qu'elle a fait, non ?

— Tu n'as pas peur qu'elle te séquestre ou un truc dans le genre ? répond-elle avec une expression horrifiée.

Je laisse échapper un petit rire. Elle est peut-être tordue, mais pas au point d'enfreindre la loi. J'espère.

— Non, je pense que ça va aller, dis-je. Elle ne m'a pas appelée depuis plusieurs heures. Elle doit sûrement dormir.

— Ou découper un cadavre, marmonne mon amie.

Je lui tire la langue et elle m'imite. Il faudrait que je dise à cette fille à quel point je l'aime, un jour.

*

J'ai un léger malaise en conduisant ma voiture jusqu'au travail. Cette bagnole vient d'Anna, et je me sens mal rien qu'à l'idée qu'elle ait pu m'acheter ça pour m'avoir à la bonne et éloigner tout soupçon. Mais bon, c'est un cadeau bien utile et désormais indispensable à mon quotidien, surtout maintenant que je bosse tous les jours.

Finalement, rester chez Heather est une bonne idée. Elle m'est de bon conseil et il y a bien plus de place chez elle que chez Monica. Je ne risque pas de trop déranger, même si cette situation ne peut décemment pas durer. Il faut que je trouve comment m'en sortir seule. Je ne peux m'empêcher, soudain, de penser à ce qu'Heather a dit sur Hunter.

Il a des sentiments pour toi, j'en suis sûre. Ça se voit quand il te regarde.

J'en ai certes bien eu l'impression hier matin, quand je me suis réveillée dans ses bras. La façon dont il m'a regardée, comme si j'étais la seule qui comptait à ses yeux… mais bon, il pourrait bien aussi être un parfait acteur, hyper doué pour la comédie. Est-ce que ce serait si fou de le penser, après toute cette histoire ?

21 – Hunter

Bordel de merde.

Comment ai-je pu être aussi con ? Je croyais quoi, qu'elle allait continuer à me voir sans rien soupçonner, sans voir clair dans mon jeu ? Je suis vraiment le dernier des débiles. J'aurais jamais dû aller voir sa tante chez elle, bordel ! J'aurais dû l'appeler et régler ça au téléphone, comme le font les gens normaux. Non, je n'aurais simplement jamais dû accepter ce deal de taré.

Mais j'ai pas eu le choix.

Quand ce mec en costard a débarqué devant ma porte avec un papier long de dix kilomètres qui, en quelques mots, disait : « T'es dans une merde profonde, connard », j'ai cru que je n'allais jamais voir le fond du trou dans lequel ma mère m'a laissé. Je n'en ai parlé à personne, bien sûr : je suis trop fier pour dire ne serait-ce qu'à mon oncle que je n'arrive plus à payer mes factures et que même un boulot à plein temps ne suffit pas à entretenir la maison et la montagne de dettes que ma mère a accumulées avec les années. Évidemment, elle m'a donné la maison, et tout ce qui va avec. Elle est bien trop grande à chauffer et à entretenir pour moi tout seul, je le sais bien, mais j'ai été buté, comme l'idiot que je suis. Même oncle Bob m'a prévenu, j'aurais dû déménager, trouver un appartement ou au moins le laisser m'aider. Mais j'ai refusé. Je ne voulais pas de son fric de richard, j'aurais eu l'air trop pathétique. À la place, j'ai publié une annonce sur Internet, disant que j'étais prêt à faire n'importe quel boulot rémunéré, du moment que c'était légal.

Quand cette meuf, Anna, a débarqué chez le disquaire et s'est plantée devant moi avec son air hautain et ses ongles manucurés, j'ai cru que c'était une énorme blague. Elle m'a expliqué m'avoir observé, et m'a dit que je conviendrais parfaitement pour son petit manège. Sa nièce venait habiter chez elle et venait de perdre sa mère, alors elle voulait la garder pour elle toute seule. Elle voulait lui donner de bonnes raisons de rester, et m'a offert une grosse somme d'argent pour que je sois cette raison. Assez pour régler mes dettes et me permettre de vivre assez longtemps, le temps de trouver un acheteur pour la maison.

Au début, je l'ai traitée de folle et je lui ai dit de se casser, évidemment. Quel genre de mec je suis pour accepter de l'argent contre la compagnie d'une fille coincée qui me collerait au cul à longueur de journée ? J'ai une morale, quand même, des principes… Elle n'est pas à vendre. Puis elle m'a montré une photo de la fille. De Lena.

Je n'avais jamais vu des yeux pareils. Même sur la photo, j'avais l'impression qu'ils me transperçaient, qu'ils sondaient mon âme à un point que je ne pensais pas possible. Je n'ai pas arrêté d'y penser, toute la journée son regard n'a pas cessé de me hanter à chaque fois que je fermais les yeux. Puis je l'ai vue au centre commercial, et c'était encore pire après l'avoir raccompagnée chez sa tante l'autre soir. J'ai aimé son sourire triste, son innocence, sa timidité. J'ai aimé la façon dont ses joues se colorent de rouge à chaque fois que je la regarde, j'ai aimé ses longs cheveux bruns et la façon dont elle s'enroule une mèche distraitement autour de l'index quand elle est nerveuse.

Alors quand Harry, mon patron, a confirmé mes doutes en me disant qu'il ne pouvait pas me faire travailler davantage, j'ai rappelé cette bonne femme et j'ai accepté. En partie parce que j'avais vraiment besoin d'argent mais surtout parce que j'étais curieux. J'étais curieux de voir si tout ce que je ressentais en sa présence était réel. Quand elle est entrée dans le bar ce premier soir, je n'ai pas pu regarder ailleurs. J'ai failli mettre Jared dans la merde en jouant comme un débutant, mais je m'en fichais pas mal tant que je pouvais la voir. Je me suis dit que ce n'était juste pas possible, que je devenais fou et que j'étais peut-être en manque, alors j'ai essayé de feindre l'indifférence, d'être le mec désagréable que je suis avec tout le monde parce que c'est plus facile comme ça. Car quand les gens voient quelqu'un faire quelque chose de bien, montrer de la gentillesse, de la compassion et de la générosité, ils n'attendent plus que ça. C'est plus facile d'être un connard.

Mais ça n'a pas marché. Elle m'a ensorcelé, corps et âme, et je ne parviens plus à la sortir de ma tête. La forme de ses lèvres, le son de sa voix, le petit pli qui se forme entre ses sourcils quand elle les fronce, la façon dont elle se mord la lèvre inférieure quand elle est gênée… Tout chez elle me fascine, me transporte et me fait prisonnier.

J'ai été vraiment con. J'aurais dû tout lui avouer à la minute où je me suis rendu compte que je voulais beaucoup plus que ça avec elle. À la seconde où j'ai goûté ses lèvres la première fois, je l'ai su. C'était tellement bon, putain ! Comme si elle était faite sur mesure pour moi, chose que je ne pensais pas possible jusqu'ici. Je ne supporterai pas l'idée de ma vie sans elle, et encore moins qu'elle fasse la sienne avec quelqu'un d'autre, ce qui serait normal, car après tout, il n'y a qu'à me regarder ! Je ne suis pas assez bien pour elle.

Rien que de la voir discuter avec Caleb et son air innocent m'a donné la gerbe. C'est avec un mec comme lui qu'elle devrait être, je le sais, mais je ne peux pas la laisser filer.

À faire les cent pas dans mon salon, je n'arriverai à rien. Pris d'un sentiment de rage, je balance tout ce que je trouve contre le mur, si bien que je ne tarde pas à réveiller le voisin. Je respire fort tout en tentant de me calmer, passant mes deux mains dans mes cheveux. Je veux arranger la situation et, si je le pouvais, je recommencerais tout depuis le début. J'effacerais sa tante et sa proposition démente du tableau, et il n'y aurait plus que Lena et moi.

Il faut à tout prix que j'évacue ce trop-plein d'émotions, d'une manière ou d'une autre. Tournant encore un peu en rond, je finis par poser les yeux sur mon vieux piano, mon seul ami fidèle sur cette terre, le seul qui ne me trahira jamais. Je ne me suis jamais vraiment essayé à l'exercice de l'écriture auparavant, mais je suis soudain inspiré comme jamais. Je grogne, pose mes fesses sur le tabouret et effleure les touches en tentant de calmer ma respiration. Je ne pourrai plus rien faire d'autre ce soir, à part lui prouver, à ma façon, à quel point je suis désolé. À quel point j'ai merdé et surtout, à quel point *je la veux*. Elle et personne d'autre.

22 – Lena

Au travail, j'ai bossé comme une automate. Et la nuit suivante, je ne cesse de me réveiller, mes cauchemars faisant à nouveau surface. Heureusement, Heather est là pour me rassurer, me rappeler que je ne suis pas seule. Mais je vois bien que mes cris l'empêchent de dormir. Je me surprends à souhaiter qu'Hunter soit là, pour me prendre à nouveau dans ses bras et chasser mes mauvais rêves. Mais il n'est pas là. Et le fait de le souhaiter si fort ne fait qu'accentuer ce sentiment de trahison qui me tord encore l'estomac.

Je finis par déclarer forfait le matin venu, et me lève vers six heures. Heather dort profondément et son père n'est pas encore rentré de son service de nuit. La maison est calme. Je décide de laisser un mot à mon amie en la remerciant encore de me supporter, malgré ma mauvaise humeur constante, en lui disant que je suis partie me vider la tête avant le boulot. Il faut que je sache ce que je vais faire dans les prochains jours, car je ne peux décemment pas rester ici, ni retourner chez Anna. J'ai encore moins envie de m'expliquer avec elle qu'avec Hunter, bizarrement… Ce que Heather m'a dit me trotte dans la tête. Comme d'habitude, elle a raison : Hunter a essayé d'arranger les choses, là où Anna voulait garder son plan tordu secret. J'ai beau retourner la situation dans tous les sens et essayer de me mettre à la place de ma tante, de faire preuve d'empathie, je ne comprends toujours pas pourquoi elle a cru nécessaire de payer quelqu'un pour me donner une raison de rester. Au lieu de simplement m'en parler. Je me suis fait des amies, sans son aide, Heather et Alejandra, et elles pourraient être de bonnes raisons de rester dans le coin, même si New York me manque. Mais qu'est-ce qui me manque au juste ? Ma vie là-bas, seule et sans amie ? Ou le souvenir de ma mère et de Brooklyn ? Je n'ai plus aucune attache, en vérité. Ma tante ne me connaît pas aussi bien que ma mère me connaissait : nous sommes devenues de vraies étrangères, l'une pour l'autre.

Dans ma voiture, je décide de conduire vers la digue pour profiter du calme ambiant à cette heure matinale, et rester un peu seule sur la plage. Peut-être que le bruit des vagues réussira à mettre de l'ordre dans mes pensées.

Vêtue d'une robe bleu marine légère, que je me félicite d'avoir pensé à emporter avec moi étant donné la chaleur qui règne déjà à cette heure, je retire mes sandales une fois arrivée sur le sable. Je vais m'asseoir face aux vagues. Le soleil vient à peine de se lever, et les couleurs du ciel se reflètent sur l'océan, m'apaisant immédiatement. Cette vue est idéale quand on cherche des réponses. C'est comme si s'asseoir là était un bon moyen de se convaincre qu'il existe encore un peu de magie dans ce monde, que des miracles arrivent encore. Un sentiment de paix intense m'envahit et j'en profite pour inspirer l'air chargé d'iode autour de moi.

À mesure que je réfléchis, j'en arrive toujours à la même conclusion : il me faut un allié de plus dans cette histoire. Monica est tellement gentille qu'elle risque de perdre son seul travail pour me soutenir, et je ne tiens pas à ce que ce soit le cas. Heather a déjà bien trop de problèmes, avec ses sentiments naissants pour Alejandra et ceux de son passé, pour Ally, et je ne veux pas ruiner son amitié avec Hunter en l'obligeant à ne pas le voir tant que je suis dans les parages. En plus, je doute que son père accepte de m'héberger pour le reste de l'été gratuitement. La seule personne susceptible de me comprendre, et c'est bien ironique, c'est Hunter.

J'ai beau combattre cette idée autant que possible, avec toute ma force mentale, je suis bien trop épuisée pour trouver une solution de rechange. Il faut que je lui parle, que j'essaie de comprendre ce qu'il avait en tête en acceptant la proposition complètement loufoque d'Anna. Qui sait ? Si Heather dit vrai, peut-être que la réponse me simplifiera la vie.

Quant à Anna, je ne suis pas prête à la revoir dans l'immédiat, ni même à répondre à ses appels. Il faudra qu'elle se trouve une distraction plus saine que celle d'essayer de contrôler la vie de sa nièce récemment devenue orpheline.

Mon téléphone vibre dans ma poche. Numéro inconnu. J'hésite quelques secondes, peut-être que ma tante essaie de me piéger en appelant depuis son bureau ? Mais à cette heure-ci, c'est peu probable qu'elle y soit. Je décroche en soupirant.

— Allô ? fais-je d'une petite voix.

— Lena ?

Je me fige. Je reconnais la voix d'Hunter dans le haut-parleur. Est-ce que l'univers cherche à se foutre de moi, ou bien est-ce du pur hasard ? Juste au moment où je décide d'aller lui parler, il se met à m'appeler.

— Comment tu as eu mon numéro ? demandé-je.

— C'est… Heather, dit-il en soupirant. Ne lui en veux pas, ok ?

— Ce n'est pas à elle que j'en veux, répliqué-je. Et mon quota de rancune a déjà été dépassé cette semaine.

— Est-ce qu'on pourrait se parler ? demande-t-il.

Je soupire en passant une main dans mes cheveux. J'entends sa respiration à l'autre bout du fil, comme s'il venait de courir un marathon. Je ferme les yeux et réfléchis un instant. Je dois m'en tenir à mes réflexions et à ma décision, sans me laisser influencer par ses beaux yeux et son sourire… choses auxquelles je ne parviens jamais à résister.

— Je t'écoute, dis-je d'un ton neutre.

— On ne pourrait pas… se voir ? insiste-t-il.

Je ne suis pas certaine de pouvoir garder mon sang froid si je me retrouve face à lui. C'est bien plus facile de camper sur mes positions et de garder une certaine distance au téléphone. Il y a de la tristesse dans sa voix, et de l'impatience aussi qui, malgré moi, me pincent le cœur. Il donne l'impression d'avoir réellement envie de me voir, pour arranger les choses, et je ne peux empêcher un sourire d'étirer doucement mes lèvres. Je tente toutefois de ne rien laisser transparaître dans ma voix.

— Où ça ?

— Je peux venir te chercher, si tu…

— Non, l'interromps-je, catégorique. C'est moi, qui viens.

Je raccroche et me lève pour retourner à ma voiture. D'un côté, ma fierté espère qu'il est bel et bien celui que l'on m'a décrit : un mec ultra désagréable, impoli et ingrat qui passe son temps à baiser à droite et à gauche sans se soucier des conséquences. Mais mon cœur me hurle de ne pas croire à cette réputation fondée uniquement sur des rumeurs, il me dit que c'est ce qu'Hunter veut faire croire, qu'il y a bien plus sous cette façade. Je l'ai vu de mes propres yeux et à mesure que je me rapproche de chez lui, cette idée s'insinue en moi de plus en plus profondément, jusqu'à surpasser ma raison.

Je n'ai pas le temps d'atteindre le porche que déjà la porte s'ouvre et laisse apparaître ce garçon tatoué qui, en une semaine seulement, est devenu la source de tous mes doutes et de toutes mes questions. Il a l'air fatigué, comme s'il n'avait pas beaucoup dormi, et je dois sans doute afficher cette même mine épuisée. Il porte un marcel blanc qui laisse entrevoir les tatouages sur son torse, ce que j'apprécie particulièrement. Je me plante devant lui, les bras croisés, alors qu'il s'écarte pour me faire signe d'entrer. Je secoue la tête et pars m'asseoir sur l'un des fauteuils en osier qui git sous le porche, refusant de le suivre à l'intérieur. Il soupire avant de me rejoindre. Lorsqu'il s'assoit dans l'autre fauteuil, la distance qui nous sépare me fait l'effet d'un gouffre immense et sans fond, mais je fais de mon mieux pour demeurer impassible en évitant soigneusement de poser mon regard sur lui.

— Je t'ai cherchée partout, tu sais, dit-il soudain.

— Je n'étais pas perdue, rétorqué-je. Et je ne voulais pas être retrouvée non plus.

— Je suis désolée d'avoir débarqué chez Heather, comme ça, admet-il. C'est ta seule pote, à ma connaissance, alors j'ai pensé…

Je laisse échapper un rire sans humour et me tourne vers lui alors qu'il fronce les sourcils.

— Est-ce vraiment ce que tout le monde pense de moi, ici ? Que je suis bien trop coincée pour me faire des amis, sans que ma tante n'ait besoin de les payer ?

Mon ton est mauvais, mon regard, accusateur. Hunter baisse les yeux. Bien. J'espère qu'il a compris à quel point cette histoire dépasse l'entendement. Bien qu'il ne me connaisse pas autant que je le voudrais, il a vu une part de moi dont moi-même, j'ignorais l'existence. Cette fille qui a un tempérament de feu, qui ne se laisse pas faire et qui n'a peur de rien. J'aime celle que je suis avec lui, malgré tout.

— Je ne voulais pas accepter au début, dit-il en regardant au loin. Mais…

— Mais quoi ? l'interromps-je. Tu pensais que tu te ferais un coup facile et qu'en plus, tu serais payé pour ?

— Putain Lena, grogne-t-il. Si c'est vraiment l'opinion que tu as de moi, je ne vois vraiment pas pourquoi tu as pris la peine de venir.

Je le dévisage un instant. Il a l'air en colère, mais surtout blessé. Bon. D'accord, c'était un coup bas. Je saute aux conclusions. Mais comment peut-il m'en vouloir ? Il est le coupable dans l'histoire, pas moi. Comment ne puis-je pas imaginer le pire quand je n'ai toujours aucune réponse à mes questions ?

Néanmoins, je décide de mettre mon attitude agressive de côté et soupire en détournant le regard, le temps qu'il interprète mon attitude résignée.

— J'avais de gros problèmes d'argent, souffle-t-il. Un connard de huissier est venu frapper à ma porte il y a quelques semaines en me disant que je risquais de perdre la maison si je ne remboursais pas mes dettes. Alors j'ai posté une annonce sur le Net, disant que je serais prêt à n'importe quoi pour du fric. Du moment que c'était légal, bien sûr. Quand ta tante a débarqué avec son plan de tarée, j'ai refusé. Elle était dans son délire et je n'étais pas désespéré au point d'aller à l'encontre de mes principes. Puis… je t'ai vue.

Je tourne mon regard vers lui. La première fois que je l'ai vu, c'était de loin, le jour où j'ai rencontré Heather au centre commercial. La seconde fois, la fois où il a finalement posé les yeux sur moi sans plus me quitter du regard de toute la soirée, c'était chez Lars, sur la plage. Je me souviens parfaitement de cette étincelle de curiosité dans ses yeux verts, et de la chaleur intense qui a envahi mon corps tout entier.

— Je n'arrêtais pas de penser à toi et ça ne m'était jamais arrivé avant, d'être à ce point… obsédé par une fille, poursuit-il. Je savais que ta tante ne voudrait jamais que je t'approche à moins d'accepter son deal, surtout qu'elle avait été claire sur le genre d'intentions qu'elle voulait que j'aie pour toi. Elle savait que j'avais besoin de thunes… mais elle connaissait aussi ma réputation. J'avais besoin d'une excuse pour te parler, j'en crevais d'envie, ça me rendait dingue et je ne comprenais pas ce qui m'arrivait. J'espérais que ce ne soit qu'une passade, alors j'ai accepté en me disant qu'au pire, je me serais fait assez de fric pour régler mes problèmes, le temps de trouver un acheteur pour la maison et me tirer d'ici. Et puis, on a passé du temps ensemble…

J'analyse la moindre de ses paroles, le moindre mot, en essayant de ne pas perdre la face. À l'intérieur, je hurle. Il semble hésitant et tout ce que je veux, c'est qu'il admette ce que j'ai, moi-même, peur d'imaginer. À la seconde où j'ai croisé son regard, la première fois, Hunter s'est mis à accaparer la moindre mes pensées. Chaque seconde loin de lui est devenue une torture et j'ai même fini par me sentir coupable de penser à lui au lieu de pleurer ma mère. Il éclipse toute once de tristesse et de désespoir, il m'inspire la folie, le bonheur, les rires et une attirance incontrôlable.

Il ne me regarde toujours pas, fixant ses chaussures et jouant avec un bout de fil échappé de son débardeur du bout des doigts.

— Je t'ai embrassée et j'ai su que je ne voulais pas merder avec toi, pas comme j'avais pu le faire avec d'autres dans le passé, dit-il. J'ai été un vrai connard égoïste avec toutes celles qui ont croisé ma route et je ne voulais pas être ce mec-là pour toi. Après que tu as dormi ici, je me suis convaincu qu'il était temps que je parle à Anna pour tout arrêter et lui dire que…

Il s'interrompt, et je le vois m'offrir un regard en coin. Je suis toujours hypnotisée par ses paroles, le son de sa voix et le mouvement de ses lèvres. Je ne peux m'empêcher de me dire que c'est bien la première fois qu'il parle autant, et que ça doit représenter un défi pour lui.

— Je voulais lui dire que… j'avais des… sentiments pour toi… et que je ne voulais plus te mentir, dit-il soudain.

J'ai l'impression de sentir mon cœur s'arrêter pendant quelques secondes. Ai-je bien entendu ? A-t-il dit ce que j'espérais qu'il dise ?

Soudain, mon ego et mon cœur semblent tomber d'accord sur tout. Je regarde ce garçon torturé et incompris, et tout mon être se réchauffe. Je ne suis pas encore certaine de lui avoir pardonné, mais le fait qu'il vienne d'avouer quelque chose d'aussi difficile à accepter, même pour moi, m'a au moins mise sur le bon chemin. Quand enfin il lève les yeux vers moi, je vois l'incertitude et la peur briller dans ses yeux, et puis autre chose aussi. Mais ce n'est qu'au moment où il se lève pour venir s'agenouiller devant moi, sa tête enfouie sur mes genoux, que je comprends ce que c'est : Hunter pleure.

Je me fige un instant, surprise par cet élan d'affection et cette soudaine proximité. Sa vulnérabilité est telle qu'elle me cloue littéralement sur place. Mais bien vite, mes mains viennent se fourrer naturellement dans ses cheveux, espérant par mes caresses apaiser les sanglots qui secouent ses épaules. Je retiens mes larmes autant que possible devant ce spectacle qui me brise le cœur. Lui que j'ai connu si froid, distant et arrogant, se met soudain à nu devant moi.

— Je suis désolé, murmure-t-il, sa voix étouffée par les larmes. Tellement désolé. Je ne sais pas comment gérer ça, je ne voulais te faire du mal, Lena…

— Chut…, fais-je doucement en caressant ses cheveux.

Je m'efforce de trouver ses joues pour y poser mes mains et l'obliger à relever la tête vers moi. Ses yeux sont injectés de sang, mais les larmes intensifient la couleur émeraude de ses prunelles. Je suis dévastée par ce que je vois. Lui d'habitude si fort, si nonchalant, comme si rien ne pouvait l'atteindre, le voilà qui s'ouvre à moi comme jamais personne ne l'a fait auparavant. C'est tout ce que j'ai souhaité entendre, et maintenant qu'il l'a dit, j'en perds la voix.

Tout ce que je réussis à faire, c'est l'attirer vers moi en crochetant sa nuque et en écrasant mes lèvres sur les siennes.

Il y a tant d'émotion dans ce baiser que je ne peux retenir mes propres larmes plus longtemps. Nous sommes tous les deux cabossés, à notre façon. Complètement perdus, mais nous le sommes ensemble. À ce moment précis c'est tout ce qui compte vraiment à mes yeux. À mesure que la fougue s'intensifie entre nous, l'urgence grandit, et des volutes de chaleur lèchent le fond de mon ventre. Hunter fait passer tout son désespoir, tout son désir dans la moindre caresse, murmurant mon nom entre deux baisers brûlants. Il passe une main dans mon dos, et l'autre sous mes jambes pour me soulever, et je laisse échapper un léger hoquet de surprise qu'il étouffe rapidement en m'embrassant de nouveau.

Il me porte à l'intérieur de la maison et ferme la porte derrière lui du bout du pied. Je ne proteste pas, me contentant de lui rendre le moindre de ses baisers en m'accrochant à lui. Je ne comprends pas comment il parvient à grimper les escaliers sans cesser de m'embrasser, mais quand il me dépose sur son lit, je n'y pense même plus. La seule chose qui traverse mon esprit, c'est que je suis bel et bien à ma place ici, et que je ne désire être nulle part ailleurs.

Hunter se positionne au-dessus de moi en s'appuyant sur ses coudes pour ne pas m'écraser, et il interrompt notre baiser un instant pour me regarder. Il écarte quelques mèches de cheveux rebelles du bout des doigts et semble tenter de mémoriser chaque détail de mon visage probablement rougi par l'intensité de l'étreinte que nous venons d'échanger. Mon souffle est désordonné et haletant, je panique légèrement à l'idée qu'il est peut-être en train de regretter ses paroles. Les traces de ses larmes demeurent encore sur ses joues, et je tente de les effacer d'une caresse.

— Je ne veux pas te brusquer, murmure-t-il.

— Je ne suis pas en sucre, Hunter, réponds-je avec un petit sourire.

Il sourit à son tour et mon cœur se réchauffe à cette vue. Cette chaleur dans mon ventre continue de faire des siennes, s'étendant jusqu'à mon entre-jambes. Je meurs d'envie de le voir se rapprocher de moi encore un peu plus, de toucher sa peau et de le voir toucher la mienne. Je me mords la lèvre inférieure en le regardant, rougissant rien qu'à l'idée qu'il puisse lire le désir briller dans mon regard. Je n'ai jamais ressenti ça avant, et je ne veux pas que cette sensation disparaisse. Je veux agir avant de me mettre à trop réfléchir, et à m'en dissuader toute seule. Comme à chaque fois que je suis avec lui, je suis submergée par un trop-plein d'audace et de confiance en moi. Mes mains trouvent toutes seules l'ourlet de son débardeur, que je soulève légèrement pour passer mes doigts dessous.

Je le vois frissonner lorsque j'effleure la peau tendue de son ventre. Il dépose un baiser à la commissure de mes lèvres, descends vers mon cou. Je ferme les yeux, savourant la sensation de ses lèvres sur moi. Mes doigts s'accrochent au bord de son jean, l'attirant encore plus près de moi quand je plie les genoux.

— Tu me rends dingue, grogne-t-il soudain. J'essaie de me comporter en gentleman !

— Je ne t'ai jamais demandé ça, répliqué-je à son oreille. Je t'en prie… J'en ai envie.

Il se redresse légèrement pour me regarder, comme pour sonder mon regard et voir si je ne suis pas en train de délirer. Mais pour la première fois depuis longtemps, je suis sûre de moi. Je suis certaine de ce que je veux, de ce dont j'ai besoin. Au diable ma raison et ma conscience qui me hurlent que c'est beaucoup trop tôt et que je devrais patienter. J'ai bien trop envie de lui en ce moment pour faire marche arrière.

Le baiser qui s'ensuit n'est pas interrompu une seule seconde. Tout autour de nous semble avoir disparu une fois encore : la chambre, les murs, même l'oxygène. Il n'y a que lui et moi, dans un souffle commun. C'est lui qui me fait vivre et vibrer comme jamais auparavant. Ses mains sur ma peau, ses lèvres sur les miennes, la flamme dans ses yeux me donnent envie de prendre feu et de me consumer sous son regard. Ses doigts viennent s'aventurer le long de ma jambe, remontant sur ma cuisse pour atteindre l'ourlet de ma robe, qu'il soulève avec une douceur en totale contradiction avec la force de son baiser. La tension monte d'un cran quand il atteint l'élastique de ma culotte, et mon cœur rate un battement.

— Tu es sûre ? demande-t-il soudain dans un souffle.

— Arrête de me poser la question, soupiré-je.

Mais son regard insistant me fait capituler.

— Oui, j'en suis sûre.

Il m'observe encore un instant, comme pour évaluer la véracité de mes propos. Je me souviens de ce que Bob a dit sur son neveu, quand il parlait de son manque évident de confiance en lui, que je n'avais fait qu'entrevoir jusqu'ici. Je le vois, là, maintenant, alors qu'il est en train d'hésiter à sauter ce pas avec moi. Je le sais bien plus expérimenté que moi, et le fait qu'il s'inquiète du fait que je veuille vraiment qu'il soit mon premier me fend le cœur. Il me regarde comme un enfant, avec ce besoin d'être rassuré. Je pose ma main sur sa joue et caresse doucement sa peau avec mon pouce.

— C'est toi que je veux, murmuré-je. Toi et personne d'autre.

Il dépose un baiser sur ma paume sans quitter mon regard. L'instant est comme suspendu dans le temps. Jamais je n'aurais cru me retrouver ici un jour, dans les bras d'Hunter, ce garçon aux airs rebelles et un peu effrayant au premier abord, tatoué de partout, buté, bordélique, insolent, arrogant, jaloux, bourré de talent et plus tendre que n'importe qui. Jamais je n'aurais cru me retrouver en train de tomber éperdument, inconditionnellement amoureuse d'un homme aussi brisé que moi. Oui. Je suis irrémédiablement et irrévocablement tombée amoureuse de lui. Et je suis véritablement en paix avec ça.

Goûtant ses lèvres à nouveau, j'en profite pour soulever son débardeur et le lui passer au-dessus de la tête. Je découvre à nouveau son torse nu parfaitement dessiné, et parcours des yeux la moindre trace d'encre noire qui recouvre sa peau. J'admire la façon dont ses muscles se tendent lorsqu'il se penche vers moi pour déposer ses lèvres juste sous mon oreille, provoquant de longs frissons le long de mon échine. Je le sens qui soulève ma robe et me la retire comme je l'ai fait avec son marcel. Je suis complètement vulnérable face à lui, ainsi en sous-vêtements, et par réflexe, j'essaie de cacher ma nudité d'un bras sur ma poitrine, qu'il s'empresse de retirer.

— Arrête ça, dit-il. Tu es tellement sexy, comment peux-tu ne pas le voir ?

Ses mots me font rougir presque immédiatement, ce qui le fait sourire. Ses lèvres viennent trouver le bord de mes seins, puis mon ventre, et enfin la barrière de ma culotte. Je me cambre en frissonnant, fermant les yeux, et il en profite pour passer ses mains dans mon dos et dégrafer mon soutien-gorge. Se débarrassant d'une des dernières barrières entre nous, il me regarde encore une fois, et je le supplie du regard de ne pas s'arrêter. Je n'ai pas envie de réfléchir plus longtemps.

D'une lenteur abominable, il fait glisser ma culotte le long de mes jambes, et en profite pour déposer de légers baisers à l'intérieur de mes cuisses. Mon souffle se fait de plus en plus irrégulier, et quand le tissu en coton quitte ma peau, je prends soudain conscience de ma vulnérabilité augmentée. Le regard d'Hunter posé sur moi me rassure, et je tente de me détendre.

— J'ai envie de te goûter avant, murmure-t-il.

Il m'observe un instant et, voyant mon regard interrogateur, il pose son pouce sur mon point sensible, entre mes jambes, et je frissonne.

— *Ici*, mon ange.

Je me mets à trembler en l'entendant m'appeler ainsi. Dans la bouche d'Hunter, il sonne comme une caresse, et je me surprends à aimer ça. Sans crier gare, il dépose ses lèvres sur mon clitoris entre mes jambes, et je laisse échapper un cri de surprise. Sa langue me torture en dessinant de petits cercles lents, juste-là, là où toutes mes terminaisons nerveuses se rejoignent. C'est meilleur que tout ce que j'ai pu ressentir dans ma vie entière. Mon corps tout entier est en feu, je brûle, me consume tout entière sous ses caresses. Bientôt, les flammes dans mon ventre se mettent à exploser. En quelques minutes seulement, le plaisir m'engloutit, sans que je ne puisse l'arrêter. Je me cambre, et gémis le nom de mon amant dans un souffle.

Je me sens molle, maintenant, comme s'il m'avait vidée de toute mon énergie, mais alors que je relève la tête, je le vois lécher ses lèvres couvertes de mon humidité, et cette vision suffit à me réveiller. Je ne parviens pas à le quitter du regard alors que j'essaie encore de reprendre mon souffle suite à l'orgasme qu'il vient de m'offrir. Il remonte lentement vers moi pour déposer ses lèvres sur les miennes. Ce nouveau baiser se fait fiévreux, alors que je tente tant bien que mal de défaire son jean à l'aveugle. Quand j'y parviens enfin, je pose mes mains sur son ventre, ne sachant pas vraiment si je dois prendre les rênes pour la suite. Je n'en ai pas particulièrement envie, car même si Hunter a tendance à booster ma confiance en moi rien qu'en me regardant, je ne suis pas encore suffisamment expérimentée pour contrôler la situation. Hunter semble le sentir, et se lève doucement pour se débarrasser de son jean. Il ne porte plus que son boxer, lequel semble soudain bien étroit alors que je ne cesse de fixer la bosse qui déforme le tissu noir. Mes joues sont brûlantes et cela se voit sûrement.

— Est-ce que…, commencé-je doucement avant de m'éclaircir la voix. Est-ce que tu veux… que je… enfin, tu vois ?

— De quoi as-tu envie, Lena ? demande-t-il avec un sourire charmeur.

— Je… j'ai… je voudrais te goûter aussi…

Je m'empourpre tout en balbutiant ces mots que jamais je n'aurais pensé prononcer un jour. Face à mon évidente timidité, Hunter se penche doucement pour me prendre les mains et m'asseoir au bord du lit. Il caresse ma joue de sa main droite, plongeant son regard dans le mien.

— Fais ce dont tu as envie, mon ange, murmure-t-il.

Je respire fort, en partie parce que je suis nerveuse mais surtout parce que je suis impatiente. Je lève une main tremblante vers l'élastique de son boxer et, doucement, je fais descendre le bout de tissu le long de ses jambes, révélant ainsi sa virilité. C'est… pas spécialement beau, mais incroyablement sexy. Je ne peux m'empêcher de penser qu'il est bien trop énorme, que ça ne pourra pas entrer en entier dans ma bouche. Je tente de chasser toutes ces interrogations de mon esprit en reportant mon attention sur Hunter : la bouche entrouverte, il semble fasciné par le moindre de mes gestes. Profitant de ce nouvel élan d'assurance, j'enroule ma main droite autour de son membre et commence à le caresser de haut en bas, suivant mon instinct.

— Oh, putain…, jure-t-il en rejetant la tête en arrière.

Je le vois fermer les yeux et l'expression sur son visage m'encourage à aller plus loin. Quelque peu hésitante, je passe un coup de langue sur son gland, et je l'entends gémir. J'aime lui faire cet effet-là, car je ne pensais pas en être capable un jour. Quand je me regarde dans le miroir, je vois tout sauf une fille sexy capable de donner du plaisir à un homme. Et je suis là, nue et assise au bord de son lit à le caresser comme ça. Le voir en train de gémir sous mes caresses me donne encore plus de courage, et j'entoure son membre de mes lèvres. Je l'entends pousser un cri étouffé, et sa main vient se fourrer dans mes cheveux. Je suis quelque peu surprise lorsqu'il se met à tirer dessus, mais à vrai dire, c'est encore plus excitant. À chaque fois qu'il tire un peu plus fort, des papillons s'envolent dans mon ventre, et je gémis.

— Qu'est-ce qu'il y a ? s'inquiète-t-il, haletant.

— Tire plus fort, s'il te plaît, me surprends-je à lui demander.

Il écarquille doucement les yeux, mais je peux remarquer la naissance d'un sourire au coin de ses lèvres, et il s'exécute alors que je le reprends dans ma bouche. J'essaie de suivre mes pulsions, en restant douce et prudente dans mes gestes, et le fais aller et venir entre mes lèvres. Je l'entends respirer si fort que je crois qu'il va s'écrouler d'un moment à l'autre. De ma main, je continue à caresser la partie que je ne parviens pas à prendre entre mes lèvres, ce qui semble lui plaire. Je lève les yeux vers lui sans cesser mes mouvements, et lorsqu'il croise mon regard, il gémit plus fort.

— Putain, Lena, si tu continues à me regarder comme ça je vais jouir dans ta bouche, grogne-t-il.

Je retiens un gloussement et fais glisser lentement mes lèvres le long de sa verge en ne manquant pas de lui infliger deux ou trois coups de langue sur le bout de son membre. Il soupire lorsque je le lâche, et fonds sur moi à une vitesse folle, sa bouche prenant possession de la mienne avec passion. Il se cale au-dessus de moi comme tout à l'heure, et je replie à nouveau les genoux. Il empoigne l'un de mes seins à pleine main sans cesser de m'embrasser. J'entends un bruit sourd à côté de moi, et détourne la tête pour le voir fouiller à l'aveugle dans le tiroir de sa table de chevet et en sortir un petit paquet carré en aluminium. C'est donc vraiment en train d'arriver.

— Tu veux m'aider à le mettre ? demande-t-il.

Je hoche doucement la tête. Il se redresse sur ses genoux, toujours entre mes jambes, et déballe le petit sachet argenté. Des deux mains, il s'empare des miennes et je souris lorsqu'il me montre comment enfiler le préservatif sur lui. Quand c'est fait, il sourit doucement, m'embrassant brièvement avant de se pencher de nouveau sur moi.

— Ça risque de faire un peu mal, au début, dit-il doucement. Tu dois me le dire si c'est le cas, d'accord ?

Ma nervosité est telle que je ne réussis pas à articuler un seul mot, alors je me contente de hocher la tête. Quand je sens son gland à l'entrée de mon intimité, je frissonne. Mon cœur cogne si fort que je peux voir ma peau se soulever légèrement à chaque battement. Je suis tellement mouillée qu'il ne devrait avoir aucun mal à faire son chemin en moi… et pourtant, quand il s'enfonce lentement, je me crispe. Une douleur lancinante me perce le ventre et je réprime un léger cri.

— Putain de merde, souffle Hunter. T'es tellement… serrée… est-ce que ça va ?

Je respire fort, et je hoche rapidement la tête. La douleur est insupportable, et Hunter ne bouge pas, me laissant le temps de m'habituer à lui. J'entoure ses épaules de mes bras et plante mes ongles dans sa peau.

— Parle-moi, mon ange…, me supplie-t-il.

À l'entendre prononcer ces mots, je soupire légèrement. Des larmes se forment au coin de mes yeux, tant la douleur me tord les entrailles, mais je me force à le regarder dans les yeux alors qu'il m'observe.

— Ça va, haleté-je.

Et c'est vrai. Car même si ça me fait un mal de chien, je sais, au fond de moi, que ça ne va pas durer. Je suis tellement bien, dans ses bras, son corps chaud contre le mien, le contraste entre sa peau tatouée et la mienne, blanche, intacte, me fait vibrer.

— Je peux bouger ? demande-t-il après quelques secondes.

Je hoche la tête. La douleur s'est un peu estompée, à présent, même si elle est toujours présente. Il se met à aller et venir en moi avec une lenteur incroyable, et je gémis légèrement lorsque la peau de son bas-ventre frotte contre mon point sensible un peu plus haut.

Je m'accroche à lui comme à une bouée de sauvetage, tant je suis sur le point de basculer à nouveau dans le vide.

— Bordel, Lena, grogne-t-il en allant et venant en moi.

Je sais qu'il lutte pour conserver cette douceur dans ses mouvements, pour ne pas me faire mal, mais ça ne l'empêche pas de s'étrangler sur ces derniers mots alors qu'il atteint la jouissance presque en même temps que moi.

Nos corps fatigués se reposent l'un sur l'autre dans un mélange de souffles haletants et de cœurs battant la chamade. Lorsqu'il se retire lentement de moi, un léger pincement se fait sentir et je gémis doucement. Je le regarde faire un nœud dans le préservatif et le poser sur la table de chevet avant de revenir au-dessus de moi. Il pose sa tête sur ma poitrine, et je me mets à caresser ses cheveux dans sa nuque. Je ne pense pas être capable de me lever tout de suite, de toute façon.

Je me tords le cou pour regarder l'heure sur son réveil : il est presque neuf heures, je vais être en retard au boulot. Mais honnêtement, là, tout de suite, alors que j'écoute Hunter respirer contre moi, je m'en fiche pas mal. Je suis tellement bien, tellement à ma place que je ne voudrais quitter ce lit pour rien au monde. Le silence qui plane entre nous n'est pas dérangeant, il est même rassurant. J'ai l'impression qu'il s'attèle à écouter chaque battement de mon cœur pour en apprendre la musique.

23 – Lena

Quelques minutes plus tard, je ressens une envie irrépressible d'aller au petit coin. J'ai pourtant l'impression qu'Hunter s'est endormi, et quand je me penche pour vérifier ma théorie, je vois qu'il a fermé les yeux, et sa bouche entrouverte me signifie qu'il dort effectivement bien profondément. Doucement, et sans le réveiller, je parviens à me dégager et à me lever. Les jambes tremblantes, je tente de calmer la brûlure qui persiste entre mes jambes après le passage de mon amant, avançant lentement. Je cherche des yeux quelque chose que je pourrais enfiler, et sans vraiment y réfléchir, je m'empare du marcel blanc qu'Hunter portait avant nos ébats surprises, et de ma culotte.

Je parviens à trouver la salle de bains, et après avoir soulagé mon envie pressante, je me regarde dans le miroir. Mes joues sont rouges, mes cheveux emmêlés, et un éclat étrange brille dans mes yeux. J'ai presque l'air… sexy. Je souris à mon reflet. Je ne me suis plus sentie aussi bien depuis longtemps. Vraiment bien. J'ai peur que le regret ne vienne gâcher cette expérience unique, moi qui ai toujours tendance à trop réfléchir à tout, mais non. Je ne ressens que de la joie, et une paix des plus apaisantes.

Je retourne dans la chambre et trouve Hunter en train d'enfiler son jean. Lorsqu'il me voit entrer, il sourit, le soulagement se peignant sur ses traits.

— J'ai cru que tu étais partie, dit-il.

— Non, je devais juste aller aux toilettes, réponds-je.

Mon regard se pose sur les draps blancs désormais tachés d'un peu de mon sang. Je me mords la lèvre alors qu'Hunter vient doucement vers moi, une lueur malicieuse dans le regard.

— Tu es très sexy comme ça, dit-il en désignant son débardeur.

— Oh, dis-je en rougissant. Désolée, j'ai pris le premier truc qui me tombait sous la main…

— Garde-le, dit-il avant de m'embrasser. J'aime te voir porter mes fringues, bizarrement.

Je rougis encore. J'aurais aimé pouvoir me prélasser au lit avec lui pour le reste de la journée, mais ce n'est que ma quatrième journée de boulot et je ne tiens pas à me faire une mauvaise réputation.

— Il faut que j'aille travailler, dis-je en soupirant. Je suis déjà en retard.

— Tu n'as qu'à dire à Bob que tu es avec moi, dit-il en haussant les épaules. Il peut bien se passer de toi une journée, non ?

— Non, j'y tiens à ce boulot, et je vais avoir besoin de cet argent si je ne retourne pas chez Anna.

— Tu… comptes rester chez Heather ? demande-t-il.

— Je n'ai pas vraiment d'autre choix pour le moment.

— Tu peux rester ici, si tu veux, propose-t-il en se grattant l'arrière de la tête.

Je l'observe un instant. Il n'a pas l'air hésitant, juste effrayé, comme s'il avait peur de ma réponse. Je me souviens du premier matin où je me suis réveillée ici, où il m'a dit pouvoir s'habituer à ma présence ici, et je souris à ce souvenir. Hochant la tête, j'admire l'immense sourire illuminer son visage.

— Je viens avec toi, déclare-t-il. Je comptais profiter du studio de toute façon.

L'idée de pouvoir l'écouter jouer à nouveau me fait sourire. La dernière fois, il a chanté sans même savoir que j'étais là, et je me demande s'il accepterait de le faire en me laissant le regarder de nouveau. Je me demande aussi si Heather sait qu'il chante et joue aussi bien… je me sentirais privilégiée si j'étais la seule au courant, même si c'est un peu par accident.

Je troque son débardeur contre ma robe, puis je le regarde s'habiller avec un nouveau t-shirt blanc, au tissu si fin que je peux sans mal déceler les oiseaux tatoués sur son torse. Je suis heureuse d'avoir réussi à régler toute cette histoire avec lui, et d'en avoir tiré une situation encore meilleure qu'auparavant.

Nous décidons de prendre chacun notre voiture pour que je puisse retourner chez Heather et prendre mes affaires après le travail, afin de les ramener chez lui. Je le suis à travers les rues bourrées de touristes du centre, et finis par me garer non loin du studio.

Alors que je le retrouve devant la porte, mon portable se met à sonner. C'est Anna, encore. J'ignore l'appel et ne manque pas de remarquer le froncement de sourcils d'Hunter face à mon geste.

— Quoi ? l'interrogé-je.

— Rien, dit-il. Je trouve ça dommage que vous ne vous parliez plus, c'est tout.

— Dommage ? m'offusqué-je avant d'entrer. Elle t'a payé et a essayé de contrôler mes fréquentations par la même occasion, et tu trouves dommage que je ne lui adresse plus la parole ?

— Ce n'est pas ce que je voulais dire…

Il m'attrape par le poignet et me force à m'arrêter, alors que j'évite soigneusement son regard. Je sais que c'est puéril de ma part de réagir comme ça, mais ma colère contre ma tante est encore trop vive pour que je parvienne à en parler calmement.

— Elle est ta seule famille, dit-il doucement. Je ne voudrais pas que tu te retrouves tout seule.

— Je ne suis pas seule, asséné-je en le regardant.

Je l'ai lui, et Heather. Ainsi que Monica et sa fille, dans une certaine mesure. Je ne ressens aucun besoin de voir ma tante faire encore partie de ma vie pour le moment. Je n'ai pas besoin d'une personne aussi toxique dans mon entourage. Néanmoins, il faudra que je retourne là-bas, à un moment ou à un autre, pour récupérer le reste de mes affaires. Je vais bientôt manquer de fringues et puis j'aimerais récupérer mes livres. Néanmoins, maintenant qu'Hunter a proposé de m'héberger, je ne veux pas lui faire peur en débarquant avec toutes mes affaires chez lui. Nous venons à peine de stabiliser notre relation, et je ne vais tout de même pas m'imposer. Quelques vêtements supplémentaires devraient suffire, j'imagine.

Je garde mes réflexions sous silence ce qui semble l'agacer un peu, mais je n'en tiens pas rigueur. À la place, il se résigne en soupirant.

— On ferait mieux d'y aller.

Je lève les yeux au ciel et le devance vers les bureaux, mais il ne me suit pas.

Une heure plus tard, je suis toujours à rêvasser derrière mon écran d'ordinateur. J'ai croisé Bob quelques minutes plus tôt, et nous avons discuté de tout et de rien pendant quelques instants avant qu'il ne reçoive un appel. Je n'ai pas encore croisé Hunter depuis que je l'ai quitté un peu plus tôt.

Je n'ai pas vraiment le cœur à travailler, et mon esprit semble divaguer dans des directions improbables. Je me mets à me demander ce qui va bien pouvoir se passer en septembre. Je ne suis plus certaine de vouloir retourner à New York. Je n'ai vraiment personne là-bas, et malgré les bons souvenirs dont cette ville est chargée, elle me rappellerait bien trop les mois passés à prendre soin de ma mère pendant son traitement. Je suis de plus en plus hésitante, et je me retrouve bientôt à explorer le site web de UCLA. Quelle ironie : dans un sens, le plan tordu de ma tante a fonctionné. J'ai désormais plus de raisons de rester que de m'en aller. UCLA est à cinq heures de route de Carmel, mais avec un avion, je pourrais y être en une heure et demie à peine. J'y ai également été acceptée, avec une bourse partielle, et j'ai suffisamment d'économies pour payer le reste. Avec le cancer de ma mère, je n'ai jamais vraiment officiellement fait mon choix. Il est temps que je prenne une décision, mais j'aimerais en parler à Hunter avant.

Je lève les yeux de mon écran au moment où Bob entre dans le bureau depuis la porte menant au studio, et me fait un signe de la tête.

— Venez voir ça ! dit-il en m'invitant à le suivre.

D'un doigt sur les lèvres, il m'intime à garder le silence. J'entre à sa suite dans la petite pièce d'enregistrement, et regarde par la vitre.

Hunter est assis au piano et joue une magnifique mélodie, lente et mélancolique. Je lève les yeux vers la petite lumière au-dessus de la porte : elle est allumée, indiquant qu'un enregistrement est un cours.

— Il enregistre ? demandé-je à Bob, incrédule.

— Il me l'a demandé il y a cinq minutes à peine, dit-il un énorme sourire étirant ses lèvres.

Je reporte mon regard sur mon petit ami. Quand sa voix s'élève dans le micro, je retiens mon souffle, comme la première fois où je l'ai entendu dans cette même pièce.

You don't know what you do to me
Honey, your eyes have bewitched me
It's the unknown
I don't know what you do to me
Your smile is all I can see
I'm all alone
Fear is an old friend
And anger is no enemy
You chased it all away
When you touched me
You grabbed my heart
And crushed it
You took my soul
And kept it
And with your eyes,
I fell in love.

Les larmes me montent aux yeux sans que je ne puisse les arrêter. Ces mots sont les plus beaux que j'aie jamais entendus et le fait qu'ils viennent de lui me réchauffent le cœur et le corps tout entier. Il continue à chanter, mais je n'entends pas le second couplet tant je suis hypnotisée par le mouvement de ses doigts sur le clavier, de ses veines dans son cou qui se tendent à chaque fois qu'il élève la voix. Je porte une main à mes lèvres tremblantes, ce que Bob ne manque pas de remarquer. Toujours aussi poli, il s'éclipse de la pièce en silence, me laissant seule pour admirer Hunter qui chante et joue toujours, et qui semble avoir franchi une étape qu'il craignait auparavant. Pourquoi maintenant ? Pourquoi a-t-il choisi d'enregistrer cette chanson en particulier, aujourd'hui ? Lui qui m'a confié ne jamais vouloir franchir cette ligne, parce qu'il avait peur que sa passion ne devienne une obligation ? Je n'ai pas le cœur à lui poser la question pour le moment. C'est tellement beau, il y a tant d'honnêteté et… d'amour dans sa voix que je ne peux retenir un sanglot.

La chanson est si douce et pleine d'émotions. Il termine par quelques notes au piano, avec une tendresse infinie qui ne finira jamais de m'étonner. Je reste plantée là, derrière la vitre, alors qu'il se lève pour revenir dans la petite pièce où je me cache. Il ne relève pas les yeux, il semble préoccupé. Dans l'obscurité, il ne me voit pas directement, et ce n'est que lorsqu'il appuie sur le bouton « stop » que je m'autorise à reprendre mon souffle.

Lorsqu'il lève les yeux vers moi, je ne peux m'empêcher de lui sourire tant je suis émue. Il me regarde d'abord avec surprise, sans doute parce qu'il ne s'attendait pas à me trouver là, puis avec une certaine gêne dans le regard. Il se gratte l'arrière de la tête, geste que je finis par identifier comme celui qu'il fait quand il est mal à l'aise.

— Depuis combien de temps tu es là ? demande-t-il doucement.

— Je dirais depuis le début, avoué-je. C'est Bob qui est venu me chercher.

— Je m'en doutais, dit-il en soupirant.

— C'était magnifique, Hunter, dis-je en essuyant mes larmes sur mes joues.

C'est la première fois que je pleure de joie. Je l'entends marmonner quelque chose que je ne comprends pas en baissant les yeux. Il ne semble pas convaincu par mon compliment, aussi je m'approche doucement de lui et pose ma main sur sa joue en cherchant son regard.

— Quand as-tu écrit ça ? lui demandé-je doucement.

— Hier soir, dit-il en haussant les épaules. Après que tu… enfin…

— C'est de moi que tu parles, dans cette chanson ?

Il sonde mon regard un instant et je crois mourir sur place. Il a cette étrange capacité à me faire perdre le moindre de mes moyens dès qu'il pose les yeux sur moi, et mon corps tout entier est un véritable incendie.

— De qui d'autre ? dit-il en soupirant.

Je souris, à la fois gênée et plus heureuse que jamais. Qui aurait cru qu'un jour, quelqu'un finirait par m'écrire une chanson ? Qui plus est, quelqu'un d'aussi mystérieux et secret que lui ? Lui, qui a eu du mal à se révéler, à se confier à moi, le fait maintenant de la plus belle des façons.

— Je t'aime.

Mon cœur bondit dans ma poitrine en entendant ces mots. Je ne m'attendais pas à ça, mais sa soudaine confession ne fait que renforcer ma certitude qu'il est tout ce dont j'ai besoin. Je laisse planer quelques secondes pendant lesquelles je tente de retrouver un souffle régulier.

— Je t'aime, réponds-je.

Il se penche vers moi et j'accueille son baiser avec tant de joie que j'en oublie presque où nous sommes. Chaque fibre de mon être désire être plus proche de lui encore, chaque parcelle de ma peau appelle à la moindre de ses caresses. Il y a tant de sentiments informulés dans ce baiser, c'est encore mieux que celui que nous avons échangé plus tôt ce matin, après qu'il se s'est confié à moi sous son porche. En réalité, chaque baiser est meilleur que le précédent, et je ne pourrai probablement jamais m'en lasser.

Hunter interrompt notre étreinte en douceur, posant son front contre le mien en tentant, comme moi, de reprendre son souffle et ses esprits. Je sens ses doigts effleurer ma joue, et les émotions me submerger. Je n'ai jamais vécu de moments aussi intenses que lorsque je suis avec lui, cette passion est épuisante et en même temps, tellement délicieuse et addictive.

— Je ferais bien de continuer, dit-il.

— Ouais, soufflé-je.

Il dépose un baiser sur mon front et me sourit. Ce geste tendre me surprend encore une fois et je rougis de plus belle. Cette journée est décidément en train de devenir ma préférée.

De retour derrière mon bureau, je reviens à mes réflexions concernant mon avenir, qui commence déjà en automne, et arrive à la conclusion qu'il faut absolument que j'en parle à Hunter. Après sa déclaration en chanson, je ne peux pas imaginer prendre une telle décision sans le consulter avant, car il est clair que je ne peux plus imaginer ma vie sans lui à mes côtés. J'espère ne pas me fourvoyer en pensant que tout cela est réciproque. Après tout, ça fait si peu de temps que je le connais…

Les heures passent assez vite, et quand Bob se présente à mon bureau à la fin de la journée, il me sourit d'un air complice.

— Je voulais vous remercier, Lena, dit-il soudain en s'asseyant face à moi.

— De quoi ? demandé-je quelque peu étonnée.

— Je ne suis pas dupe, dit-il. Je sais bien que le fait qu'Hunter se soit retrouvé dans ce studio aujourd'hui est en grande partie grâce à vous. Vous avez réussi à lui donner assez confiance en lui pour qu'il décide enfin de sauter le pas, et je ne vous remercierai jamais assez pour ça.

Je pique un fard et m'empourpre immédiatement. Je n'estime pas avoir une quelconque influence sur la décision qu'a pris Hunter aujourd'hui. Je balbutie, peinant à trouver mes mots.

— Euh… et bien, je… je ne sais pas quoi dire…

— Ce n'est pas nécessaire, me dit Bob. Je tenais juste à vous le dire. Vous faites du bon travail, vous êtes très efficace et je suis heureux de vous avoir ici.

— Merci, soufflé-je.

Ces compliments me touchent, surtout qu'au début, je n'étais pas particulièrement enthousiaste à l'idée de travailler ici. Avant tout, parce qu'il s'agit d'un milieu qui m'est totalement inconnu. Mais je dois avouer que travailler ici m'a permis d'élargir mes horizons. J'aime l'organisation que ce travail me demande, et le fait de découvrir de nouveaux genres musicaux, de nouveaux artistes tous les jours. Je ne pensais pas un jour me passionner autant pour la musique, enfin, jusqu'à ce que j'écoute Hunter jouer et chanter dans la pièce d'à côté.

— J'aimerais beaucoup convaincre Hunter de jouer son morceau au concert de vendredi, dit-il. Mais il ne m'écoute pas, comme d'habitude. Peut-être pourriez-vous le convaincre ?

— Oh, je… je ne sais pas. Pour être honnête, je pense que vous surévaluez l'influence que j'ai sur lui.

Il laisse échapper un léger rire.

— Je ne pense pas, dit-il en secouant la tête. Pensez-y ?

Je hoche la tête. Le concert de vendredi soir a pour but de présenter les derniers artistes acquis par le label au public de Carmel, et aux représentants de la maison mère de Los Angeles. Mais je suis certaine qu'Hunter ne voudra jamais se considérer comme le nouveau poulain de son oncle, il est bien trop indépendant pour ça. Mais je pourrais toujours lui en parler… j'adorerais le voir se produire sur scène, ailleurs que derrière la batterie chez Lars ; Jared est certes un bon chanteur, mais je n'aime pas sa façon d'éclipser le talent des autres musiciens sur la scène, comme s'il n'y avait que lui qui soit véritablement indispensable.

À la sortie, Hunter m'attend, appuyé nonchalamment contre le capot de sa Mustang. Ce qu'il peut être sexy, juste là, au soleil, avec ses cheveux en bataille, ses épaules larges et ses tatouages sur les bras. Je ne peux m'empêcher de me dire à quel point c'est injuste qu'il lui suffise de se tenir là pour avoir l'air aussi parfait, en toute circonstance.

— Je te retrouve chez moi, alors ? demande-t-il alors que je m'approche.

— C'était le plan, non ?

— Je pensais aller chercher le reste de tes fringues chez ta tante, dit-il en haussant les épaules.

Je ne m'attendais pas à une telle proposition. Et dire que ce matin, je m'inquiétais de sa réaction si je finissais par ramener toutes mes affaires chez lui. Maintenant, c'est moi qui crains qu'on aille trop vite. Voyant mon hésitation, il tente de se rattraper.

— Je voulais juste t'éviter d'avoir à le faire toi-même. Je sais que tu ne tiens pas à la revoir dans l'immédiat.

— Je doute qu'elle te laisse entre comme ça, dis-je après quelques secondes de réflexion.

— Je peux tout aussi bien défoncer la porte.

Je le regarde, prête à rire, mais il a l'air sérieux et je lève les yeux au ciel.

— Non, rétorqué-je. Je vais te donner les clés. De toute façon, d'habitude, elle rentre tard.

— Ok, dit-il. À tout à l'heure ?

Il m'embrasse brièvement sur les lèvres, mais je me rends rapidement compte que j'en veux plus. Avec lui, ce n'est jamais assez. Je crochète sa nuque pour prolonger notre baiser et je le sens sourire sous mes lèvres.

Sur le chemin qui mène chez Heather, je n'arrive pas à ôter ce sourire béat de mon visage. Je me mets même à chanter comme une casserole par-dessus les paroles d'une chanson d'Ed Sheeran qui passe à la radio. Alors que le chanteur irlandais parle de « penser tout haut », je ne peux m'empêcher de rire.

Heather est assise sous le porche de sa maison, en train de lire un magazine. Quand je m'extirpe de la voiture, elle lève les yeux vers moi et un sourire illumine son visage, que je lui rends.

— Tu as l'air en forme, dit-elle. Tu as parlé à ta tante ?

— Non, rétorqué-je doucement en soupirant. Mais j'ai parlé à Hunter et les choses se sont… *arrangées*.

Elle hausse un sourcil en me regardant, et je rougis, ce qui a le don de la faire hurler. Elle se lève et sautille sur place en me prenant par les épaules.

— Arrangées, genre, sous la couette tu veux dire ? s'exclame-t-elle. Bien joué !

— Chut ! l'intimé-je. Je ne tiens pas à étaler mes aventures partout dans ton quartier.

Elle lève les yeux au ciel et me sourit.

— Je suis contente qu'au moins une partie du problème soit résolue, dit-elle en hochant la tête.

— Moi aussi, dis-je en souriant.

Nous nous asseyons côte à côte sur le banc disposé sous son porche, et je laisse échapper un soupir à la fois de bien-être, mais aussi de fatigue. Je suis fatiguée de toutes ces réflexions, et bien que mes soucis avec Hunter soient résolus, je ne cesse de me demander ce qu'Anna a en tête en ce moment même. A-t-elle conscience du mal qu'elle m'a fait ? Jamais je n'aurais pu soupçonner, pas un seul instant, qu'une idée aussi tordue ait pu traverser son esprit. Quand j'étais enfant, elle m'est toujours apparue comme la tante rigolote qui a toujours de bonnes histoires à raconter et qui s'entendait à merveille avec sa sœur aînée. Elles n'ont jamais été ultras proches non plus, et Anna venait uniquement nous rendre visite pour les fêtes, ainsi que chaque année pour mon anniversaire, mais à chaque fois qu'elles se voyaient, ma mère riait aux éclats et son visage s'illuminait. Je ne l'ai jamais perçue comme une personne cupide et maniaque du contrôle… tout cela me paraît insensé. Mais je n'ai pas changé d'avis : je ne tiens pas à la revoir, ni à lui reparler, même si elle est, en fin de compte, la seule famille qu'il me reste. Les seules personnes honnêtes qu'il me reste, ce sont Heather et Monica.

Je me tourne vers mon amie avec un sourire, prête à lui expliquer la suite de mon plan qui doit me mener à une sorte d'indépendance que je ne pensais pas désirer à ce point jusqu'à ce que ce scandale éclate.

— Il m'a proposé de m'héberger, dis-je. Je suis venue chercher mes affaires.

— Tu vas rester chez lui, alors ? dit-elle. Tu es sûre que c'est une bonne idée ?

— Oui, j'en suis sûre. De toute façon, je ne tiens pas à m'imposer plus longtemps chez toi.

— Tu sais que ma porte sera toujours ouverte, pour toi.

Je souris à mon amie et la prends dans mes bras. Elle m'est devenue si précieuse, à présent. Après toutes ces effusions, j'entre dans la maison pour récupérer mon sac, et salue mon amie en lui promettant qu'on se reverra bientôt.

Une fois dans la voiture, je décide de passer voir Monica, en espérant qu'elle soit chez elle. Je ne me suis pas trompée : je la trouve assise devant sa maison, en train de faire du crochet. Quand elle me voit, son visage s'illumine et elle m'enlace tendrement.

— Tout va bien ? demande-t-elle.

Je hoche la tête et entreprends de lui raconter, en omettant quelques détails sulfureux, l'évolution de ma situation.

— J'espère que vous ne perdrez pas votre travail à cause de moi, finis-je par dire en baissant la tête

— À vrai dire, j'ai démissionné ce matin, dit-elle.

J'en reste béate, écarquillant les yeux. Démissionné ? Mais comment va-t-elle faire pour vivre, à présent ? Nourrir ses enfants, payer les factures ? Déjà qu'elle n'avait pas le salaire qu'elle méritait à mes yeux, comment a-t-elle pu prendre un tel risque ? Voyant les interrogations briller dans mon regard, elle pose une main sur la mienne pour me rassurer.

— Ne vous en faites pas pour moi, dit-elle. Je ne tenais pas à travailler plus longtemps là-bas, j'ai tout de même une morale. Il y aura toujours du travail pour moi dans le coin, et aussi instable que puisse être votre tante, elle n'est pas stupide. Elle m'a écrit une lettre de recommandation.

— Mais… je ne tiens pas à vous faire perdre votre travail à cause de mes histoires de famille, articulé-je.

Je baisse les yeux, honteuse. J'ai mis tellement le bordel, et pas seulement dans ma vie à moi. Monica, Anna, Hunter. Ils sont tous affectés par mon deuil et mon arrivée ici, d'une manière ou d'une autre, en bien comme en mal. Je m'efforce de faire ce que Monica m'a dit et de ne pas m'inquiéter, mais c'est plus fort que moi.

— Lena, j'ai travaillé pour votre tante pendant cinq ans, dit-elle. Et bien que ses intentions partent d'un bon sentiment, il lui arrive de s'écarter du droit chemin, souvent même, et de faire n'importe quoi pour arriver à ses fins. Je sais qu'elle était jalouse de votre mère.

— Jalouse ? l'interrogé-je. Mais… de quoi ? Elle a tout, de l'argent, un bout de rêve, une grande maison…

— Mais elle est seule, dit-elle. Votre mère vous avait, vous, elle avait une famille. Même si votre tante n'a jamais donné l'impression de vouloir la même chose, j'ai vu combien elle était heureuse de vous voir emménager avec elle. Elle était jalouse de votre deuil, de votre tristesse, et bien que je ne cautionne absolument pas la façon dont elle s'y est prise, elle s'est mis dans la tête qu'elle seule ne serait pas une raison suffisante pour vous faire rester ici.

Je n'ai pas cherché à avoir de telles explications et je ne regrette pas de ne pas être allée les chercher auprès de ma tante, mais à présent, je comprends mieux d'où lui est venue cette idée saugrenue et ce deal avec Hunter. Jamais je n'aurais soupçonné un tel état de solitude chez elle, elle ne m'a jamais donné l'impression de vouloir une famille, ni même des amis. Anna a toujours été passionnée par son travail, elle aime l'argent et l'influence. Ses côtés frivoles et son énergie débordante ne collent pas avec cette image de mère. Je peux concevoir que le désespoir nous pousse à bien des horreurs, mais je ne suis pas encore prête à l'affronter. Même après avoir entendu les explications de Monica, ma colère est beaucoup trop vive. Il me faut plus de temps.

Monica me donne une petite tape tendre sur la main en me souriant. Je n'ai plus tellement envie de parler et puis, j'ai promis à Hunter de le retrouver assez vite.

Je dis au revoir à Monica et marche vers ma voiture, quand mon téléphone se met à sonner et affiche un numéro masqué.

— Allô ? fis-je.

— Lena Anderson ? fait une voix rocailleuse à l'autre bout du fil.

— C'est moi, dis-je.

— Il faudrait que vous veniez au commissariat, Mademoiselle, dit l'homme d'un ton détaché. Votre petit ami a été arrêté et il m'a demandé de vous appeler.

— Quoi ? Arrêté ? Mais… je ne comprends pas, qu'est-ce qu'il s'est passé ?

— Vous êtes bien la petite amie d'Hunter Lowell ?

Je ne peux m'empêcher de sentir mon cœur se serrer entendant qu'Hunter m'a appelée sa petite amie devant un inconnu, mais cette chaleur est rapidement balayée par l'inquiétude qui perce dans ma voix.

— O-oui, bégayé-je.

— Laisse-moi lui parler, ducon ! entends-je dans le fond.

— Est-ce qu'il va bien ? m'empressé-je de demander.

— Vous feriez mieux de venir au plus vite, me dit l'homme en soupirant. Il ne nous aide pas vraiment.

— Très bien, j'arrive, dis-je avant de raccrocher.

— *Que pasa* ?

Je fais volteface et vois Monica debout sur son porche. Elle a probablement été alertée par mon air affolé.

— Hunter a été arrêté, dis-je.

— *Dios mio !* s'exclame-t-elle. Voulez-vous que je vous accompagne ?

— Non, je… je crois que ça ira, lui dis-je. Merci pour tout, Monica.

Elle me rend mon sourire et n'a pas le temps d'ajouter quoique ce soit, que déjà, je grimpe derrière le volant, et démarre en trombe.

24 – Lena

Sur la route, je ne cesse d'imaginer le pire quant à ce qu'a bien pu faire Hunter pour se retrouver dans pareille situation. Je l'imagine dans une cellule minuscule en train de tourner en rond, comme un lion en cage, s'arrachant les cheveux de rage et d'impatience. Le GPS me guide jusqu'au commissariat, devant lequel je me gare rapidement. Je fonce à l'intérieur et me précipite à l'accueil.

— On… on m'a appelée pour euh… Hunter Lowell ? balbutié-je.

Je tente de calmer ma respiration. La femme en uniforme derrière le comptoir lève les yeux vers moi et se met à pianoter sur son ordinateur avec la lenteur d'un escargot. Je suis nerveuse, et ça se voit, mais aussi excédée et impatiente de connaître les détails de la situation. Et s'il lui était arrivé quelque chose ? S'il était blessé ?

— On vient vous chercher, dit-elle en me tirant de mes pensées.

Je hoche la tête et elle m'indique d'un signe du menton une rangée de chaises en plastique alignées contre le mur. Je m'assois un instant et tente de me remettre les idées en place, serrant mon sac à main contre moi. Mes jambes tremblent et je me prends la tête entre les mains en fermant les yeux. Pourquoi aurait-il été arrêté ? Ça n'a pas de sens. Quand je l'ai quitté, il allait chez ma tante pour récupérer mes affaires et je lui ai même donné la clé pour qu'il n'ait pas à « défoncer la porte », comme il l'a suggéré.

— Mademoiselle Anderson ?

Je lève brusquement la tête et peux voir un policier grassouillet me sourire poliment. Je reconnais sa voix comme celle que j'ai entendue au téléphone. Je me lève et laisse échapper un petit « oui », peu convaincant, mais il me fait signe de le suivre.

— Veuillez me suivre, s'il vous plaît.

J'obtempère et le suis dans un étroit couloir jusqu'à un petit bureau sans fenêtre. Il m'invite à m'asseoir face à lui, avant d'entrecroiser ses doigts sur son bureau.

— Votre petit ami a été surpris en flagrant délit de violation de domicile, dit-il. La victime est rentrée chez elle et a entendu du bruit à l'étage. Elle a immédiatement appelé la police. Mais Monsieur Lowell ne cesse de nous répéter qu'il s'agissait de la maison de votre tante et que vous lui aviez donné une clé.

— C'est exact, dis-je en tentant d'assimiler tout ce qu'il me dit. Je lui ai donné la clé pour qu'il aille récupérer mes affaires et les ramener chez lui.

L'officier ouvre un dossier posé sur son bureau et semble vérifier quelque chose avant de reprendre la parole.

— Madame… Anna Perkins a porté plainte contre lui, dit-il. Je vous ai demandé de venir pour confirmer l'une ou l'autre version des faits.

— Je vous le répète, dis-je sur un ton un peu trop sec. J'ai prêté ma clé à Hunter pour qu'il puisse récupérer des affaires chez ma tante… Madame Perkins. Nous sommes en froid et je n'habite plus avec elle.

— Bien, dit-il. Je vais prendre votre déposition.

— Est-ce qu'Hunter va bien ? demandé-je précipitamment.

Il ne m'adresse pas un regard et semble chercher quelque chose sur son ordinateur avant de se racler la gorge.

— Il ne nous a pas rendu la tâche facile, dit-il. Mais il n'a rien.

Je soupire de soulagement. Au moins, il n'est pas blessé. L'officier m'apprend également qu'il sera mis en examen pour outrage à agent, et je soupire. Il ne manquait plus que ça. Mais pourquoi Anna a-t-elle porté plainte ? Cherche-t-elle à créer des problèmes entre nous ? Ou simplement à attirer mon attention, puisque je ne réponds toujours pas au téléphone ? Quelle que soit la raison, elle n'arrange pas son cas. Peut-être vais-je devoir me confronter à elle plus tôt que prévu, finalement, et cette idée est loin de m'enchanter.

Je répète encore une fois ma version de l'histoire au policier, qui s'efforce de tout retaper sur son ordinateur. Une demi-heure et quelques soupirs de frustration plus tard, il se lève.

— Il y a une caution pour la libération de Monsieur Lowell, dit-il. Si vous désirez la régler, ça se passe à l'accueil.

— Merci, marmonné-je.

Je retourne à mon point de départ et explique le tout à la dame de l'accueil. Je débourse cent dollars – le reste de l'argent de poche qu'Anna m'a donné et que je n'ai jamais dépensé. Après avoir signé quelques papiers, je me mets à faire les cent pas dans le hall.

Une dizaine de minutes plus tard, une porte s'ouvre à la volée et un Hunter des plus énervés fait son apparition. Je pousse un énorme soupir de soulagement et me précipite vers lui. Son visage se détend lorsqu'il m'aperçoit, mais la colère brille toujours dans ses yeux verts. Il me prend dans ses bras et me serre fort contre lui, pendant que j'inspire profondément son parfum réconfortant.

— Je vais te rembourser la caution, dit-il.

— Pas la peine, dis-je. Il faut que tu m'expliques ce qu'il s'est passé…

Je l'entends soupirer dans mon cou, et il me prend la main pour m'entraîner dehors. Je l'emmène à ma voiture, et une fois installés à l'intérieur, je le regarde, lui laissant le temps de remettre ses idées en place. J'ai peur qu'il ne se confie plus à moi, après tout ce qu'il m'a déjà avoué cette semaine, mais il se résigne à me raconter les détails de ce qui s'est passé cette après-midi.

— Je suis arrivée chez ta tante et j'ai utilisé la clé que tu m'as donnée, dit-il. Je suis monté, et j'étais dans ta chambre en train d'emballer tes affaires dans une valise que j'ai trouvée sous ton lit quand j'ai entendu des pas dans l'escalier…

Je retiens mon souffle.

— Ta tante m'est tombée dessus comme une furie en disant que je n'avais pas le droit d'être là, dit-il en serrant les dents. J'ai essayé de garder mon calme, en lui disant que tu m'avais envoyé chercher tes fringues, mais quand je lui ai dit que j'allais t'héberger, elle a pété un plomb. Elle avait l'air d'une folle, elle a commencé à me balancer des trucs à la gueule. Ensuite, elle a appelé les flics et elle leur a raconté que j'étais un cambrioleur.

— Je vais la tuer, marmonné-je.

Ma tante est plus atteinte que je le croyais. Elle a porté plainte contre Hunter pour cambriolage ? Sérieusement ? Non seulement c'est faux, mais en plus je suis persuadée qu'elle sait pertinemment que tout est de sa faute. C'est sans doute pour ça qu'elle s'est autant énervée, mais d'après ce que me décrit Hunter, elle a plutôt l'air d'avoir perdu la boule.

— Tes affaires sont encore là-bas, dit-il en soupirant. Putain, j'ai envie de les défoncer, ces cons !

Il tourne la tête vers le commissariat et je pose une main sur sa nuque pour tenter d'apaiser sa colère. Tout ça est de ma faute, j'ai accepté qu'il y aille à ma place simplement parce que je n'avais pas le courage d'affronter ma tante aujourd'hui. Il est temps que je fasse face à mes problèmes et que j'évite des ennuis supplémentaires à mon petit ami.

Ce détail me revient en mémoire avec un sourire, et quand Hunter se tourne à nouveau vers moi, il fronce les sourcils devant mon expression béate.

— Qu'est-ce qu'il y a de drôle ? s'énerve-t-il.

— Rien, dis-je en souriant toujours. Tu leur as dit que j'étais ta petite amie ?

— Ben ouais… ce n'est… ce n'est pas le cas ?

Je lui souris, véritablement heureuse qu'il n'ait pas eu le moindre souci pour prononcer ces mots tout seul. Il a véritablement changé, et j'en suis tout aussi étonnée que lui, mais c'est un bon changement.

— Si, dis-je en riant. Si, c'est le cas.

— Ça te plaît que je t'appelle comme ça ?

Je suis subjuguée par sa capacité à oublier si vite sa colère pour adopter un ton suave et séducteur en s'adressant à moi. Il a approché son visage du mien et fixe mes lèvres de son regard de braise.

— Beaucoup, réponds-je sur le même ton.

Lorsqu'il m'embrasse, des papillons s'envolent dans mon ventre face à sa tendresse, et je ne peux m'empêcher d'ouvrir les lèvres pour prolonger notre étreinte. Je sursaute quand un policier frappe contre ma vitre, me faisant signe que je ne peux pas rester là. Lui adressant un sourire d'excuse, je m'empresse de démarrer.

Hunter a posé sa main sur ma cuisse, et sans vraiment y réfléchir, je me mets à conduire vers chez Anna. Elle est probablement encore chez elle et, même si je n'ai aucune envie de la voir, je dois récupérer mes affaires et je ne tiens pas à ce que la voiture d'Hunter reste là non plus. Je sens qu'il m'adresse des regards en coin, mais je ne dis rien, et lui non plus. Je n'ai pas envie de changer d'avis, et avec lui à mes côtés, je me sens suffisamment forte.

25 – Lena

Une fois que nous sommes arrivés devant la grande maison, je ne peux m'empêcher de me repasser en boucle, dans ma tête, mon arrivée ici, et la première fois que j'ai vu ce bloc de béton blanc aux allures de musée d'art moderne. J'étais loin de m'imaginer que ma vie allait tourner comme ça, et encore moins que ça se fasse aussi vite. Dès que j'ai posé un pied dans cette maison, le manque de vie et de chaleur m'a frappée. Le canapé en cuir, les murs dépourvus de photos, les meubles design et le blanc immaculé sur les murs… Je ne m'y suis jamais sentie vraiment chez moi. Et je n'y serai sans doute jamais chez moi.

Hunter me suit jusqu'à la porte, et finit même par me prendre la main, la pressant dans la sienne, comme pour me rassurer. Par chance, la porte d'entrée est déverrouillée. Je tombe immédiatement sur ma tante, assise dans le salon, un verre de vin blanc à la main.

Elle tourne la tête vers moi et je peux remarquer les cernes qui creusent ses orbites. Elle n'est pas maquillée comme elle l'est d'habitude. Elle a l'air dévastée, fatiguée et un éclair de colère traverse son regard lorsqu'elle pose les yeux sur Hunter qui me suit de près.

— Tu n'aurais pas dû l'amener ici, dit-elle d'un ton sévère.

— Et toi tu n'aurais pas dû porter plainte contre lui, rétorqué-je.

J'entraîne mon petit ami vers les escaliers et j'entends Anna nous suivre jusqu'à l'étage. Elle ne pourra pas m'empêcher de partir, certainement pas avec Hunter dans le coin, et à voir son attitude, il est bien décidé à me protéger. J'apprécie le fait qu'il tente de garder son calme, d'ailleurs. Une fois dans la chambre, je trouve un véritable champ de bataille. Sur mon lit, ma valise ouverte contient la moitié de mes affaires. Mes livres sont éparpillés par terre, comme si quelqu'un les avait balancés à travers la pièce, et la lampe que j'ai achetée pour ma table de chevet est cassée. Je mets un moment avant de réaliser ce qu'il y a sous mes yeux. Hunter n'a pas exagéré, mais je décide de ne pas relever, prenant une grande inspiration. Je me dirige vers ma valise et termine mes bagages.

— Lena, tu n'es pas obligée de faire ça, tu sais ? dit ma tante d'une voix mielleuse.

— Si, rétorqué-je. Et toi, il faut que tu te fasses soigner.

— Et qu'est-ce que tu vas faire hein ? demande-t-elle soudain sur un ton agressif. Tu vas habiter chez ce… ce voyou débraillé ?

Elle a si vite changé de ton que je ne peux m'empêcher de la dévisager. J'ai une inconnue, une étrangère devant moi et je ne m'en suis même pas rendu compte. C'est tellement évident à présent : elle a un véritable problème.

— C'est uniquement de ta faute, si j'en suis là, je réplique, estomaquée devant son air innocent.

— Ne sois pas si naïve ! Dès que tu auras écarté les jambes pour lui, il te jettera comme une merde et tu reviendras pleurer ici, je te le garantis.

Véritablement choquée par ce que je viens d'entendre, par la violence de ses mots, je mets un moment avant de me rendre compte qu'Hunter s'est avancé vers elle. J'ai tout juste le temps de le retenir en posant une main sur son torse.

— Ne parlez pas d'elle comme ça ! rugit-il.

— C'est ma nièce, je parle d'elle comme je veux, connard !

— Ça suffit ! hurlé-je.

Je termine rapidement de rassembler mes affaires pendant que mon petit ami et ma tante se défient du regard. Une fois la chambre vide, je me félicite de ne pas avoir grand-chose, ici, et soulève mes deux valises du lit. La scène est tellement différente de celle où j'avais rempli ces deux mêmes valises à Brooklyn. Mon état d'esprit est tout autre. Je ne me sens pas triste de quitter cet endroit, mais plutôt soulagée. Rapidement, je fouille dans le tiroir de ma table de chevet et m'empare de la lettre de ma mère que j'avais cachée là le jour de mon arrivée ici. Je fourre le bout de papier dans mon sac à main. Ma tante se tient dans l'encadrement de la porte, nous bloquant le passage.

— Laisse-nous passer, dis-je.

— Tu vas rester ici ! rétorque-t-elle entre ses dents.

— Elle s'en va, grogne Hunter. Et elle vient avec moi.

Quand ma tante finit par se dégager du chemin, Hunter s'empare de mes valises et je me précipite à sa suite jusqu'au rez-de-chaussée. Cette maison, aussi grande soit-elle, m'étouffe, et je suis heureuse de retrouver l'air chaud de l'été dehors. Hunter enfourne mes bagages dans le coffre de sa voiture restée ici.

— Merci, lui dis-je doucement.

Il dépose un baiser sur le sommet de mon crâne.

— Je te retrouve à la maison, dit-il en s'installant derrière le volant.

À la maison.

Je ne peux empêcher un sourire de naître sur mes lèvres après l'avoir entendu dire ça, comme s'il considérait sa maison comme la mienne également. Je continue de penser que tout cela, va bien trop vite, mais je n'ai pas vraiment le choix, ni le cœur de le contredire.

Je me dépêche de grimper dans ma voiture à mon tour et de suivre mon petit ami sur la route. Je ne jette même pas un regard en arrière quand je dépasse la silhouette d'Anna sur le pas de la porte.

Arrivée chez Hunter, je me dépêche de l'aider à décharger mes valises de son coffre, sans oublier le sac que j'ai ramené de chez

Heather. Toute ma vie tient dans ces bagages, tout ce que je possède. Hunter ouvre la porte et grimpe les marches en silence.

Dans la chambre, il ne dit toujours rien et je commence à m'inquiéter, comme d'habitude. Regrette-t-il de m'avoir accueillie chez lui ? Est-il chamboulé après l'arrestation ? Alors qu'il dépose ma valise sur le lit, je m'approche doucement de lui.

— Est-ce que ça va ? demandé-je doucement.

Il soupire et me lance un regard qui intensifie mes doutes, mais que je ne parviens pas à déchiffrer. Quand il s'approche lentement de moi, je comprends que je ne suis pas l'origine de ses préoccupations ou du moins, pas directement. Sa souffrance vient d'ailleurs.

— Je ne veux pas que… commence-t-il. Je ne veux pas que tu croies ce qu'elle a dit… sur moi.

— De quoi est-ce que tu parles ?

Le voilà, ce manque de confiance en lui que, curieusement, nous partageons de façons différentes. Il est tellement incertain de lui qu'il pense que je vais lui filer entre les doigts à la moindre contrariété.

— Quand elle a dit que je te jetterais comme une merde après t'avoir baisée, dit-il en haussant les épaules. Je ne le ferai pas. Tu me crois ?

— Bien sûr que je te crois, dis-je en fronçant les sourcils. Tu pensais que j'allais l'écouter, elle ?

Il baisse les yeux. Je n'aime pas quand il fuit mon regard. Je pose une main sur sa joue et plante mes yeux dans les siens, l'encourageant à s'exprimer. Notre communication n'est pas parfaite mais on fait des progrès depuis le début, et je ne veux pas faire marche arrière.

— J'étais comme ça avant, dit-il. C'est normal qu'elle pense ça, alors ça ne m'étonnerait pas si tu le pensais aussi…

— Avant, répété-je. Tu viens de le dire, tu étais comme ça *avant*, Hunter. Ce qui m'intéresse, c'est celui que tu es maintenant. Avec moi.

Je vois le douter briller dans ses yeux et je n'aime pas ça. J'aimerais trouver les mots pour le convaincre que je crois en lui, pour effacer l'inquiétude sur son visage. Bob a raison quand il dit qu'Hunter a besoin d'être rassuré en permanence, je le vois bien à présent. Mais cela ne me dérange en rien. J'aime le fait qu'il ait autant besoin de moi que j'aie besoin de lui.

— Je t'aime, ajouté-je. J'ai confiance en toi.

— Je t'aime aussi, murmure-t-il.

Je me mets sur la pointe des pieds pour l'embrasser, mais son hésitation transparaît dans son baiser. Je m'accroche à sa nuque, et intensifie mon étreinte comme pour le convaincre de mes mots par les gestes.

— J'ai confiance en toi, répété-je contre ses lèvres.

Je m'accroche à la ceinture de son pantalon pour l'attirer plus près de moi, et quand ses mains viennent enfin se poser contre mes reins, je soupire de soulagement en continuant à l'embrasser avec fougue. Je mets toute ma passion et tout mon amour pour lui dans ce baiser, et il grogne lorsque je me frotte tout contre lui. Il me fait reculer contre la porte, et dépose une myriade de baisers dans mon cou. J'ai chaud, et le désir monte en moi comme une flèche. Je suis toujours autant effarée de voir à quel point il me rend dingue, à quelle vitesse il peut me donner envie de lui, et à quel point la situation peut changer du tout au tout, d'une seconde à l'autre, rien qu'avec des mots, un regard, une caresse. Bientôt, ma robe passe au-dessus de ma tête, presque en même temps que son t-shirt. J'entoure sa hanche d'une jambe et il m'aide à me stabiliser en crochetant l'arrière de mon genou d'une main, frottant son érection contre moi, ce qui me fait gémir.

— Tu es à moi, murmure-t-il contre ma bouche. Je ne t'abandonnerai pas.

Mon cœur bat si fort dans ma poitrine à ces mots que je dois laisser échapper un autre gémissement pour ne pas le faire exploser. La première fois qu'il avait évoqué une marque de possession, j'avais détesté ça. Mais cette fois, maintenant que je suis sûre de nous, j'adore ça.

Il possède ma bouche et mon corps avec tant de force et de passion que je pourrais me liquéfier sous le moindre de ses gestes, le moindre de ses regards. Dans un élan d'assurance, je défais sa ceinture et son jean finit rapidement à ses chevilles, de même que son boxer. Je le prends dans ma main et me mets à le caresser lentement, dans une douce torture à laquelle il répond par un grognement. Il me soulève légèrement, et tire sur l'élastique de ma culotte pour la faire tomber. Il faudrait vraiment que je pense à investir dans de la lingerie plus… sexy. Il s'éloigne un bref instant pour fouiller dans sa table de chevet et en sortir un préservatif, qu'il s'empresse d'enfiler avant de revenir sur moi presque immédiatement. La chaleur de ses baisers est de plus en plus intense, et quand il me soulève de terre pour me plaquer à nouveau contre la porte, j'émets un hoquet de surprise.

Je descends sur son membre tendu comme un arc, et je prends une légère inspiration. Ça ne fait plus mal, même si un léger pincement me fait grimacer pendant quelques secondes. Hunter étouffe un cri en enfouissant son visage dans mon cou, et s'immobilise pour me laisser le temps de m'habituer à lui. Quand je me mets à rouler des hanches contre lui, il le prend comme un signal, et commence un lent va-et-vient. Je m'accroche à lui, désespérément. Nos corps en fusion ne forment plus qu'un tout, comme les deux pièces d'un puzzle, faites pour s'emboîter. Nous sommes faits l'un pour l'autre, c'est une certitude.

— Bordel, Lena, grogne-t-il en m'embrassant.

Je réponds par de petits gémissements qui m'auraient fait rougir en temps normal. Il accélère ses mouvements et mon dos cogne contre la porte avec force, mais je m'en fiche. C'est trop bon. Je suis proche de l'extase et Hunter doit le sentir, car il accélère encore. La chaleur désormais familière dans mon ventre envahit mon corps tout entier.

— Je ne vais pas... tenir longtemps, dit-il le souffle haletant.

Je m'accroche à lui et laisse le plaisir s'emparer de moi. Je crie son nom et enfouis mon visage dans son cou, mon corps tout entier secoué de tremblements incontrôlables. Je me liquéfie dans ses bras alors qu'il jouit quelques secondes après moi en prononçant mon nom.

Quand il me repose par terre, je tiens à peine sur mes jambes, et Hunter a tout juste le temps de retirer le préservatif pour me rattraper et m'emmener sur le lit. Il se débarrasse de la valise qui prend de la place sur le matelas, et vient s'allonger près de moi avant de me prendre dans ses bras.

— Je t'aime tellement, soupire-t-il. C'est flippant.

Un léger rire s'empare de moi. Je dois l'avouer, l'immensité du lien qui nous unit, et surtout la rapidité avec laquelle il s'est tissé, a de quoi effrayer. Mais je me sens tellement bien, là, dans ses bras, que cette peur s'efface aussi vite qu'elle était apparue.

26 – Lena

Quand je me réveille une heure plus tard, j'ai une faim de loup. Hunter n'est plus dans la chambre et la couverture est remontée sur mon corps encore à moitié nu. Je me suis probablement assoupie dans ses bras sans m'en rendre compte. Nous nous sommes mis à discuter, de tout et de rien, et j'ai aimé ce genre de conversation innocente, sans aucune pression, sans aucun problème qui nous guette au tournant. C'était si simple, tellement agréable… et apaisant. Hunter m'apaise et si on m'avait dit que je finirais par éprouver un tel sentiment auprès de lui, la première fois qu'on s'est vu, j'aurais probablement ri aux éclats tant cette idée m'aurait paru improbable.

J'entends un bruit au rez-de-chaussée et décide d'enfiler un short et le t-shirt qu'il portait plus tôt, qu'il n'a visiblement pas jugé bon de remettre. Je le trouve en train de s'affairer dans la cuisine.

— Qu'est-ce que tu fais ? demandé-je.

— J'essaie de cuisiner, m'avoue-t-il.

De l'eau se met à déborder d'une casserole sur le feu, il se précipite pour enlever le couvercle, se brûlant le doigt au passage. Je souris face à cette charmante attention, mais je ne tiens pas à ce qu'il se blesse en essayant d'être attentionné.

— Je vais t'aider, dis-je en diminuant le gaz.

— Je voulais faire des macaronis au fromage, soupire-t-il. Je ne pensais pas que tu serais déjà réveillée.

— J'avais faim, dis-je en lui souriant d'un air malicieux.

Je vois le paquet de macaronis sur la table et en verse un peu dans l'eau bouillante avant de rajouter du sel.

— Tu cuisines ? demande-t-il.

— J'ai appris quand ma mère est tombée malade, réponds-je.

Mon cœur se serre à ce souvenir. Ma mère n'a jamais été une grande cuisinière, et nous survivions généralement à coup de menus à emporter et de livraisons répétées. Nous étions les championnes de la commande à domicile, mais quand elle est tombée malade, tout notre argent passait dans ses soins médicaux, et nous avons dû cesser le rituel des commandes. J'ai donc appris à cuisiner des plats simples, grâce à des vidéos sur Internet. Je me suis révélée plutôt douée et je me suis même mise à aimer ça, malgré les circonstances qui m'ont poussées à me lancer.

— Excuse-moi, dit-il soudain.

— Ce n'est rien, dis-je en souriant.

Il n'ajoute plus rien et se contente de suivre mes instructions. Le bonheur qu'il m'apporte n'a pas suffi à effacer complètement ma tristesse, qui revient par vagues, et me prend toujours par surprise. Ce sont toujours de petites choses, de petits détails qui me rappellent un truc, un souvenir d'apparence insignifiant. À chaque fois, mon cœur tressaute, se serre jusqu'à me faire mal, et une boule des plus désagréables s'installe dans ma gorge. Si j'étais restée à Brooklyn, j'aurais sans doute eu encore plus de mal à m'en remettre et à dépasser ces moments-là, car tout me rappellerait ma mère, là-bas : chaque coin de rue, chaque allée, chaque porte, chaque vitrine… j'ai grandi dans cette ville avec elle, c'est chez moi, mais je ne pense pas pouvoir y retourner sans que le souvenir de ma mère ne revienne me hanter. Ici, je peux davantage m'attarder sur mes meilleurs moments passés avec elle, et ça me fait du bien.

Plus j'y réfléchis, plus l'idée d'étudier à UCLA me plaît, et me semble surtout la solution la plus plausible. Il ne me reste qu'une semaine avant de devoir donner une réponse, je dois donc prendre cette décision au plus vite, mais je veux en parler à Hunter avant. Je ne sais pas vraiment ce qu'il a prévu avec moi, s'il nous voit un avenir ou non. C'est certes bien trop tôt pour l'envisager, à mon sens, mais nous avançons déjà tellement vite… Choisir une université à Los Angeles, ça nous offrirait une chance de construire quelque chose pour de vrai, et je sens que j'ai besoin de le consulter avant de me décider. Même si c'est une décision qui m'appartient, j'aimerais savoir qu'il veut faire partie du tableau.

Et me voilà à la croisée des chemins, entre une ville qui me rappellera toujours ma mère et une autre que je n'aimerais pleinement qu'avec lui.

Une fois les macaronis prêts, je remplis deux assiettes et les pose sur la table. Hunter prend place face à l'une d'elles et j'en fais de même, le regardant me sourire. Ce silence est agréable, mais j'éprouve le besoin de le rompre.

— J'ai réfléchi à ce que j'allais faire en septembre, lâché-je.

— Ah bon ? dit-il en levant les yeux vers moi.

Il semble dans l'attente de la suite, assis sur le bord de sa chaise, ce qui me fait sourire. Lors de notre premier rencard, il m'a interrogée sur mes projets et je lui ai avoué ne pas être encore tout à fait décidée. Je lui ai dit avoir été acceptée dans différentes universités, ce qui l'a grandement impressionné, lui qui n'a jamais été fait pour l'école. Je ne doute certainement pas de son intelligence, et il a bien obtenu son diplôme, mais je peux tout à fait concevoir qu'il soit davantage attiré par la musique que par de grandes études.

— Je pense que je vais aller à UCLA, dis-je.

Je lui lance en regard par-delà mes cils pour jauger sa réaction. Son visage s'éclaire, et il m'offre son plus beau sourire, ce qui me fait rougir.

— Pourquoi ? demande-t-il.

— En partie parce que je n'ai pas envie de retourner à New York, avoué-je. Et aussi… parce que ce n'est qu'à une heure et demie d'avion d'ici.

— Je ne savais pas que tu envisageais de rester près de Carmel, dit-il soudain. C'est ce que tu veux ?

— Pas toi ? Je veux dire, tu as ton boulot, ici, et ton oncle…

— Ouais, mais je ne tiens pas forcément à rester ici toute ma vie, dit-il en haussant les épaules.

Je n'ai même pas envisagé la possibilité qu'Hunter ait envie de me suivre. Je le regarde enfourner une fourchette pleine de pâtes dans sa bouche. Il a l'air d'aimer ma cuisine, ce qui me fait sourire d'un air pensif. Au début, je foirais tous mes plats, mais ma mère se forçait à finir son assiette rien que pour me faire plaisir. Depuis, je me suis améliorée. La pratique aidant, j'ai pu maîtriser les macaronis au fromage en un rien de temps.

— Alors…, me risqué-je. Est-ce que tu voudrais venir avec moi ?

— À Los Angeles ? demande-t-il.

Je hoche la tête, guettant sa réaction face à ma proposition. L'idée d'être loin de lui me tord l'estomac, c'est assez effrayant. Maintenant que je passe le plus clair de mon temps avec lui, je m'imagine mal vivre aussi loin et ne revenir ici pour le voir que les weekends. Et puis, il pourrait très certainement trouver tout un tas d'opportunités à LA, après tout.

— Je… commence-t-il en déposant sa fourchette dans son assiette. Je ne sais pas. J'y ai déjà pensé, avant, mais j'ai peur de n'être qu'un petit poisson dans le grand bain, tu vois ? Ici, tout le monde me connaît, c'est plus facile… quand je parlais de me tirer d'ici, je ne pensais pas forcément à Los Angeles…

Je le laisse mettre de l'ordre dans ses pensées. Je vois bien le voile qui s'est installé devant ses yeux, il est confus, ce que je peux comprendre. De toute manière, il n'a pas à me donner une réponse maintenant. J'irai à UCLA, quoi qu'il choisisse, car mon choix n'est pas entièrement basé sur lui et sur ses projets. J'ai envie de nouveauté et la Californie me plaît bien, jusqu'ici. Même si New York, ce sont mes racines…

— Tu n'es pas obligé de décider maintenant, lui dis-je.

Je baisse la tête vers mon assiette, tentant de mettre fin à cette conversation. Nous avançons sur un terrain glissant et je n'ai pas spécialement envie de l'effrayer avec mes projets. Il a l'air heureux de savoir que j'ai choisi de rester en Californie, c'est déjà ça. Même s'il décide de rester ici, on pourra se voir régulièrement et passer notre temps au téléphone ou sur Skype. Ça peut fonctionner… Il reste encore plus d'un mois avant la rentrée, on a encore le temps d'y réfléchir et de s'y préparer. J'entends qu'il se lève de sa chaise quand celle-ci racle le carrelage de la cuisine, et je sens la chaleur de son corps envahir la mienne lorsqu'il s'approche. Il s'accroupit devant moi et prends mon visage entre ses mains, me forçant à soutenir son regard.

— Ne pense pas que je ne veux pas être avec toi, s'il te plaît, dit-il.

— Je ne pensais pas ça, dis-je en souriant. Mais on vient tout juste de commencer à… sortir ensemble.

— Ne dis pas ça, dit-il en grimaçant. Je déteste cette expression, et elle ne s'applique pas vraiment à ce que je ressens pour toi.

— Ah non ? demandé-je, curieuse.

— Non, ajoute-t-il. Je ne veux pas qu'on soit un de ces couples bidons qu'on voit partout, on est bien plus que ça.

À y réfléchir, je sais bien qu'il a raison. Ce qu'on ressent l'un pour l'autre, le lien qui semble nous unir depuis le début n'a rien de conventionnel, c'est bien plus complexe et bien plus profond que ce que n'importe quel autre couple pourrait avoir. Il n'existe sans doute pas encore de mot pour qualifier notre relation, et j'aime cette idée d'avoir quelque chose d'aussi exceptionnel dans ma vie.

— Je meurs d'envie de venir avec toi, souffle-t-il. De toute manière je ne pense pas pouvoir rester loin de toi plus d'une journée, mais je dois prendre plusieurs choses en considération… tu comprends ?

Je hoche la tête en souriant pour le rassurer. Il a un boulot stable, ici, son oncle aussi, et il commence à peine à envisager sa carrière dans la musique. Il vient tout juste d'enregistrer son tout premier morceau, je ne dois pas le brusquer. Il a besoin de temps pour prendre ses décisions, et même si le fait qu'il me dise ne pas pouvoir être séparé de moi bien longtemps me réchauffe le cœur, je dois rester réaliste. On est dans la vraie vie, pas dans un de mes romans à l'eau de rose.

Pour conclure notre conversation, il se redresse et m'offre un baiser que je ressens jusqu'au bout de mes orteils.

Je suis heureuse que nous ayons eu cette conversation. Nous avons réussi à parler d'un sujet sérieux sans que ça ne dégénère, et je suis plutôt fière de nous. Quand j'ai rencontré Hunter, il semblait se foutre un peu de tout, même parfois de lui-même. Il était tout à fait conscient de l'impact que son sourire charmeur et son regard de braise avaient sur les gens, et il s'en servait à tout va pour obtenir ce qu'il voulait, en particulier avec les filles. Et voilà qu'aujourd'hui il considère de déménager dans une énorme ville pour être avec moi, rien qu'avec moi. Je ne veux pas l'arracher à sa ville natale, ni à la seule famille qu'il lui reste, loin de là. Mais l'idée qu'il puisse vivre si loin de moi, et retomber dans ses travers pendant mon absence, me dérange.

Je secoue la tête. Celui qui se tient devant moi, se délectant de ma cuisine, c'est bien le vrai Hunter, pas vrai ? Le garçon colérique et sur lequel on ne peut pas compter, n'était qu'une façade. Non ?

27 – Hunter

Je ne peux pas m'arrêter de la regarder en douce. À chaque fois qu'elle entre dans une pièce, ou qu'elle passe près de moi, je l'observe du coin de l'œil. Le mouvement de ses hanches quand elle marche, le vent dans ses cheveux quand on se balade le long du trottoir ou sur la plage, le soleil depuis la fenêtre de la chambre qui caresse son visage endormi au petit matin… je ne comprends toujours pas ce que j'ai fait pour mériter qu'elle soit là, avec moi. Je n'ai pas réfléchi, quand je lui ai proposé de l'héberger, mais ça m'est apparu comme une évidence. Elle doit être avec moi, et personne d'autre. Je l'aime comme c'est pas permis, à un point que ça m'en fout la trouille.

Bizarrement, à chaque fois que je pose les yeux sur elle, tous mes doutes s'envolent, toute ma peur disparaît et je n'ai plus qu'elle en tête. Elle est la seule voix qui résonne dans ma tête et je n'écoute qu'elle. C'est pour ça que je la regarde tout le temps. Pour m'assurer qu'elle est réelle.

Depuis qu'elle est arrivée ici, je n'ai pas arrêté d'écrire et de composer. Elle n'en a aucune idée parce que, la plupart du temps, je m'attèle à la tâche pendant qu'elle travaille ou la nuit, après qu'elle s'est endormie. Je ne tiens pas vraiment à ce qu'elle me surprenne à nouveau en douce en train d'enregistrer au studio, parce que je veux que ça soit une surprise. Mon oncle est le seul à écouter mes morceaux, et je dois avouer qu'il m'est d'une grande aide dans la partie créative et technique.

Voilà une semaine qu'elle m'a parlé de son projet d'étudier à UCLA. J'ai été heureux et soulagé qu'elle décide de rester en Californie, et je crève d'envie de la suivre là-bas. Je ne supporte pas l'idée qu'elle puisse se retrouver dans un dortoir plein d'étudiants en chaleur. J'ai déjà du mal à supporter le regard des autres hommes qui se posent sur elle quand on sort. Elle ne s'en rend même pas compte : tous les mecs la matent sans vergogne et il faut que je lui prenne la main ou que je passe mon bras autour de ses épaules pour signifier qu'elle est déjà prise. Elle n'a aucune idée de l'effet qu'elle fait sur les gens autour d'elle : sa beauté n'a pas d'égale et je suis le mec le plus chanceux au monde.

Je ne parviens toujours pas à comprendre non plus comment elle a pu me pardonner ce deal avec sa tante. Je pensais honnêtement qu'elle serait plus rapide à trouver des excuses à Anna qu'à moi, étant donné qu'elle est la seule famille qu'il lui reste… mais quand nous sommes retournés dans cette énorme baraque pour récupérer ses affaires, j'ai compris. Cette meuf est une vraie folle, complètement tarée et déséquilibrée, et elle cachait bien son jeu jusqu'ici. Je sens que Lena ne me dit pas tout, mais je ne veux pas l'obliger à se confier si elle n'est pas prête. J'ai déjà failli la faire pleurer dans la cuisine l'autre jour, en lui rappelant sa mère avec mes putains de macaronis au fromage, et je ne veux pas risquer que ça recommence. Je déteste la voir pleurer. Je n'ai aucune idée de comment gérer son deuil. C'est assez facile à oublier, surtout quand elle est en train de gémir sous mes caresses. Mais elle a bel et bien perdu sa mère il y a à peine un mois, et je suis complètement terrifié à l'idée que toute cette tristesse refoulée ne la rattrape. Je ne suis pas doué pour aider les gens, je ne l'ai jamais été. C'est sans doute pour ça que je me montre si égoïste, d'habitude. Mais je ne peux pas être égoïste avec elle : elle mérite bien plus que ça.

Entre temps, j'ai réussi à régler toutes mes factures. Je serai tranquille pendant un moment, surtout qu'il faut que je me décide à vendre cette maison. Mais j'ai envie d'en parler à Bob d'abord. C'est pourquoi je décide de me rendre au label un peu plus tôt que prévu. Je dois accepter l'idée que j'ai besoin d'aide, surtout pour prendre une telle décision. Je n'ai jamais rien connu d'autre que Carmel, et l'idée de partir me perdre dans une aussi grosse ville que Los Angeles me donne des sueurs froides, bien plus que je n'ai plus le laisser paraître devant Lena.

Je prends donc soin d'éviter de passer devant son bureau en arrivant. Je finis par trouver Bob dans le studio d'enregistrement. Il est en train de discuter avec l'ingénieur son, mais je n'attends pas la fin de leur conversation pour intervenir.

— On peut se voir ?

Bob s'excuse auprès de son interlocuteur avec un sourire poli et m'adresse un regard d'avertissement, que j'ignore. Quand l'autre mec sort de la pièce, mon oncle s'assoit devant la console pendant que je reste debout, les mains dans les poches de mon jean. Je m'appuie contre le mur.

— Lena part à Los Angeles, je lâche.

— Je le sais oui, dit-il. Elle m'a parlé de UCLA. C'est une très bonne université pour elle.

— J'ai envie de partir avec elle, je déclare.

La surprise qui s'affiche sur les traits fatigués de mon oncle ne me fait pas flancher une seule seconde. Bob a toujours été un loup solitaire, comme moi. Il va bientôt atteindre la cinquantaine et il ne s'est jamais marié : je ne l'ai même jamais vu avec la même femme pendant plus de deux mois. On se ressemble plus que je ne veux bien l'admettre. Il a lancé son label à sa sortie du lycée, et il a brillamment réussi sa vie, ce dont j'ai toujours été incapable. J'ai toujours eu du mal à me projeter dans l'avenir, tout simplement parce que je n'en vois pas l'intérêt. Je pensais rester ici, continuer mon boulot chez le disquaire du centre commercial et jouer tous les samedis chez Lars, et surtout, ne pas trouver d'emmerdes. Mais maintenant que Lena est entrée dans ma vie, j'ai envie de changement, j'ai envie de lui offrir tout ce qu'elle mérite.

— Mais… tu es sûr ? demande-t-il.

— Je ne sais pas, c'est pour ça que je t'en parle, dis-je en soupirant. J'ai envie de faire quelque chose de ma vie, et je ne pense pas pouvoir le faire si je m'éloigne d'elle encore une fois.

— Bien…, dit-il en se grattant la barbe. J'imagine que je pourrais te recommander à quelques-uns de mes contacts à LA. Mais j'aurais aimé que tu finisses ton album ici.

— On n'a jamais parlé d'un album, grogné-je.

Bob se met à rire. Je ne parviens toujours pas à admettre que je me suis bel et bien lancé dans une carrière dans la musique. Cette idée m'a toujours paru si saugrenue et inaccessible, même alors que mon oncle m'offre le tout sur un plateau d'argent. Je devrais être excité et honoré d'avoir une telle opportunité sous mes yeux, mais je n'y peux rien. J'ai bien trop la trouille de ne pas être à la hauteur. Mais ça, je ne le dirai jamais à haute voix, et certainement pas face à lui. Pourtant, il n'est pas dupe.

— Ne me prends pas pour un con, dit-il. Je sais bien que tu écris depuis qu'*elle* est entrée dans ta vie. Elle t'a redonné espoir.

— Quoi qu'elle m'ait donné, ça ne te regarde pas. Et je n'ai rien signé, que je sache.

— C'est vrai, dit-il. Je me demande ce que tu attends, d'ailleurs.

Je ne tiens pas à signer avec Bob pour plusieurs raisons, mais la principale, c'est que si je dois me faire un nom dans ce milieu, j'aimerais le faire sans son ombre qui me suit partout. Il est renommé, et si je dois faire mes preuves, j'aimerais le faire sans être connu comme « le neveu de ». Même si jusqu'ici je n'ai pas fait grand-chose pour m'en détacher. C'est plus simple, pour l'instant.

— Je ne veux pas que tu me recommandes à qui que ce soit, je réplique. Ce n'est pas pour ça que je t'en parle… je veux juste savoir si tu penses que c'est une bonne idée.

— Évidemment que c'est une bonne idée, dit-il en souriant. Lena est ce qu'il t'est arrivé de mieux dans ta vie, ce serait idiot de ta part de la laisser partir maintenant. Mais Los Angeles, c'est grand. Et si tu ne veux pas de mon aide, tu vas devoir te démerder pour te faire entendre.

Ça ne va certainement pas être simple. Mais plus j'y pense, plus l'idée de laisser Lena partir toute seule me tord les entrailles. Je ne peux pas imaginer ma vie sans elle, où que ce soit. Mais est-ce que je pourrais m'en sortir sans l'aide de Bob ? Car même si je n'en veux pas, je dois admettre que son influence a été très bénéfique pour moi. Je viens à peine de sortir d'une très mauvaise passe, probablement la pire de toute ma vie, et c'est en partie grâce à lui.

— Écoute, commence-t-il en se penchant en avant. Pourquoi est-ce que tu ne finirais pas d'enregistrer ta maquette avant de décider quoique ce soit ? Tu auras quelque chose de concret entre les mains et tu pourras l'envoyer à différents labels, là-bas, et voir ce que ça donne, si tu tiens tant à t'en sortir sans moi.

— Ne pense pas que je prends tout ça à la légère. J'apprécie tout ce que tu fais pour moi.

Je plante mon regard dans le sien pour appuyer mes propos. C'est probablement la première fois que je le remercie vraiment. Il a toujours été là, aussi loin que je me souvienne. Quand ma mère s'est barrée, il m'a aidé à m'en sortir et m'a poussé vers la musique dès mon plus jeune âge. C'est grâce à lui si je n'ai pas pété un plomb. Bob me sourit, et je peux déceler une étincelle de fierté dans son regard, ce qui me pousse à dévier le mien.

— Je t'en prie, fiston, dit-il.

Un silence gênant s'installe, pendant lequel je ne cesse de regarder mes pieds. Il est temps de couper court à cette conversation. Heureusement pour moi, mon oncle semble s'en rendre compte assez rapidement et ajoute après s'être raclé la gorge.

— Tu peux emmener Lena si tu veux, dit-il. Elle a bien bossé, je peux bien lui accorder son après-midi.

Je ne me fais pas prier pour quitter le studio à grandes enjambées et retrouver ma petite amie. Quand elle me voit au bout du couloir, son visage s'illumine, et je ne peux m'empêcher de sourire comme un con. L'effet qu'elle a sur moi est terrifiant et délicieux à la fois.

— Qu'est-ce que tu fais là ? demande-t-elle sans se déparer de son magnifique sourire.

— Je suis venu te kidnapper, dis-je en me penchant par-dessus son bureau pour l'embrasser.

— Mais il n'est que…

— Bob te donne ton après-midi. Allez, on se bouge.

Je la regarde sourire et repousser ses cheveux dans son dos. C'est incroyable comme ils sont longs. Elle est tout simplement divine, et tellement sexy, bordel ! À chaque fois qu'elle me touche, comme maintenant alors qu'elle entrelace ses doigts aux miens en sortant, j'ai l'impression qu'une décharge électrique me déchire en deux. Je suis complètement sous son charme et je me fiche bien du regard des autres quand nous passons dans la rue. Moi, et ma dégaine de rebelle tatoué de la tête aux pieds, et elle, la fille parfaite, un ange tombé du ciel, main dans la main. C'est une vision étrange pour la plupart des gens qui nous dévisagent comme si nous étions deux bêtes de foires, mais pour moi, c'est la plus belle chose au monde.

— Bob organise un concert ce vendredi, dit-elle soudain.

— Sans blague, je marmonne.

Mon oncle m'a déjà tanné à propos de ça, et je lui ai déjà dit que je n'irai pas. Il aime organiser ce genre de soirée pour présenter ses nouvelles trouvailles, mais je refuse de me considérer comme l'un de ses poulains qu'il exhibe devant tout le monde. Pourtant, il n'a cessé d'argumenter en me disant que ce serait l'opportunité pour moi de savoir si le public aime ma musique, mais je n'ai pas peur de ça. Je me fiche bien de l'avis des gens, le seul qui compte, c'est celui de Lena. Il lui a d'ailleurs sûrement parlé de ce stupide concert pour qu'elle tente de me convaincre, ce salaud.

— Il m'a dit que tu ne voulais pas y participer ? m'interroge-t-elle d'un air innocent.

— Je ne vois pas pourquoi je devrais.

Je lui ouvre la portière de ma voiture, côté passager. C'est devenu une habitude entre nous, et je me fiche bien d'avoir l'air d'un débile, d'un amoureux transi en faisant ça. Ça la fait toujours sourire et c'est bien la seule raison pour laquelle je le fais encore. Je contourne le véhicule pour m'installer derrière le volant, et visiblement, les dix secondes de silence ne semblent pas l'avoir découragée.

— Je pense que ce serait une bonne idée, dit-elle. J'adorerais te voir sur scène autre part que chez Lars.

Je grimace. Les seules fois où je me produis en public, c'est pour Jared. La batterie me permet de me défouler au moins une fois par semaine, d'évacuer toutes ces émotions négatives accumulées au fil des années. Mais depuis que j'ai Lena, j'en ressens de moins en moins le besoin : je me défoule bien plus quand je suis entre ses jambes.

— Je ne suis pas prêt pour ça, Lena, je soupire.

— Pourquoi pas ? demande-t-elle.

— Parce que c'est trop personnel !

J'ai presque hurlé, et je la vois se renfoncer dans son siège. Je soupire, conscient que mon soudain accès de colère n'a pas lieu d'être. Elle est seulement curieuse, comme d'habitude. Ça a le don de m'agacer, mais je n'y peux rien, j'adore qu'elle s'intéresse à moi. Je pose une main sur sa cuisse et la caresse du bout de mon pouce.

— Excuse-moi, soufflé-je. C'est juste un sujet sensible.

— Je vois ça, dit-elle.

Et elle se détourne pour regarder le paysage. *Merde.* Qu'est-ce qui ne va pas chez moi, au juste ? C'est juste un stupide concert, et je n'ai probablement rien à en tirer de bon, sauf le bonheur de cette fille à côté de moi. Le fait qu'elle y tienne tant me dépasse, mais je décide d'arrêter de me poser des questions. Si elle y tient tant que ça, je peux bien faire un effort et prendre sur moi.

— D'accord, je soupire. J'en parlerai à Bob.

— C'est vrai ? s'exclame-t-elle en tapant dans ses mains.

Un énorme sourire illumine son doux visage et je dois me mordre l'intérieur de la joue pour ne pas rire face à son expression d'enfant à la veille de Noël.

— Ouais, dis-je.

— Génial, s'écrie-t-elle.

Je meurs d'envie de la prendre dans mes bras, là, maintenant. Sans plus attendre, je me gare sur le parking de la digue et relève la capote, avant de me tourner vers elle.

— Viens là.

Je l'aide à passer au-dessus de l'accoudoir et recule mon siège pour lui donner plus d'espace sur mes genoux. Elle agrippe mes cheveux dans ma nuque presque instinctivement, et je souris en dégageant quelques mèches de cheveux de son visage.

— Tu me fais faire des conneries, soupiré-je.

— Ça te fera du bien, tu verras, dit-elle en souriant.

Je ne réplique pas, je ne tiens pas à m'engager avec elle sur ce terrain glissant. C'est une chose de jouer derrière Jared et Caleb, mais là, je serai tout seul sur une scène. Rien que moi et ma musique, sans aucune barrière pour me défendre. Je ne l'admettrai jamais à personne, mais j'ai du mal à m'imaginer de cette façon, suffisamment confiant pour me mettre à nu de la sorte. C'est déjà assez exceptionnel, que je me sois mis à écrire autant.

J'ai besoin d'évacuer, trop de choses se bousculent dans ma tête. Quand j'embrasse Lena, toutes mes pensées s'envolent pour converger vers le goût salé de sa langue caressant la mienne avec douceur, vers la chair de poule qui se recouvre ses bras quand je la touche, vers son souffle haletant et le rouge sur ses joues. Je soulève mes hanches pour me frotter contre elle et lui montrer à quel point elle me rend dingue, ce qui me vaut un gémissement, le plus beau son que je connaisse. Elle se met à rouler des hanches instinctivement et je grogne en posant mes mains sur sa taille pour encourager ses mouvements. Elle porte une robe blanche, le genre qui me rend absolument fou : elle incarne l'innocence là-dedans, et de savoir à quel point elle peut se montrer cochonne même dans cette tenue m'excite encore plus. J'aime l'idée d'être le seul à l'avoir jamais touchée de cette façon, le seul à savoir ce qu'elle aime, et comme elle l'aime.

— J'ai envie de te prendre, là, tout de suite, mais cette putain de plage est remplie de mecs trop curieux et je ne suis pas prêt à te partager, grogné-je.

Elle rougit et regarde autour de nous en se rendant compte d'où nous sommes. Alors qu'elle amorce un mouvement de recul, je plaque mes mains contre son dos pour la rapprocher de moi. Je suis persuadé que si elle reste encore comme ça, au-dessus de moi, je pourrais la baiser sans me soucier de qui nous regarde, mais elle n'est peut-être pas encore prête pour ça. Je l'embrasse tendrement, je peux sentir son pouls s'accélérer sous mes doigts et j'adore lui faire cet effet-là.

Je regrette de ne pas l'avoir emmenée directement à la maison, mais je lui ai promis que nous retrouverions Heather ce soir. Elle me fait faire des choses comme ça : elle me donne envie de sortir et de profiter du beau temps, alors qu'à cette heure-ci, je suis normalement vautré devant la télé à zapper pour trouver le programme le plus idiot qui soit afin d'éteindre mon cerveau. Mais j'aime la voir s'émerveiller face à l'océan.

Quelques minutes plus tard, nous marchons sur le sable. Elle n'aime pas garder ses chaussures quand nous nous promenons sur la plage. Elle me tient la main, et je savoure la chaleur qu'elle me procure. Le vent s'emmêle dans ses cheveux, et quand elle me surprend en train de la regarder, je souris comme un con.

Au loin, un aboiement se fait entendre, et comme un seul corps, nos regards se dirigent vers l'origine du bruit. Je vois un chien se ruer vers nous. Pensant d'abord qu'il est enragé et qu'il est sur le point de nous attaquer, je m'arrête, forçant Lena à faire de même. Mais à mesure que la bête se rapproche, je comprends l'avoir déjà vue quelque part. Lena, elle, est plus rapide que moi.

— Ronny ! s'exclame-t-elle en se penchant pour accueillir le chien.

D'abord, elle sourit, mais je la vois rapidement froncer les sourcils. Elle lève un regard inquiet vers moi après avoir regardé autour de nous.

— C'est le chien d'Anna, dit-elle.

— Qu'est-ce qu'il fout là ?

Lena secoue la tête, m'indiquant qu'elle n'en a aucune idée. Le chien remue la queue, mais il n'arrête pas d'aboyer en reculant doucement. Je ne suis pas un habitué des animaux, mais j'ai vu assez de films bidons pour comprendre que ce chien essaie de nous dire quelque chose.

Lena ne semble pas comprendre non plus, et quand le chien s'élance dans la direction d'où il est venu, elle hurle son nom pour le rappeler, avant de finir par s'élancer à sa poursuite.

Je ne réfléchis pas, et la suis en courant. Elle est rapide, et le chien l'est encore plus. Les regards se tournent frénétiquement vers nous à notre passage, mais je reste concentré sur ma course et sur celle de la jolie brune devant moi.

Bientôt, la foule des touristes disparaît pour laisser place aux badauds locaux qui connaissent les coins tranquilles de la côte à Carmel. Les maisons sur la plage commencent à apparaître et je comprends soudain où ce chien nous emmène.

Quand la maison blanche d'Anna se profile à l'horizon, Lena semble hésiter car elle ralentit sa course. Je peux enfin la rattraper, tout en regardant le chien se retourner vers Lena comme s'il sentait qu'elle n'était pas sûre d'elle.

— Il s'est sûrement passé quelque chose, dit-elle avant de se remettre à courir.

Je la suis. Arrivé à la hauteur de la maison, le chien saute par-dessus la barrière et traverse la terrasse pour s'engouffrer à l'intérieur par la porte vitrée laissée ouverte. Je vois l'inquiétude sur les traits de ma petite amie quand elle se tourne vers moi. Elle a beau être en colère contre sa tante, elle ne peut pas s'empêcher de s'inquiéter pour elle, sa seule famille. J'admire cette qualité, elle pense aux autres même lorsqu'elle ne le devrait pas.

Lena entre dans la maison et je la suis de près. Je vois la queue du chien disparaître derrière une porte située au fond du salon, et je l'entends gémir. Lena se précipite vers cette même porte, et avant que j'aie pu la franchir à mon tour, j'entends son cri déchirer l'air.

28 – Lena

Il y a des moments dans la vie où on a l'impression d'avoir un sentiment de déjà-vu. Comme si on avait déjà vécu ça dans une autre vie. Certains disent que ces moments sont simplement des souvenirs d'une vie antérieure. D'autres pensent que l'humain est capable de prémonitions. Moi, j'ai seulement l'impression que l'histoire se répète.

Le corps de ma tante est étendu là, au milieu de son bureau. Elle porte un peignoir de soie bleu, et ses cheveux bruns sont étalés autour de sa tête. Son visage est pâle, ses lèvres sont légèrement bleues et, dans sa main, je peux voir un flacon orange. Il est vide. Je suis soudain ramenée plusieurs semaines en arrière, quand j'ai retrouvé ma mère écroulée sur le carrelage de la cuisine. Mon corps semble avoir la même réaction qu'à l'époque, comme s'il s'en souvenait. Il se fige, et pourtant je vois mes pieds bouger. Je m'écroule près d'elle, prends sa tête entre mes mains et tente de la réveiller. Je la secoue de toutes mes forces, et pourtant j'ai l'impression d'être coincée. Comme si mon corps s'était détaché de mon esprit. Mes oreilles bourdonnent et tous les sons autour de moi sont étouffés. Je sens mes cordes vocales s'érafler : suis-je en train de crier ?

Ma tante ne bouge pas. Elle ne respire pas non plus et je me sens impuissante, plus impuissante que jamais. Ça ne peut pas arriver, pas encore. Je ne peux pas la perdre, elle est tout ce qu'il me reste. Si elle part, je serai seule. Trop seule.

Je sens des mains agripper mes épaules et me tirer en arrière. Je me débats, je ne peux pas la lâcher. Si je la laisse partir, je ne me le pardonnerai jamais. Mais les deux grandes mains qui me tiennent fermement sont trop fortes. Bientôt, je vois deux silhouettes se pencher sur le corps inerte de ma tante. On me tire encore en arrière et je sens mon dos se plaquer contre une surface dure et chaude. J'entends une douce voix profonde murmurer quelque chose à mon oreille, mais tout est sourd, je ne comprends pas. La pièce disparaît devant moi. La porte s'éloigne, mes pieds se dérobent sous moi, à moins qu'on ne m'ait soulevée de terre. Oui, c'est ça, on me porte. Je ne contrôle plus rien. Je ne peux plus rien faire.

Hunter me pose sur le canapé et s'agenouille devant moi en me prenant dans ses bras. Il me berce, et c'est à ce moment-là que je retrouve mon ouïe. Je m'entends sangloter, je sens ma respiration désordonnée et les hoquets qui secouent ma poitrine. Hunter ne cesse de répéter les mêmes mots, les mêmes paroles, encore et encore : « ça va aller » et « je suis là ». J'essaie de le croire. Je m'accroche à sa voix comme je le peux, avec toujours plus de désespoir.

C'est un vrai cauchemar. Comment une telle chose a-t-elle pu arriver ? Je ne peux pas m'empêcher de penser que tout est de ma faute. Si je n'avais pas été si encline à croire que ma tante était simplement folle et tordue, elle n'aurait jamais fait ça. On n'en serait jamais arrivé là. Je ne me suis souciée que de mon propre bonheur, sans me soucier des conséquences que cela a pu avoir sur mon entourage. J'ai eu peur et j'ai fui, mais j'aurais dû l'aider, trouver une solution pour qu'elle soigne ses angoisses.

Je ne suis qu'une putain d'égoïste.

Je parviens à me calmer assez pour comprendre ce qu'il se passe autour de moi. Je sens quelque chose de poilu se frotter contre ma jambe et je lève la tête : Ronny me regarde, une lueur d'incompréhension dans le regard. Il pose son museau sur mes genoux et gémit. Je lui caresse la tête et sanglote de plus belle. Ce chien est si intelligent. S'il n'était pas venu à ma rencontre sur la plage, dans combien de temps aurait-on retrouvé Anna ? Dans quel état ? Ces questions me glacent le sang. Être seule au point de mourir sans que personne ne s'en rende compte… C'est si triste !

Les deux ambulanciers, que je n'ai pas vraiment vus dans mon hystérie, sortent de la pièce où j'ai trouvé ma tante. Elle est allongée sur un brancard, un masque à oxygène sur le visage.

Elle… respire ?

Je me lève précipitamment, la main d'Hunter posée dans mon dos.

— Vous pouvez venir avec nous, dit l'un des deux hommes à mon intention.

— Vas-y, me dit Hunter. Je te rejoins là-bas.

Je hoche doucement la tête, du moins j'essaie. Il dépose un bref baiser sur mes lèvres et je me précipite à la suite des deux secouristes.

Dans l'ambulance, j'observe le visage pâle d'Anna sous son masque. Elle a l'air plus petite, soudain. Je n'arrête pas de voir des flashs devant mes yeux, me ramenant au jour où j'étais dans une ambulance similaire, et que ma mère se trouvait à la place de sa sœur. Le bip sonore de la machine qui indique que son cœur bat me rassure un peu. Elle est en vie, elle se bat.

— Qu'est-ce qu'elle…, murmuré-je.

Je n'ose pas la quitter des yeux, de peur qu'elle ne disparaisse. Le silence se poursuit, mais visiblement, le secouriste assis à côté de moi finit par comprendre ce que j'essaie de lui demander.

— C'est une overdose, dit-il doucement. Mais on en saura plus une fois arrivés.

Je vois bien qu'il essaie de me rassurer et d'en dire le moins possible, peut-être pour ne pas me donner de faux espoirs. J'en ai marre des ambulances. J'en ai marre des hôpitaux, des médecins et des infirmières. Je m'étais juré de ne plus jamais avoir à y retourner, et me voilà maintenant en train de descendre de l'ambulance, suivant de près le brancard qui transporte ma tante aux urgences. Je suis arrêtée après qu'ils ont passé deux portes battantes par un infirmier qui m'offre un sourire bienveillant.

— Vous pouvez patienter ici, dit-il doucement. Le médecin viendra vous chercher dès que possible.

J'ai l'impression que ces dernières semaines d'efforts pour aller mieux et oublier la douleur que m'a infligée la mort de ma mère sont réduites à néant. J'avance de nouveau comme un robot, laissant mon corps agir seul. Je m'assieds sur l'une des chaises en plastique qui bordent les murs dans la salle d'attente et je regarde autour de moi. J'ai froid. La climatisation est à son maximum, ce qui me fait frissonner. Je ne suis pas seule dans la salle d'attente. Au loin, un petit garçon aux cheveux blonds est assis par terre et fait rouler un petit camion rouge sur le sol, puis sur les pieds de sa mère qui se met à râler de façon bien trop exagérée. J'observe le gamin se faire engueuler par sa mère quand j'entends une voix grave prononcer mon nom.

Je lève les yeux et découvre le visage d'Hunter. Quand je vois l'inquiétude briller dans ses yeux verts, je ne peux empêcher les larmes de jaillir à nouveau. C'est comme si sa seule présence me permettait de sortir de mon état de choc, et enfin, je parviens à réagir. Je me lève et me précipite dans ses bras. Il me serre fort, trop fort sans doute, mais je m'en fiche. Sa chaleur et les battements réguliers de son cœur me calment.

— Mon ange…, murmure-t-il dans mes cheveux.

J'ai l'impression d'être à des années-lumière de ce moment dans sa voiture, un peu plus tôt. Ce moment où je n'avais en tête que la douceur de ses lèvres sur les miennes et de la chaleur de ses mains sur mon corps. C'est comme si une vie entière venait de s'écouler en l'espace de quelques semaines. C'est absolument déroutant.

Hunter pose ses mains sur mon visage et me force à relever la tête vers lui pour me regarder dans les yeux. Il essuie mes larmes de ses deux pouces, dépose doucement ses lèvres sur les miennes. Je savoure ce baiser comme si c'était mon salut. Il m'a déjà sauvée une fois, je n'ai aucun doute sur le fait qu'il le fera encore.

— Tu as des nouvelles ? demande-t-il alors qu'il m'entraîne vers un siège.

Je secoue la tête en m'asseyant près de lui. Il me prend les mains et entoure mes doigts tremblants des siens, me communiquant sa chaleur. Je regarde nos doigts entremêlés en reniflant.

— Ils m'ont dit dans l'ambulance que c'était une overdose, dis-je d'une toute petite voix. Je ne comprends pas Hunter, pourquoi aurait-elle fait une chose pareille ? Ça n'a pas de sens…

Je vois bien qu'il n'a pas de réponse non plus. Il cherche ses mots mais rien ne vient. C'est très bien comme ça, je ne lui en veux pas. Je ne veux pas qu'il se force à trouver quoique ce soit à dire, et encore moins qu'il invente des mensonges, car je n'ai besoin de rien d'autre que sa présence à mes côtés.

Pendant l'heure qui suit, Hunter me garde dans ses bras et je respire son parfum rassurant. Je reste blottie contre son torse, tentant de me concentrer sur sa respiration et sur les battements de son cœur. Cet homme est mon ancre. Il a déjà recollé les morceaux de mon cœur une fois, voilà que je risque d'avoir besoin de sa magie une deuxième fois. J'ignore où j'en serais s'il n'était pas entré dans ma vie.

Peu importe ce qui l'y a conduit.

Je continue de fixer ces portes battantes derrière lesquelles semble aller et venir une armée de médecins et d'infirmières, tous différents. J'essaie de me souvenir du visage de l'infirmier qui m'a adressé la parole un peu plus tôt, mais je n'y parviens pas. Les traits se mélangent dans mon esprit et je n'arrive pas à y mettre de l'ordre. La seule vision claire dans ma tête, c'est celle d'Anna avec son masque à oxygène, les yeux clos, allongée sur le brancard de l'ambulance à quelques centimètres de moi.

— Lena !

Je lève les yeux et vois Heather se précipiter vers moi. Je me lève et la laisse me prendre dans ses bras. À sa suite, Alejandra me regarde avec un sourire triste, et j'en viens à la serrer contre moi aussi. Hunter a sûrement appelé son amie pour qu'elle vienne me réconforter et me dire ce que j'ai besoin d'entendre, et je le remercie du regard. Je suis contente qu'Alejandra se soit trouvée avec elle à ce moment.

— Comment elle va ? demande Alejandra.

— Je n'en sais rien, dis-je en secouant la tête. J'attends encore…

— J'ai appelé ma mère, me dit-elle. Je lui ai dit d'aller s'occuper de Ronny.

— Merci, dis-je.

Ronny. Ce chien est incroyable, il a probablement sauvé la vie de sa maîtresse aujourd'hui. Ça me fend le cœur de le savoir seul, et je suis contente que Monica aille s'en occuper pendant notre absence. Il doit se demander ce qui se passe.

Les filles s'assoient avec nous et je leur raconte ce qu'il s'est passé. Hunter demeure toujours silencieux, se contentant de tracer de petits cercles avec son pouce sur mon genou. Quand enfin, une femme aux cheveux blonds et en blouse blanche se dirige vers nous, je me lève. Hunter m'imite et me prend immédiatement la main pour la serrer entre ses doigts. Le médecin me sourit d'un air qui se veut rassurant.

— Mademoiselle Anderson ? demande-t-elle.

— C'est moi, j'articule.

— Je suis le Dr. Hills, dit-elle. Je me suis occupée de votre tante.

— Comment elle va ? demandé-je.

— Votre tante a avalé une forte dose d'antidouleurs très puissants, dit-elle en entrant directement dans le vif du sujet. Heureusement, nous sommes intervenus à temps. Elle respire à présent normalement et ne devrait pas tarder à se réveiller.

Je l'écoute, et bien que je ne comprenne que la moitié de ce qu'elle me raconte, je me concentre sur une chose : elle va bien. Elle ira bien. Mais je ne comprends toujours pas ce qui l'a poussée à faire une chose pareille. Bien sûr, je suis consciente que ce médecin ne puisse pas répondre à cette question. Elle me sourit toujours poliment face à mon silence, et quand je recouvre enfin mes esprits, ma voix est éraillée et j'ai du mal à articuler correctement.

— Est-ce… est-ce que je peux la voir ?

La blonde hoche doucement la tête et me fait signe de la suivre. Hunter ne lâche pas ma main. Je me retourne vers Heather, qui me rassure d'un sourire. Je la vois entrelacer ses doigts à ceux d'Alejandra, et cela me réchauffe le cœur.

Mon petit ami marche à côté de moi en suivant mon rythme décidé. Le médecin m'indique une porte entrouverte.

Anna est allongée dans un lit d'hôpital au milieu d'une petite chambre individuelle. La fenêtre est entrouverte, un ventilateur tourne au plafond, provoquant un léger bruissement. Un liquide transparent s'écoule doucement du baxter relié à son poignet par un fin tuyau, et elle porte toujours un masque à oxygène. Elle a les yeux clos, et bien que le rouge semble avoir retrouvé sa place sur ses joues et que ses lèvres ne soient plus bleues, je ne peux m'empêcher de penser qu'elle a toujours l'air aussi petite et fragile que dans l'ambulance. À nouveau, une vision similaire de ma mère me revient en mémoire, et j'ai un mouvement de recul. Je sors de la chambre. Je ne peux pas voir ça. Je n'y arrive pas. Je m'adosse contre le mur et tente de prendre ma respiration, en vain.

Quand les mains chaudes d'Hunter viennent encadrer mon visage, et que je sens son front se poser contre le mien, je retrouve ma capacité à réfléchir.

— Tu n'es pas obligée d'aller si vite, murmure-t-il.

Je sens son souffle sur mon visage et je tente de calmer le mien en me calant sur son rythme. Il continue à me tenir comme ça, caressant mes joues doucement, jusqu'à ce que je parvienne à m'apaiser. Se rend-il compte qu'il est devenu mon roc, le seul qui m'empêche de m'écrouler ?

— Vas-y doucement, dit-il. Je suis là.

Je ne sais pas comment il fait pour être aussi calme. Je suis certaine qu'il est en train de réfléchir à toute vitesse, tout au fond de son esprit. Je suis presque sûre qu'il est en train de flipper, comme moi, sauf qu'il est plus doué que moi pour le cacher. Je hoche la tête frénétiquement alors qu'il s'applique à m'apaiser avec ses caresses et ses mots doux. Quand je me sens enfin suffisamment prête – autant qu'on puisse l'être après que le dernier membre de votre famille encore en vie a tenté de se suicider – je me redresse et regarde Hunter dans les yeux. Ses mains encadrent toujours mon visage.

— Je suis avec toi, répète-t-il.

J'acquiesce. Je m'empare de ses mains pour les tirer de mes joues, mais je les garde dans les miennes un instant. Je ne sais pas ce que j'aurais fait s'il ne m'avait pas accompagnée jusqu'ici, s'il n'était pas resté. Je me serais probablement effondrée . Je ne comprends toujours pas ce qui a bien pu passer par la tête d'Anna pour qu'elle se fasse une chose, et surtout, qu'elle ose m'infliger pareille douleur. Faire ça alors que maman vient juste de mourir... Je ne comprends pas cet égoïsme !

Néanmoins, je prends mon courage à deux mains et puise dans le regard de l'homme que j'aime toute la force dont j'ai besoin pour avancer à nouveau vers la chambre. Elle n'a pas bougé. Elle est toujours là, allongée, les paupières closes et la poitrine qui monte et descend en un rythme lent. Elle a l'air paisible, comme si elle était simplement profondément endormie.

Je m'approche, l'odeur d'antiseptique emplit mes narines. La buée trouble le masque sur le visage d'Anna à chaque fois qu'elle expire, et cette simple vision suffit à me rassurer un peu. À chaque souffle, je comprends qu'elle a eu de la chance. Je m'empare de la chaise qui se trouve dans un coin et l'approche du lit, m'asseyant juste à côté d'elle. D'une main tremblante, je m'empare de la sienne, inerte, et la serre entre mes doigts.

— Qu'est-ce qui a bien pu la pousser à faire ça ? murmuré-je plus pour moi que pour obtenir une réponse.

Je sens encore la présence d'Hunter dans mon dos, je l'entends respirer. Il ne dit rien. Qu'est-ce qu'il pourrait dire dans un tel moment ? Je suppose que j'aurai mes réponses une fois qu'Anna se réveillera.

29 – Lena

Plusieurs heures plus tard, je suis toujours dans la même position. Hunter est parti chercher du café et donner des nouvelles à mes amies, qui ont fini par rentrer. Elles ne peuvent rien faire de plus pour moi, de toute manière.

Alors que j'observe ma tante, attendant le moindre signe que, peut-être, elle est encore là, avec moi, je me souviens de la Anna que j'ai toujours connue. Cette femme chaleureuse, partie à Haïti pour construire des maisons, toujours prête à prêter main-forte. La tante froide, distante et calculatrice que j'ai découverte cet été ne lui ressemble tellement pas… Je la regarde, noyée sous ce masque, et je ne peux m'empêcher de chercher ce qui a pu la briser à ce point.

Soudain, je sens sa main presser doucement la mienne. Un petit mouvement, presque imperceptible : je l'aurais manqué si j'avais cligné des yeux. Je me redresse et observe son visage. Ses paupières papillonnent. Elle se réveille.

— Anna ? chuchoté-je.

Quand enfin ses grands yeux se posent sur moi, je les vois briller quelques secondes après s'être rendu compte que j'étais là.

— Lena, dit-elle d'une voix enrouée.

Je ne sais pas quoi lui dire. Et pourtant, j'avais préparé tout un discours dans ma tête. Je l'ai répété, plusieurs fois. Je me préparais à lui reprocher son égoïsme, à lui dire qu'elle aurait dû penser à moi. Mais je ne dis rien. Parce que ce serait égoïste aussi. J'imagine qu'elle a eu sa propre détresse à gérer, dernièrement. Alors à la place, je me lève et la serre dans mes bras.

D'abord surprise par mon assaut, elle ne bouge pas. Mais elle finit par me rendre mon étreinte d'un bras, et je l'entends sangloter.

— Je suis désolée… tellement désolée…

Elle ne cesse de répéter ces mots comme un mantra, comme une prière, et bientôt je me mets à pleurer avec elle. J'ai beau lui en vouloir pour tout ce qu'elle m'a fait, je suis heureuse qu'elle soit en vie. Elle est la seule famille qu'il me reste, après tout : le seul lien entre moi et ma mère, mon dernier lien de sang qui m'empêche de me sentir complètement orpheline. Mais je sais à présent qu'elle ne sera pas le soutien que j'espérais qu'elle soit. Pour ça, il faudrait qu'elle se supporte elle-même. Ce sont des questions auxquelles nous devrons répondre en temps voulu.

— J'appelle un médecin, dis-je en me redressant.

— Non, attends, je…

Elle me retient par la main et semble chercher ses mots. Elle évite mon regard.

— Reste un peu avec moi, s'il te plaît, dit-elle. Il faut qu'on parle.

Je ne pensais pas que ça arriverait si tôt. Je pensais avoir encore un peu de temps pour me préparer à entendre ce qu'elle a à me dire. Je capitule en soupirant, essuyant mes larmes du revers de la main. Je me rassois près d'elle et la regarde en silence, attendant qu'elle entame son récit. Elle a effectivement beaucoup de choses à expliquer. Elle met un moment avant de commencer à parler, mais je décide de rester patiente, malgré ma colère et mon incompréhension qui revient par vague, remplaçant doucement les premières minutes de soulagement de la savoir saine et sauve.

— Je suis désolée, répète-t-elle. Il… il y a tant de choses que tu ne sais pas, ma chérie…

— Alors, éclaire-moi, dis-je le plus doucement possible.

Je tente de ne pas laisser transparaître ce que je ressens. Je me doute que la brusquer ne servirait à rien. Je m'efforce de garder mon calme, mais si elle ne crache pas le morceau très vite je ne pense pas pouvoir tenir très longtemps.

— Je suis malade, dit-elle enfin.

J'arrête de respirer. Malade ? Non. Non, ce n'est pas possible.

En voyant mon air paniqué à l'idée de revivre ça, elle s'empresse de me rassurer.

— Non, non, pas comme ça, dit-elle. J'ai… j'ai ce qu'on appelle, un trouble bipolaire. Ça dure depuis plusieurs années. C'est pour ça qu'on se voyait moins, avec ta mère. Je n'étais pas bien.

Je tente d'assimiler ce qu'elle me dit. J'ai entendu parler de ce genre de trouble mais je n'y connais pas grand-chose. Cependant, elle ne va pas plus loin dans ses explications. À la place, elle se répand en excuses.

— J'ai honte..., dit-elle dans un sanglot. J'ai... j'ai arrêté de prendre mon traitement quand tu es venue ici, car je me sentais si heureuse de t'avoir rien que pour moi... je sais que c'est affreux, ce que je dis, mais... il y a autre chose.

J'attends, assise au bord de ma chaise, prête à encaisser. Encore autre chose ?

— Je... je suis stérile, Lena, dit-elle. Je l'ai appris un peu avant ta naissance, notre mère m'avait forcée à voir un gynécologue pour s'assurer que je ne ferais pas la même... erreur qu'Ellie. Avoir des enfants, c'était mon rêve et... ça m'a été enlevé comme ça... j'ai trouvé ça tellement injuste. Alors quand Ellie est morte, je savais que j'allais pouvoir m'occuper de toi... qu'on deviendrait une vraie famille. Je voulais juste... que cette douleur s'arrête. Je suis désolée.

— C'est pour ça que tu as payé Hunter ? Parce que tu ne pensais pas être une raison suffisante pour moi de rester à Carmel ? en déduis-je.

Elle hoche honteusement la tête en détournant le regard. Je comprends mieux, à présent, et même si rien de tout ça ne l'excuse, je ne suis plus autant en colère contre elle. Je ne l'ai cependant pas encore pardonnée, et je suppose qu'il me faudra du temps. Mais pour le moment, tout ce qui compte, c'est qu'elle aille mieux. Elle ne s'étale pas davantage sur le sujet et se contente de regarder par la fenêtre, les larmes striant ses joues rosies par le chagrin. Je lui dis doucement que je vais chercher un médecin, et elle hoche la tête. Je n'ai rien de plus à ajouter pour l'instant et je suppose que c'est très bien comme ça.

Quand je sors de la chambre, je tombe sur Hunter, tenant deux cafés en main.

— Tu as entendu ? demandé-je.

Il hoche doucement la tête. Il est sûrement arrivé quelques minutes plus tôt mais n'a pas osé entrer. Il me regarde avec un sourire doux. Je lui prends mon café des mains et me blottis contre lui.

— Qu'est-ce que tu vas faire ? demande-t-il.

Je n'ai pas de réponse à cette question. Tout ce que je sais, c'est que je ne veux pas rester dans cet hôpital trop longtemps. Je n'y survivrai pas.

Quelques instants plus tard, je reviens dans la chambre d'Anna avec le médecin. Celui-ci observe ses constantes, et j'attends.

— Eh bien, Mademoiselle Perkins, commence-t-il. Vous avez eu beaucoup de chance. Nous allons devoir vous garder pour 72 heures, c'est le protocole après une tentative comme la vôtre. Je suis également obligé de vous envoyer un psychiatre, est-ce que vous êtes d'accord ?

— Vous pouvez appeler le mien, dit Anna. Son numéro est dans mon sac. Lena ?

Je lève les yeux vers elle et, comme un automate, je lui tends son sac à main qu'on a récupéré chez elle. Elle sort une carte blanche de son portefeuille et la tend au médecin, qui hoche la tête avant de quitter la chambre. Anna me regarde et tente un faible sourire. Je détourne le visage et amorce un pas vers la sortie.

— Lena, attends !

Je me retourne doucement. Je n'ai plus envie d'être ici. J'ai juste envie de retrouver la tante que j'ai toujours connue, mais elle n'est plus là. Plus pour l'instant, en tout cas. Quand elle ira mieux, on pourra reparler de tout ça, mais je n'en ai plus la force maintenant. Néanmoins, j'écoute ce qu'elle a encore à me dire avant de partir. Elle est entre de bonnes mains, à présent, il n'y a rien d'autre que je puisse faire pour elle.

— Est-ce qu'il te traite bien ? demande-t-elle. Est-ce que tu es… heureuse, avec lui ?

Je la considère un instant. Elle me parle d'Hunter. D'abord, la colère revient en force. Comment ose-t-elle me poser une question pareille, après tout ce qu'elle a fait ? Je comprends qu'elle ne lui fasse pas confiance, mais qu'elle doute de moi et de mon jugement de la sorte me dépasse. Puis, je tente de me raisonner : elle s'inquiète pour moi. Chose que je ne pensais pas possible, au départ, elle qui était si libre et si téméraire autrefois.

— Oui, dis-je. Oui, il me rend heureuse.

Elle me sourit, et je vois les larmes briller à nouveau dans ses yeux. C'est ce moment-là que je choisis pour quitter la chambre, sans me retourner.

30 – Lena

Je retrouve Hunter dehors. Il est reparti chercher sa voiture et m'attend, appuyé contre son capot. Je suis soulagée de le retrouver. La nuit est tombée, à présent, et je suis épuisée. L'air frais du soir caresse mon visage et me fait du bien. Il me prend dans ses bras, et j'accueille son étreinte avec un soupir.

— Rentrons, dit-il.

Le trajet se fait en silence. Je ne cesse de repenser à ce que ma tante m'a raconté. Elle n'a pas eu la vie facile que je pensais qu'elle menait depuis toujours. Sa sœur est tombée enceinte très jeune, sa mère ne l'a pas soutenue et elle a dû vivre en sachant qu'elle ne pourrait jamais être mère. Si on ajoute à cela un trouble bipolaire et la perte de sa sœur, je peux comprendre que la solitude et ses problèmes l'aient poussée à bout. Malgré tout, je ne peux m'empêcher de lui en vouloir d'avoir choisi la facilité.

Une fois rentrés, Hunter m'entraîne dans la chambre. Je suis épuisée, mais j'ai surtout besoin de le retrouver, d'oublier le reste du monde pour ne me concentrer que sur lui. Je troque ma robe contre un de ses t-shirts, et le laisse me serrer contre lui sur le matelas. Je l'écoute respirer, puis il brise enfin ce silence qui commençait à devenir pesant.

— À quoi tu penses ? demande-t-il.

— J'ai peur, avoué-je.

Hunter s'écarte légèrement pour me regarder dans les yeux, m'interrogeant du regard.

— J'ai peur..., dis-je. D'être seule. J'en veux à Anna d'avoir été aussi faible, mais d'un autre côté, je ne veux pas qu'elle disparaisse complètement de ma vie. Et j'ai peur... que ce soit trop dur à supporter pour toi. Je trimballe tellement de bagages derrière moi, je ne veux pas devenir un fardeau pour toi.

— Stop, dit-il. Je ne veux pas entendre ça, c'est des conneries. Tu ne seras jamais un fardeau pour moi.

Je lève les yeux vers lui et le vois froncer les sourcils. Je souris doucement en caressant sa mâchoire, et la barbe naissante qui recouvre sa peau.

— Je suis triste, dis-je. Mais ça va passer.

Il me considère un instant. Parfois, la façon dont il me regarde me déstabilise complètement. Rien qu'avec ce regard, il parvient à envoyer des décharges électriques dans tout mon corps. Je l'attire doucement vers moi et l'embrasse. Rapidement, ce baiser chaste et tendre se transforme et s'enflamme. Je ne contrôle plus rien, comme à chaque fois que je suis avec lui. Sans cesser de m'embrasser, il me prend par la taille et me fait basculer au-dessus de lui. Je peux déjà sentir son excitation entre mes jambes nues. Je devrais me sentir coupable d'avoir envie de lui à ce point après une journée pareille. Cette journée a été longue, j'ai hâte qu'elle se termine. Mais je veux la terminer de la bonne façon. Hunter est resté avec moi tout du long, il ne m'a pas abandonnée. Il tient sa promesse, comment ne pas avoir envie de lui en cet instant ?

Je veux lui appartenir, de toutes les façons humainement possibles, et pour l'instant, celle-ci semble la plus accessible.

— Tu es tellement forte, me dit-il soudain, interrompant notre baiser. Parfois, je me demande d'où tu tiens ça.

Il caresse mes cheveux et encadre mon visage de ses mains. Je m'apprête à lui dire que je tiens probablement ça de ma mère, mais ce ne serait pas juste. Je ne pense pas être aussi forte qu'elle a pu l'être, pendant tout le temps où je l'ai connue. À la place, je ne réponds rien. Je me contente de lui embrasser la mâchoire, le cou, le torse, le ventre. J'entends sa respiration s'accélérer quand je baisse son boxer pour révéler son membre tendu par l'excitation.

Je lui donne tout ce que j'ai, tout ce qu'il veut, et même après qu'il me prévient qu'il est sur le point de jouir, je continue. Je me sens plus en confiance que jamais et quand je croise son regard, je sais que tout ira bien.

***

Je me réveille avec une douce odeur de pancake chatouillant mes narines. Je suis tout engourdie de notre nuit. Nous avons continué nos étreintes enflammées sous la douche, puis à nouveau dans la chambre jusqu'à être trop épuisés pour continuer. Je pense que, dans un sens, ce qui est arrivé à Anna m'a donné envie de profiter de chaque instant encore plus. Ma mère avait raison de me pousser dans mes retranchements. Malgré tout ce qui m'est arrivé, je suis heureuse, et même si ma mère me manque et que je m'inquiète pour Anna, je sais que j'irai bien à partir de maintenant. Parce que je ne suis plus seule.

Il est huit heures et demie et bientôt je devrai me rendre au boulot. J'enfile une robe d'été rouge, mes sandales, et passe rapidement vers la salle de bains. J'apprécie de plus en plus mon reflet au fil des jours, et je dois avouer que ce changement me vient d'Hunter. Il ne cesse de me répéter à quel point il me trouve belle, en toutes circonstances, et je commence à lui donner raison. J'aime cette nouvelle confiance en moi que je ressens avec lui. Mes joues sont encore rosies de nos ébats de la veille, et malgré mes lèvres légèrement gonflées, j'ai l'air heureuse, épanouie. J'aime cette Lena-là.

Après avoir tenté en vain de dompter mes cheveux, je décide de les tresser avant de descendre retrouver mon petit ami dans la cuisine. L'odeur de pancake se fait de plus en plus forte à mesure que je dévale les marches. Je retrouve Hunter debout devant la cuisinière, sans son t-shirt, en train de retourner un pancake dans une poêle. Rien n'est brûlé, et malgré les quelques traces de farine çà et là, il a l'air de plutôt bien s'en sortir. Je retiens un rire en entrant dans la cuisine, alors qu'il s'affaire, concentré.

— Bonjour, dis-je en me collant contre son dos.

— Salut. Bien dormi ?

Je hoche la tête en embrassant son omoplate. Il semble de bonne humeur et ça a toujours tendance à déteindre sur moi. Je remarque une boîte vide sur le plan de travail, qui devait sans doute contenir une préparation pour pancake pré-faite.

— C'est donc ça, ton secret, dis-je en souriant d'un air espiègle.

— Eh ! dit-il en levant les mains. Je ne suis pas parfait. Un peu de patience, Mademoiselle, un effort à la fois !

Je ris et me retiens de le contredire, me contentant de déposer un baiser sur sa joue. Quand il a terminé de se débattre avec sa pâtisserie, nous dégustons notre petit déjeuner ensemble en parlant de travail et de Los Angeles, sans toutefois aborder la principale question. Nous ne parlons pas d'Anna et c'est très bien comme ça. Je n'ai plus envie de penser à ça. Elle m'a caché tant de choses sur elle, sur sa vie et elle a tenté de me manipuler. Je ne suis pas prête à lui pardonner, et je sais qu'elle aura besoin de moi, et je répondrai présente en temps voulu, alors je préfère prendre un peu de temps pour digérer tout ça loin d'elle avant que ça n'arrive.

Le temps passe si vite, ces derniers temps. Bientôt, je serai à UCLA, même si je n'ai pas encore pris de décision concernant mon option principale, ni mes modalités de logement. Mais ce dernier détail dépend de la décision d'Hunter. Je n'aborde pas le sujet, cependant. Je vois bien que le silence lui permet de réfléchir. De plus, je me dis que je devrais peut-être lui laisser un peu d'espace aujourd'hui.

— Je pensais dîner avec Heather ce soir, lancé-je.

— Bonne idée, dit-il avec un sourire.

Je sais qu'il apprécie beaucoup Heather, même s'il ne le dit pas et qu'il ne cherche jamais à la voir. Après tout, ils sont amis depuis le lycée.

— Tu vas bosser aujourd'hui ? je demande.

— J'ai pris ma journée, dit-il en haussant les épaules. J'ai fait la pire connerie de ma vie en laissant ma copine me convaincre de faire un putain de concert.

Je ris et me lève pour l'embrasser avant de débarrasser mon assiette. Alors que je me dirige vers le salon pour prendre mon sac, il me tire par le bras et m'installe sur ses genoux pour prolonger notre baiser.

— Comment tu fais pour être aussi canon juste avant de partir ? demande-t-il d'une voix basse.

Des papillons s'envolent dans mon ventre au son de sa voix, et je dois le soudoyer avec la promesse d'une nouvelle partie de jambes en l'air ce soir pour qu'il me laisse partir. Un sourire idiot plaqué sur mes lèvres, je grimpe derrière le volant en pensant, les joues en feu, à ce qui m'attendra en rentrant .

En chemin, j'appelle Heather pour l'inviter à dîner, et les cris de joie à l'autre bout du fil me confirment qu'elle est partante. J'ai hâte de la revoir et de lui raconter ma vie, comme d'habitude. Et surtout, de la remercier d'être autant là pour moi et d'être venue jusqu'à l'hôpital hier. Elle est pour moi ce qui se rapproche le plus d'une meilleure amie. Je me surprends soudain à penser à Monica et sa fille. Je ne l'ai pas revue depuis que j'ai quitté sa maison et je n'ai pas son numéro. Je me promets de lui rendre une petite visite ce weekend et je croise mentalement les doigts pour qu'elle ait retrouvé un boulot d'ici là. Je me sens coupable en pensant à elle car, après tout, c'est un peu de ma faute si elle en est là, bien que je ne sois pas vraiment responsable de la folie dont ma tante est atteinte.

Je chasse rapidement cette idée de mon esprit en secouant la tête, soulagée de voir que je suis bientôt arrivée au label. Je dois admettre que ce boulot est vraiment excitant, bien que je sois assise toute la journée devant un écran. Bob me fait suffisamment confiance pour organiser les prochains meetings avec de nouveaux artistes potentiels, pour gérer l'horaire de passage en studio et la sélection des titres pour le concert de vendredi. Cet univers me plaît de plus en plus. En arrivant, je trouve mon patron assis derrière son bureau, des lunettes au bout de son nez, les yeux fixés sur l'écran en face de lui.

— Bonjour ! lancé-je d'un air enjoué.

— Ah, Lena ! s'exclame-t-il. Je suis content de vous voir. Hunter vient de m'appeler pour me dire qu'il sera présent au concert de demain ! J'imagine que je vous dois des remerciements ?

— Ce n'est rien, vraiment, dis-je en haussant les épaules. Je lui ai simplement dit que j'aimerais le revoir jouer sur scène, c'est tout. Mais je dois vous avouer que l'idée ne l'enchante pas...

— J'aimerais vous avoir en coulisse, demain soir, dit-il soudain. Je voudrais vous confier la gestion des artistes.

Je me fige en plein mouvement alors que je m'apprête à m'asseoir derrière mon bureau. La gestion des artistes, vraiment ? Je ne suis pas certaine d'avoir les capacités suffisantes pour faire ce genre de choses, mais si Bob a décidé de me confier cette tâche je dois me montrer à la hauteur.

— Et en quoi ça consiste ? demandé-je, nerveuse.

— Il s'agit surtout de les accueillir et de veiller à ce qu'ils ne manquent de rien, dit-il. Et puis aussi, gérer les entrées et sorties de scène.

L'idée ne m'enchante pas spécialement mais je me contente tout de même de hocher la tête avec un sourire poli et m'empresse de retrouver la liste des artistes pour demain soir afin de vérifier que je n'ai oublié personne. J'y ajoute le nom d'Hunter, espérant qu'il ne change pas d'avis d'ici là.

— Ah ! Et j'ai un nouveau nom à ajouter au programme ! s'écrie Bob en se levant de son siège. Tenez.

Il me tend une fiche sur laquelle est inscrit le nom d'un groupe que je ne connais pas, « Young Haters », ainsi que leurs coordonnées. Je le remercie pour sa confiance, toujours nerveuse, et il m'adresse un signe d'encouragement de la main, me signifiant par la même occasion que je peux disposer.

Je connais parfaitement mes obligations, à présent. Une fois à mon bureau, je compose le numéro de leur personne de contact, qui s'avère être le chanteur.

— Allô ? fait une voix masculine étrangement familière.

— Bonjour, vous êtes bien le leader des Young Haters ?

— C'est moi, me dit-il. Mais vous pouvez m'appeler Jared.

Mon cœur rate un battement. Voilà pourquoi cette voix me paraît familière. C'est bien Jared, le chanteur qui joue tous les samedis avec Caleb et Hunter chez Lars… mais comment peut-il jouer demain soir ? Il devrait être chez Lars, jouer avec Hunter à la batterie, ce n'est pas logique… Je décide de conserver cette question pour plus tard, mon professionnalisme primant sur ma curiosité.

— J'appelle pour Parksons Records, concernant le concert de demain soir, dis-je en m'efforçant de conserver un ton posé. Je veux juste vérifier avec vous les derniers détails.

Jared se montre poli et professionnel. Nous n'avions jamais vraiment discuté auparavant, et à l'entendre, il semble véritablement investi dans sa musique. Mais il est aussi l'une des conquêtes d'Ally, et je ne peux empêcher mon cœur de se serrer en pensant à Heather. Je fais en sorte que la conversation se termine rapidement, et après avoir raccroché, je décide d'envoyer un texto à Hunter pour lui demander s'il est au courant des engagements de Jared. Je ne savais même pas que ce groupe avait un nom, j'avais l'impression qu'il ne s'agissait que d'un moyen de se défouler pour lui et ses potes. Une distraction du samedi soir, sans plus. Même si, d'après ce que j'ai pu entendre, Jared est plutôt doué. Il a cette façon d'accaparer toute l'attention du public avec son attitude déjantée, éclipsant le talent des autres membres du groupe. Caleb, discret et silencieux, ne semble pas dérangé par ce phénomène, et je ne sais pas vraiment ce qu'en pense Hunter. D'ailleurs, je ne sais même pas s'il est réellement ami avec ces garçons.

Je ne reçois aucune réponse alors je n'insiste pas. Nous aurons tout le temps d'en discuter quand je rentrerai. Même si les projets que j'avais en tête n'impliquaient pas la langue de cette façon.

Le reste de la journée passe à une vitesse folle et je réussis à terminer toutes mes tâches en un rien de temps. Quand est enfin arrivée l'heure de partir, je vérifie mon téléphone encore une fois :

toujours rien. Il doit sans doute être occupé, et je réalise soudain à quel point il peut me manquer.

Je retrouve Heather dans un petit restaurant indien du centre commercial. Comme d'habitude, elle est splendide, avec son short noir et son t-shirt assorti, découvrant l'une de ses épaules. Elle a attaché ses cheveux en une queue de cheval haute, dégageant ainsi son joli visage. de poupée de porcelaine. Elle me sourit de toutes ses dents lorsqu'elle m'aperçoit, et me serre fort dans ses bras.

— J'ai l'impression que ça fait des semaines qu'on ne s'est pas vraiment parlé, dit-elle. Alors qu'on s'est vues hier !

Je souris et hoche la tête. Elle arbore soudain une expression compatissante et me demande doucement.

— Comment va-t-elle ?

Je suppose qu'elle parle d'Anna, ce qui me fait soupirer. J'ai fait beaucoup d'efforts pour ne pas penser à elle aujourd'hui et rester occupée, mais je me dois de tenir Heather au courant. Vu le soutien qu'elle m'a témoigné, c'est la moindre des choses.

— J'en sais trop rien, à vrai dire, soupiré-je. Elle va s'en sortir mais… je ne sais pas si je suis prête à être là pour l'aider. Il y a tant de choses qui sont impliquées dans cette histoire…

— Je comprends, dit-elle en hochant la tête. Tu sais que je suis là pour toi si tu as besoin d'en parler.

Je lui souris en la remerciant. Je ne sais probablement pas ce que j'aurais fait si elle n'avait pas été là pour moi, avec tout ce qui s'est passé en l'espace de quelques semaines seulement. Elle est si généreuse…

— Et toi, comment vas-tu ? demande-t-elle alors qu'un serveur nous guide vers une table près de la fenêtre.

— Mieux, dis-je. Mais j'ai besoin de ton avis sur quelque chose.

Elle hoche la tête et m'écoute après que nous ayons commandé. Je décide de tout lui raconter concernant ma décision de partir à UCLA en septembre. Elle se réjouit d'abord de savoir que je ne serai pas si loin de Carmel. Je lui dis en avoir parlé à Hunter mais qu'il ne sait pas ce qu'il veut faire, et que cela m'inquiète un peu.

— Je suis vraiment contente que ça marche, entre vous deux, dit-elle. Hunter ne te mérite pas.

— Il a vraiment changé ces derniers temps, concédé-je. Il est presque… charmant.

— C'est uniquement grâce à toi, si tu veux mon avis. Il est têtu mais je suis certaine qu'il finira par te suivre, et si ce n'est pas en septembre, il finira bien par te rejoindre plus tard.

— Je l'espère, dis-je en soupirant. Je ne veux pas qu'il finisse par m'en vouloir de l'avoir arraché à sa vie ici…

— Y'a pas de raison, dit-elle en haussant les épaules. Il n'a pas grand-chose qui le retient, ici.

Nos plats ne tardent pas à arriver jusqu'à notre table. Nous avons toutes les deux commandé du poulet tandoori, qui se révèle absolument délicieux.

— Il va participer au concert de Parksons Records demain, lancé-je.

— C'est pas vrai ! s'écrie-t-elle. Mais c'est pas, genre, seulement sur invitation ce truc ?

Je souris d'un air malicieux et plonge la main dans mon sac. J'y ai pensé à la minute où Bob m'a parlé de ce concert. Quand il m'a dit que je pouvais inviter des amis, c'est le nom d'Heather qui m'est immédiatement venu en tête. Alors quand je lui tends les deux cartons d'invitation, elle manque de renverser la table en sautillant sur sa chaise. Plusieurs paires d'yeux se tournent vers nous quand elle hurle de joie, mais je m'en fiche pas mal. La voir heureuse me réchauffe le cœur, surtout quand je repense à ce qu'elle traverse en ce moment, avec Ally qui balade ses conquêtes sous ses yeux et Alejandra qui vient tout juste d'entrer dans sa vie.

— Tu es géniale ! dit-elle ne serrant les deux cartons contre son cœur.

— Tu comptes emmener Alejandra ? demandé-je.

— Je… je ne sais pas… on n'a jamais parlé d'avoir une vraie relation, on ne fait que s'amuser, tu sais.

— Je n'en crois pas un seul mot, m'offusqué-je. Je vois bien comment tu la regardes. Tu l'aimes bien !

— Ce n’est pas toujours suffisant, dit-elle.

Je soupire en la regardant. Elle semble quelque peu tourmentée par ses sentiments contradictoires, je le vois : elle combat son amour pour Ally et, en même temps, elle tente de comprendre ce qui se trame entre elle et la fille de Monica. Je ne peux pas l’aider et ça m’ennuie. Je lui offre un sourire réconfortant et pose ma main sur la sienne, ce à quoi elle répond par une petite pression autour de mes doigts. Je suis heureuse qu’elle se confie à moi, ce n’est peut-être qu’une impression, mais je me dis qu’elle non plus n’a peut-être pas grand monde à qui se livrer. Elle va me manquer, en septembre. Mais je vais pouvoir aisément lui rendre visite, et elle pourrait de temps en temps venir à Los Angeles pour le weekend. Cette perspective m’enchante beaucoup. Pour lui remonter le moral, je décide de changer le sujet en lui parlant un peu du concert et des artistes qui sont prévus sur scène. Elle commente chacun d’entre eux comme si elle cherchait à me donner des conseils sur la meilleure façon de les aborder.

Nous terminons notre repas et quand vient le moment de se séparer, je la serre fort dans mes bras. Elle est devenue si importante pour moi, et j’espère que c’est réciproque. Je sais que je vais la voir au concert demain, mais je lui promets tout de même que l’on se verra plus souvent entre quatre yeux à partir de maintenant.

Quand je rentre, il est presque vingt heures, et je souris en voyant la voiture d'Hunter garée devant la maison. Depuis le porche, j'entends les notes émanant de son piano. La mélodie est douce et agréable, et quand j'entre, je prends soin de ne pas faire trop de bruit afin de ne pas l'interrompre. Je dépose mon sac dans l'entrée et enlève mes chaussures pour ne pas me faire remarquer en entrant dans le salon.

Hunter est assis devant son instrument, les épaules voûtées, entouré d'un tas de partitions parsemées de gribouillages que je ne comprends pas. Il semble concentré, et surtout, il a l'air d'avoir passé la journée sur ce tabouret. Je remarque une cannette de coca vide sur la table. Je m'approche, et il semble repérer ma présence car il s'arrête de jouer pour se tourner vers moi. Son visage s'illumine lorsqu'il me voit.

— Tu as mangé ? lui demandé-je avec un sourire.

Il secoue la tête, et alors que j'allais me diriger vers la cuisine, il me rattrape pour m'attirer tout contre lui. Je pose ma tête sur son torse et savoure cette étreinte toute simple. La chaleur de ses bras qui m'entourent me réchauffe immédiatement, et un sentiment de paix m'envahit, si bien que je laisse échapper un soupir de satisfaction.

— Tu m'as manqué, lâche-t-il.

— Toi aussi, réponds-je.

Un silence plane entre nous. S'il a été occupé toute la journée à ce piano, il n'a certainement pas regardé son téléphone et donc pas vu mon texto ce matin, ce qui, à bien y réfléchir, n'est pas particulièrement important pour le moment. D'après ce qu'il a pu me raconter, je ne suis pas convaincue qu'Hunter en ait réellement quelque chose à faire de Jared et de son groupe.

— Je veux venir avec toi, murmure-t-il soudain.

Je retiens ma respiration sans même m'en rendre compte et reste silencieuse car j'ai l'impression qu'il cherche ses mots. Quand il s'écarte de moi, il fuit mon regard, mais je peux voir la confusion et l'hésitation sur ses traits. Ai-je bien entendu ? Je reste plantée là à le regarder en attendant qu'il trouve quoi ajouter.

— Rien que de t'imaginer loin de moi me torture, lâche-t-il. Je veux venir avec toi... mais j'ai...

Je pose une main sur sa joue et il s'interrompt. De toute façon, je sais ce qu'il allait dire. Il a peur. Il a peur d'échouer, de se perdre dans cette foule à Los Angeles sans pouvoir se démarquer. Comment peut-il ne pas voir à quel point il est talentueux ? Comment un être aussi beau et aussi arrogant de coutume peut-il se dénigrer de la sorte ? J'aurais aimé qu'il puisse se voir comme moi je le vois.

— Je sais, murmuré-je. Tu en as parlé à Bob ?

Hunter grimace et détourne le regard. J'en conclus que oui, mais que sa réponse ne l'a pas suffisamment convaincu pour prendre une décision. Face à mon regard insistant, il finit par accepter de me donner quelques détails sur son entrevue avec son oncle.

— Ouais, il… il a proposé de m'aider, genre, d'appeler ses contacts à Los Angeles.

— Et ce n'est pas bien ? demandé-je.

Je ne connais pas mon patron aussi bien que son neveu, mais il suffit de l'entendre parler d'Hunter pour savoir qu'il le considère comme son propre fils, et qu'il ferait n'importe quoi pour lui. Cela ne m'étonne donc pas d'entendre qu'il a proposé à Hunter de l'aider à se faire une place, mais je ne comprends pas vraiment pourquoi il repousse cette idée à tout prix.

— Je ne veux pas dépendre de lui toute ma vie. J'ai envie de m'en sortir tout seul, de me faire un nom sans avoir besoin de ses… putains de contacts à la con.

J'amorce un mouvement de recul, il est en train de laisser sa colère et son agacement prendre le dessus, et je n'aime pas le ton qu'il emploie.

— Pas la peine de me parler comme ça, répliqué-je. Je ne vois pas où est le problème… tu as peur de ne pas réussir mais tu refuses que qui que ce soit te vienne en aide ?

Hunter soupire et se passe une main dans les cheveux. Ce sujet est certes des plus sensibles, mais je ne m'attendais pas à ce que ça devienne un si gros dilemme pour lui. Je pensais que la perspective de me savoir là-bas l'aiderait à faire un compromis et à étouffer cette peur irrationnelle qui l'empêche d'aller de l'avant. Combien de fois vais-je devoir le réconforter, le rassurer sur son talent et ses capacités pour qu'il finisse par avoir suffisamment confiance en lui pour se lancer ?

— Quoiqu'il en soit, dis-je face à son silence. J'irai à UCLA. Avec ou sans toi.

Je vois son regard s'assombrir juste avant que je ne quitte la pièce. J'ai asséné cette remarque un peu trop sèchement et mes doutes se confirment lorsque j'entends quelque chose se briser sur le sol dans le salon. Je lutte pour ne pas quitter la cuisine et courir le réconforter. Il faut qu'il apprenne à se décider et à faire confiance, à lui-même, et à nous. Je ne vais pas laisser ses tourments en créer de nouveaux dans mes projets, j'ai enfin décidé ce que je veux faire de ma vie, et bien que le désir qu'Hunter en fasse partie soit grand, celui de réussir ma vie, de vivre, est plus important. J'ai fait une promesse à ma mère et je compte bien la tenir. S'il ne peut pas comprendre ça, je ne peux pas l'y forcer. Il est le seul à pouvoir prendre cette décision, alors je dois le laisser mariner dans son jus jusqu'à ce qu'il fasse un choix.

J'entends la porte d'entrée s'ouvrir et se fermer dans un grand bruit. Je préfère de loin qu'il sorte se défouler plutôt que de supporter sa mauvaise humeur toute la soirée.

Quand je retourne dans le salon, je remarque la lampe brisée sur le tapis, et je m'attèle à ramasser les morceaux. Son téléphone est toujours sur la table basse et je soupire. Je n'aurai aucun moyen de le joindre, mais tant pis pour lui. Je ne suis pas sa mère, et même si je viens juste d'emménager, je ne peux pas commencer à accepter ses sautes d'humeur. Sinon, ça ne pourra jamais fonctionner.

Je décide de prendre une douche, espérant que l'eau chaude finira par chasser mes interrogations, et les nœuds dus à la tension dans mes épaules. Par chance, cela fonctionne un peu. De retour dans le salon, je décide de jeter un œil à ces albums que j'ai achetés, il y a, me semble-t-il, une éternité. J'en ai choisi deux : *Dark Side of the Moon*, de Pink Floyd, parce que ma mère ne cessait de me répéter qu'elle regrettait d'avoir perdu ce CD pendant notre déménagement. Elle n'a jamais pensé à en racheter une copie ni à me le faire écouter, aussi j'espérais me rapprocher un peu de son souvenir en écoutant ça aujourd'hui.

L'autre, c'est *London Calling,* des Clash, la pochette qu'Hunter m'avait fourrée sous le nez dans la boutique. Je l'ai acheté sans qu'il s'en aperçoive, parce que je ne voulais pas qu'il croie que je m'intéressais à lui, à l'époque. Ce souvenir me fait sourire, et j'aurais aimé qu'il soit là avec moi pour l'écouter.

Je m'approche du tourne-disque qui semble avoir déjà bien servi, et qui trône juste à côté du piano. Je sors le vinyle de sa pochette, choisissant d'écouter celui d'Hunter d'abord. Quand la musique se diffuse, son effet quelque peu brouillon me rappelle la première fois où j'ai réellement croisé son regard, chez Lars, alors qu'il se déchaînait sur la batterie derrière Jared et Caleb. C'est tout à fait le même genre de musique. Malheureusement, je ne suis pas d'humeur à écouter quelque chose d'aussi énergique.

Je change donc et opte pour l'album de Pink Floyd. Les premières notes du premier titre me prennent aux tripes, littéralement, et je dois m'asseoir dans le canapé. C'est tellement envoûtant, je comprends enfin pourquoi ma mère regrettait tant de ne plus pouvoir écouter cet album des heures durant. Chaque chanson me met dans une humeur différente, tantôt mélancolique, tantôt amusée. Je me contente d'observer les recoins de la pièce pendant l'écoute, et quand vient le tour du titre *Us and Them*, je ferme les yeux, affalée dans le canapé, écoutant les paroles.

Us and Them

And after all

We're only ordinary men

Me, and you

God only knows

It's not what we would choose to do

Forward he cried

From the rear and the front

Rank died

And the General sat

And the lines on the map

Moved from side to side…

C'est tellement beau, il y a tant de poésie dans cette chanson. Je ne remarque que quelques minutes après le premier refrain que des larmes ont envahi mes joues, et je les essuie rapidement. Je ne savais pas qu'un jour je finirais par être autant touchée par une chanson. Les souvenirs de moments simples passés avec ma mère me reviennent en mémoire et me font légèrement sourire à mesure que la chanson se poursuit.

Je me réveille en sursaut en entendant un juron dans le hall. Je ne me suis même pas rendu compte que je m'étais endormie dans le canapé. Le disque tourne dans le vide, émettant un léger craquement, mais ce n'est pas ce bruit-là qui m'a réveillée. Je me lève et me retrouve dans la cuisine. Hunter est penché la tête dans le frigo, sans doute à la recherche de quelque chose à manger. Dans le hall, le porte-manteau git sur le sol.

— Putain, y'a rien à bouffer ici, articule-t-il d'une voix pâteuse.

— Tu as bu ? demandé-je.

Il ne me répond pas, mais j'ai facilement ma réponse quand je le vois se diriger vers un placard en titubant. Je soupire, exaspérée et déçue qu'il se soit mis dans cet état. Je ne l'ai jamais vu saoul et je ne sais pas vraiment à quoi m'attendre, alors je m'approche prudemment de lui.

— Viens t'asseoir, l'intimé-je.

Il grogne, mais ne bronche pas plus que ça lorsque je le force à s'installer sur une chaise. Je sors le pain et entreprends de lui faire un sandwich. J'espère qu'il n'est plus autant en colère que lorsqu'il est sorti et, même si cela m'embête qu'il soit sorti sans un mot pour partir se bourrer la gueule et faire je ne sais quoi, je tente de conserver mon calme. En plus, s'il se réveille avec la gueule de bois le jour du concert, je doute que sa bonne humeur ne revienne de sitôt.

Je finis de préparer son repas en vitesse et pose l'assiette devant lui. Il ne dit rien, se contentant de regarder le sandwich au fromage que je viens d'assembler. Il finit par en prendre une bouchée dans un geste lent, presque au ralenti. Je l'observe sans rien dire, les bras croisés sur ma poitrine.

— Où étais-tu ? demandé-je doucement.

— Nulle part, dit-il en haussant les épaules.

Il parle la bouche pleine, et j'aurais sans doute trouvé ça mignon s'il n'était pas complètement bourré. Je ne comprends toujours pas pourquoi il se met dans un tel état à cause de cette histoire de Los Angeles. Mais j'ai arrêté de chercher. Hunter est têtu comme une mule et on a ça en commun.

Mon téléphone se met à vibrer, et le nom d'Heather s'affiche sur l'écran. Vérifiant qu'Hunter ne va pas s'évanouir sur son assiette, je décroche.

— Lena ? fait mon amie à l'autre bout du fil. Hunter est bien chez lui ?

— Oui, il vient de rentrer, soupiré-je. Pourquoi ? Tu étais avec lui ?

— C'est moi qui lui ai dit de rentrer, dit-elle. Il est arrivé chez Lars et il m'a quasiment ordonné de le servir… il n'a plus autant bu depuis… longtemps. Il s'est passé un truc ?

— Ouais, on peut dire ça, marmonné-je.

— Rien de grave ? s'inquiète-t-elle.

Je n'ai pas vraiment le cœur à lui raconter ça maintenant, c'est encore trop frais dans mon esprit et je doute que je puisse résoudre tout ça ce soir, étant donné l'état dans lequel mon petit ami s'est mis. Mon esprit est encore embrumé des souvenirs de Brooklyn et de cette musique enchantée, et je n'ai pas envie de tacher ce moment avec une nouvelle dispute.

Je rassure Heather et finis par raccrocher pour reporter mon attention sur Hunter. Mais avant que je ne me retourne pour lui faire face, je sens ses deux bras puissants me serrer fort contre son torse. Debout derrière moi, il enfouit son visage dans mon cou et se met à renifler mon parfum. Je suis agacée, fatiguée, mais ce geste de tendresse, bien que motivé par l'alcool, m'apaise quelque peu.

— Tu sens si bon, murmure-t-il contre la peau de mon cou.

— Et toi tu sens le bourbon, répliqué-je en réprimant un sourire.

Je tente de me dégager de son étreinte, en vain. Il est trop fort pour moi, et je finis par céder sous ses caresses. Je suis toujours tellement bien dans ses bras, c'est comme un refuge. Malgré son état d'ébriété évident, je me sens en sécurité tout contre lui. Je sais qu'il ne me fera jamais de mal.

— Je t'en prie, pardonne-moi, murmure-t-il. Sois pas fâchée.

— Je ne suis pas fâchée, réponds-je.

Il me relâche suffisamment pour que je puisse me tourner vers lui. Ses yeux injectés de sang m'indiquent qu'il a peut-être pleuré, un peu plus tôt, et mon estomac se noue à cette idée. Il a beau avoir l'air d'un dur avec tous ces tatouages et son look de rebelle, personne ne saura jamais à quel point il peut être sensible. Personne à part moi. Je l'ai déjà vu pleurer pour moi une fois, et je déteste qu'il ait encore à le faire.

— Je ne veux pas que tu t'en ailles sans moi, dit-il.

Je ne sais pas si cette soudaine sensibilité et cette honnêteté viennent de l'alcool, mais elle me touche profondément.

— Alors viens avec moi, murmuré-je.

Il me dévisage pendant de longues secondes, mais ne dit rien. Cette question n'est donc toujours pas résolue. Tant pis. Je n'ai plus le cœur à me battre ce soir, et lui non plus, apparemment. Il se penche vers moi pour m'embrasser, et je reconnais le désespoir qui l'anime si souvent ces derniers temps. Bientôt, mes pieds quittent le sol et je me retrouve hissée sur le plan de travail, alors qu'Hunter se fait une place entre mes jambes. Sa respiration se fait saccadée et son haleine chargée d'alcool vient effleurer la peau de mon visage. C'est en silence qu'il passe les mains sous ma robe et tire sur l'élastique de ma culotte, pendant que je défais son pantalon. Peu m'importe la raison de ce soudain besoin d'être avec moi, je savoure chaque instant, chaque caresse, chaque baiser qu'il m'offre en m'assurant de toujours les lui rendre. C'est aussi en silence qu'il me pénètre, la seule chose brisant le calme ambiant de la maison étant nos souffles et nos gémissements respectifs.

La force et la puissance de mon amour pour ce garçon perdu et effrayé me fait peur, mais dans un moment comme celui-ci, toutes mes craintes s'envolent. Il n'y a que lui et sa peau sur la mienne, la fusion de nos cœurs et de nos âmes.

31 – Lena

Quand je me réveille, je suis courbaturée de partout. La nuit a été courte, dans le bon sens du terme. Étant donné que je m'occupe du concert ce soir, Bob m'a donné le reste de ma journée. Je me retourne vers l'autre côté du lit et sursaute légèrement en voyant Hunter me fixer. Il sourit, et je lui donne une légère tape espiègle sur l'épaule.

— Bonjour à toi aussi, dit-il en feignant d'avoir mal.

— Tu vas bien ? m'empressé-je de demander.

Je veux surtout savoir s'il a mal à la tête ou s'il se sent malade. Je ne sais pas exactement ce qu'il a bu hier soir, mais il était dans un état suffisamment préoccupant pour que je m'en inquiète au réveil.

— Ça va, dit-il.

Il ouvre les bras et je ne me fais pas prier. Je pose ma joue contre son torse et il me serre tout contre lui. J'aime être allongée dans ses bras ainsi, ça rend le réveil bien plus facile et agréable.

— Rappelle-moi pourquoi j'ai accepté de faire ce putain de concert ? grogne-t-il.

— Parce que tu m'aimes ? risqué-je.

Il ne répond pas tout de suite, se contentant d'abord de me faire rouler à travers le lit pour se retrouver au-dessus de moi. Je laisse échapper un rire, heureuse de le voir d'humeur taquine ce matin. Notre dispute d'hier n'est toujours pas vraiment réglée, mais je peux bien le laisser tranquille à ce sujet pour l'instant. Il dégage mes cheveux de mon visage et plonge son regard dans le mien.

— Ça oui, je t'aime, dit-il.

Il ponctue sa déclaration par un baiser langoureux, qui provoque cette chaleur familière dans le creux de mon ventre. J'aurais bien passé toute la journée avec lui dans ce lit, mais il doit se préparer pour ce soir. J'espère seulement qu'il restera de bonne humeur jusqu'à la fin de la soirée.

Hunter finit par me convaincre de rester au lit jusqu'à au moins quatorze heures, mais il est temps de se bouger. Je fouille dans mes affaires, toujours pliées dans ma valise, pour trouver une tenue adéquate. Hunter me tanne pour que je range mes vêtements dans la garde-robe, mais je refuse toujours. Je ne veux pas m'installer ici, surtout en sachant que je partirai bientôt à Los Angeles. Je ne veux pas empiéter sur son intimité. Disons que c'est une première étape, une découverte de la cohabitation avant d'envisager de sauter le pas. Tout ça me trotte dans la tête et malgré mes efforts pour me distraire, je ne cesse de revenir à cette question : Hunter me suivra-t-il à Los Angeles ?

C'est plusieurs heures plus tard que je retrouve Bob dans la salle qui jouxte les bureaux du label. Il semble sur le point d'exploser sous le stress : cette soirée est importante pour lui et ses artistes, c'est le moyen de montrer à un public trié sur le volet que ses nouveaux poulains ont de l'avenir et rapporteraient beaucoup d'argent à la maison mère de LA. Il y a quatre actes, dont celui de Jared, et celui d'Hunter pour la fin. Je me dépêche de saluer mon patron, qui semble bien trop distrait pour faire attention à moi pendant plus de cinq minutes. Heureusement, je sais déjà ce que j'ai à faire. Pendant que les techniciens s'affairent sur scène, je file en coulisse pour vérifier que les loges sont prêtes à accueillir les artistes. J'ouvre la première porte à la volée, et sursaute en découvrant Jared assis sur le canapé, guitare en main.

— Oh, pardon ! m'excusé-je. Je ne savais pas que vous étiez déjà arrivés.

— C'est rien, dit-il avec un énorme sourire. Tu es Lena, non ?

Je hoche la tête, me rendant soudain compte qu'on n'a jamais vraiment été présentée. Je ne sais pas pourquoi mais j'ai l'impression qu'Hunter ne serait pas ravi de l'entendre. Surtout que j'ai complètement oublié de lui rappeler la présence de Jared et de son groupe ce soir, et qu'il n'a visiblement toujours pas vérifié ses messages. Tant pis, il n'avait qu'à le faire.

— Je comprends pourquoi Hunter te garde bien cachée, dit-il en me détaillant de la tête aux pieds.

Le rouge me monte aux joues. Cachée ? Il ne me cache pas, et même s'il est vrai que nous ne sommes que rarement sortis depuis que je vis avec lui, je ne considère pas notre relation comme un secret. Je tente d'ignorer son regard lubrique et suis heureuse de voir Caleb arriver. — Lena ! s'écrie-t-il avec un grand sourire. Ça fait plaisir de te revoir. Qu'est-ce que tu fais là ?

— Je travaille pour Bob, lui dis-je en espérant ainsi dévier la conversation vers quelque chose de moins risqué.

— Sans blague ! s'étonne le bassiste.

Je suis toujours aussi intriguée par sa façon d'être. Sur scène, il paraît presque trop concentré, trop calme, parfois même endormi, mais lorsque je discute avec lui il démontre un enthousiasme presque sans limites. C'est hallucinant, et ça me donne le tournis.

— Si vous n'avez besoin de rien, je vais vérifier les autres loges, dis-je en amorçant un mouvement vers la sortie.

— Attends ! lance Jared. Tu as vu Hunter dans le coin ? Bob m'a dit qu'il jouait ce soir.

— Il est en chemin, l'assuré-je.

— Cool, dit-il en souriant. Je ne voudrais pas causer plus d'ennuis, surtout après ce qu'il s'est passé hier soir.

Je me fige et fronce les sourcils, ma curiosité soudain piquée. Je ne peux pas m'en empêcher, il faut que j'en sache plus. Je n'ai pas questionné davantage Hunter sur son escapade alcoolisée de la veille. Tout ce que je sais, c'est ce qu'Heather a bien voulu me dire, et bien que j'aie l'impression qu'elle ne me dit pas tout, je n'étais pas d'humeur à en savoir plus à ce moment-là. Mais Jared me tend la perche, et je ne suis pas dupe au point de croire qu'il ne le fait pas exprès. Il tente de prendre un air détaché, mais je remarque sans mal l'esquisse de ce sourire en coin qu'il tente de réprimer.

— De quoi tu parles ? demandé-je.

— Eh bien, quand il a débarqué chez Lars, j'ai peut-être… ou peut-être pas lancé une pique à ton sujet, juste pour l'emmerder.

— Quel genre de pique ? répliqué-je.

Une colère irrationnelle s'empare de moi face à son sourire nonchalant qu'arbore Jared, toujours assis sur le canapé en train de jouer de sa guitare, comme si cette conversation n'avait aucune valeur à ses yeux.

— Je lui ai demandé quand est-ce qu'il comptait te partager avec le reste d'entre nous, dit-il. Tu sais, je pensais que tu n'étais qu'une nouvelle recrue de plus… Ally n'est pas la seule à jouer les groupies.

Je sens mon cœur tomber sur le sol et s'éclater en mille morceaux. Je sais qu'Hunter a un passé plutôt tumultueux avec les filles, mais je pensais qu'Ally était la seule avec qui il avait été plus d'une fois… Y en a -t-il d'autres à qui il a fait de fausses promesses ? Je ne devrais pas écouter Jared. Je cherche le regard de Caleb dans l'espoir d'obtenir son aide dans cette situation, mais il s'est éclipsé aussi vite qu'il était apparu.

— Il m'a foutu son poing dans la gueule évidemment, dit-il en riant.

Ce n'est que maintenant que je remarque les traces d'un œil au beurre noir, camouflé par du maquillage. J'apprécie qu'Hunter cherche à me défendre de la sorte, mais le fait qu'il ne m'en ait pas parlé m'ennuie un peu. Jared ne cherchait qu'à créer des problèmes de plus entre nous deux. Aussi, je décide de l'ignorer de mon mieux, même si ce n'est pas vraiment dans ma nature curieuse. Si Hunter a fait des efforts de comportements, je le lui dois de faire de même.

Je ne relève pas la dernière remarque du chanteur et quitte la loge sans un mot. Je tente de penser à autre chose et de me vider l'esprit en me concentrant sur mon travail. Mais je n'y parviens pas. À chaque fois que je ferme les yeux, j'imagine Hunter avec Ally, ou quand je croise des courbes féminines dans la salle, alors que les premiers invités arrivent, je l'imagine avec l'une d'elles. J'en deviens presque malade. Une nausée des plus désagréables dérange mon estomac.

Quand Hunter fait son apparition dans les loges, son sourire me soulage un peu. Je suis heureuse qu'il soit toujours de bonne humeur. Je le retrouve dans la loge qui lui est attribuée et il la verrouille derrière lui, avant de se précipiter dans mes bras.

— Putain, Lena, j'ai la trouille, dit-il.

— Ça va aller.

Je suis surprise par cet accès d'honnêteté et sa vulnérabilité. Je me plais à penser qu'il ne s'autorise à montrer cette part de lui qu'avec moi, et cette simple idée suffit à dissiper toutes mes inquiétudes.

— Le premier qui me siffle, je le démonte, dit-il.

Je m'autorise à rire, et il me le reproche gentiment, ce qui me fait rire encore plus. Il décide alors de m'interrompre en s'emparant de ma bouche. Je le sens trembler, il est véritablement stressé à l'idée de monter sur scène.

— Je crois que tu as besoin de te détendre, murmuré-je contre ses lèvres.

Il n'a pas le temps de répliquer que déjà je le pousse sur le canapé pour qu'il s'y assoie. Mon assurance refait surface, sous le regard écarquillé de mon petit ami qui m'observe alors que je déboutonne son jean. Il est tellement beau, vêtu de ce t-shirt gris avec un col en V. Je ne l'ai jamais vu porter ça, et je décide qu'il s'agit à présent de mon t-shirt préféré.

Son membre est déjà tendu lorsque je m'en empare à pleine main. Je le prends dans ma bouche, et l'entends hoqueter. J'aime son regard quand je fais ça. Je lève les yeux vers son visage alors qu'il s'empare de mes cheveux d'une main, tirant dessus, et je ne peux retenir un gémissement.

— Putaiiiin, dit-il en traînant sur la dernière syllabe.

J'accélère mes va-et-vient, faisant glisser ma langue le long de sa verge. Lui faire cet effet booste considérablement ma confiance en moi, qui grandit chaque jour un peu plus auprès de lui. J'ai peur, soudain, que s'il n'accepte pas de me suivre à Los Angeles, je perde tout, plus encore que sa présence auprès de moi. Je commencerais à douter à nouveau du moindre de mes choix, et je finirais par échouer, par me laisser submerger par la tristesse qu'engendre le manque, le manque de lui et de ma mère. Il est mon moteur, celui qui me pousse à aller de l'avant et à croire en moi.

— Merde, jure-t-il.

Je le sens gonfler dans ma bouche et décide de continuer alors que je perçois l'avertissement dans son regard. Il y est presque, mais je n'ai pas envie de m'arrêter. Quelques secondes suffisent pour qu'il se vide au fond de ma gorge. Comme la première fois, je manque de m'étouffer, mais ce n'est pas si terrible. Sa semence a un goût salé sur ma langue. Je m'essuie les lèvres du revers de la main, ce qui me vaut un regard encore plus excité d'Hunter qui ne tarde pas à m'attirer sur ses genoux après s'être rhabillé. Il s'empare à nouveau de mes lèvres, sa langue danse avec la mienne, dans une étreinte qui me réchauffe instantanément les joues. J'aurais voulu qu'on ait plus de temps seuls tous les deux, mais le travail m'appelle.

— Je t'aime, murmuré-je contre ses lèvres. Tu vas être génial, j'en suis sûre. — Mais et si…, commence-t-il.

— Je serai tout près de toi, l'interromps-je. Si tu ne t'en sens pas capable, regarde-moi. Ne joue que pour moi.

Hunter sonde mon regard un long moment en caressant ma joue. La peur semble s'évaporer quelque peu de ses yeux verts, ce qui me soulage. Peut-être parviendrai-je à l'aider, finalement. J'aimerais tellement que ce soit aussi facile avec lui qu'avec moi : il me suffit d'être lui pour comprendre que je n'ai rien à craindre, mais il est bien plus buté que moi. Il m'a fallu longtemps avant de percer sa carapace, et je commence à peine à découvrir qui se cache dessous.

— D'accord, finit-il par dire dans un souffle. Je t'aime.

Je profite d'un moment de répit pour partir à la recherche d'Heather dans la salle. Je n'ai aucun mal à la trouver, elle tache un peu dans le décor avec sa robe d'un vert pailleté. On ne peut pas la rater. Je la prends dans mes bras. Elle a l'air encore plus excitée que moi à la perspective de cette soirée. Je décide de ne pas l'interroger sur ce que m'a dit Jared un peu plus tôt, en partie parce que je ne veux pas gâcher ce bon moment mais surtout parce que je sais que ce dernier ne fait qu'essayer de me provoquer. J'ai suffisamment confiance en Hunter à présent, et cette idée me donne le sourire.

— Je ne savais même pas qu'Hunter pouvait chanter, grommèle mon amie.

— Il passe en dernier, l'informé-je. Tu auras tout le temps de t'y préparer.

Je reste encore un peu à discuter avec elle, jusqu'à voir l'expression de son visage changer du tout au tout. Elle fixe un point dans mon dos, et je me retourne vivement pour voir ce qui lui donne cet air ahuri.

Je comprends tout de suite lorsque je repère la chevelure de jais d'Ally qui vient de passer la porte, son bras accroché à celui d'un grand blond en costume. Que fait-elle là ? Bien sûr, j'aurais dû m'attendre à la voir ici, étant donné que chaque artiste peut inviter au moins deux personnes ce soir. C'est logique que Jared invite sa première groupie, mais si je l'avais su, j'aurais pu épargner la surprise à mon amie. Je me retourne vers elle et quand elle voit mon regard d'excuse, elle ouvre la bouche avant même que je ne puisse dire quoique ce soit.

— Ça va, dit-elle. Je t'assure. J'ai l'habitude.

Je suis furieuse contre Ally de s'afficher ainsi de la sorte devant Heather, même si c'est assez irrationnel car elle n'avait aucun moyen de savoir qu'elle serait là ce soir. D'ailleurs, quand Ally croise nos regards, elle paraît tout aussi surprise que nous. Je remarque qu'elle a du mal à détacher son regard d'Heather, alors qu'elle, elle s'efforce de ne pas s'attarder sur elle. Cette situation me fait mal, surtout pour Heather. Elle est si gentille, si douce et si drôle, elle ne mérite pas d'être traitée comme ça, surtout pas par son premier amour.

— Pas d'Alejandra ce soir ? demandé-je.

Heather m'offre un sourire triste en secouant la tête. Je passe ma main sur son bras pour tenter de la réconforter comme je le peux. Je comprends dans son regard le conflit qui fait rage en elle : c'est évident, elle est amoureuse d'Ally. Et celle-ci refuse d'admettre qu'elle ressent la même chose par peur de perdre sa réputation. Mais quelle réputation au juste ? Celle de fille facile ? Si j'étais à sa place, j'aurais sans aucune hésitation choisi Heather. Mais voilà. Je ne suis pas elle, et elle n'est pas moi.

J'aurais bien voulu rester avec elle un peu plus longtemps pour m'assurer qu'elle va bien, mais c'est sans compter sur Bob qui me déniche dans la foule pour m'intimer gentiment de retourner en coulisse. Le spectacle va commencer.

Bob offre un petit discours à ses invités pour les remercier d'être venus et pour présenter le premier artiste. Il s'agit d'une jeune femme de 26 ans qui joue de la folk. Elle a une voix mélodieuse et haut perchée, et assise sur le devant de la scène avec sa guitare sur les genoux, elle semble avoir complètement ensorcelé la salle rien qu'avec sa première chanson. C'est une réussite dès le départ, Bob a fait un excellent boulot et j'imagine que tous les artistes des villes alentour rêveraient d'être ici ce soir.

La chanteuse termine son set, et c'est ensuite au tour d'un DJ de mettre un peu plus d'ambiance. La foule se met à danser sur les basses profondes émanant des baffles. Ce n'est pas trop mon genre de musique – car oui, apparemment, j'ai un genre maintenant ! Je suis toujours sidérée de voir tout ce que j'ai appris en à peine deux semaines de travail. J'ai appris à identifier les genres musicaux assez aisément et à me faire mon propre avis sur chaque artiste du label. L'été est loin d'être terminé et déjà j'ai hâte d'en apprendre encore davantage sur ce milieu. La foule a l'air aux anges, et Bob a le sourire, ce qui est bon signe.

C'est maintenant au tour du groupe de Jared. Il n'y a rien à dire, ils sont doués, même si je continue de penser que le nouveau batteur n'égalera jamais Hunter. Mais bon, je ne suis pas vraiment objective en ce qui le concerne. Leur style me plaît assez, et je ne peux m'empêcher de hocher la tête en rythme quand vient la seconde chanson, que j'ai déjà entendue chez Lars. Je ne comprends toujours pas comment ils en sont venus à signer avec Bob, surtout que Jared semble déjà avoir la grosse tête. Je lève les yeux au ciel face à son attitude sur scène : elle semble forcée, et même si le public paraît apprécier, j'ai davantage l'impression qu'il se prend pour Robert Plant alors qu'il n'a aucune technique. Mais sa voix est absolument incroyable et unique, il faut bien l'admettre. Caleb, lui, conserve toujours la même attitude endormie, ce qui ne dérange visiblement personne. Concentré sur ses lignes de basse, il bouge à peine, et on pourrait presque oublier qu'il est là.

Quand ils sortent de scène, les garçons passent à côté de moi, et je ne manque pas de remarquer le regard de Jared couler le long de mon corps avec un sourire suggestif. Je réponds au sourire amical de Caleb en ignorant le chanteur autant que possible.

Le moment que j'attends depuis le début de la journée est enfin venu. Quand la silhouette d'Hunter apparaît de l'autre côté de la scène, je retiens presque mon souffle. Il est si beau à la lueur des projecteurs, sa guitare à la main. Les musiciens résidents prennent place dans son dos pour l'accompagner. Il a l'air angoissé, et je ne peux m'empêcher de ressentir la même dose de stress en le voyant s'avancer vers le micro.

32 – Hunter

Je ne vois presque pas la foule devant moi tant les projecteurs sont puissants. Je ne repère que quelques visages vaguement familiers au premier rang, dont celui d'Heather dans une robe verte à paillette. Elle ressemble à Poison Ivy avec ses cheveux de feu.

Tout cela ne me dit rien qui vaille. J'ai l'impression de me tenir au bord d'un ravin sans fond avec la peur du vide. C'est exactement ça, je suis en train d'affronter mes craintes les plus profondes. Parler n'a jamais été mon fort, me confier encore moins. Alors chanter ? Jouer, me livrer ainsi devant une chiée de gens sur cette scène ? Ça relève presque du miracle. La seule personne avec qui je me sens suffisamment à l'aise pour ça, c'est Lena.

Je tourne la tête vers les coulisses, sur ma droite, et croise son regard. Elle a joint ses deux mains au niveau de son menton, comme si elle priait silencieusement. Ses grands yeux brillent et tentent de me rassurer. Je me remémore ce qu'elle m'a dit un peu plus tôt dans la loge, que j'ai fini par saccager complètement après son départ, sous le coup de la pression.

Si tu ne t'en sens pas capable, regarde-moi. Ne joue que pour moi.

J'entends encore parfaitement le son de sa voix dans ma tête, et depuis la scène, je tente de lui adresser un sourire. Elle hoche la tête. La savoir près de moi me rassure. Le public commence à s'impatienter, alors je ferme les yeux.

Contente-toi de jouer, ne réfléchis pas.

J'entame les premières notes sur ma guitare et le groupe ne tarde pas à me suivre. Les conversations se taisent petit à petit, et le silence complet se fait quand ma voix s'élève à travers les haut-parleurs. Je ne me reconnais même pas. Cette expérience me tétanise, et pourtant il me suffirait d'imaginer que je suis dans le studio de Bob, avec Lena en train de m'écouter en douce dans mon dos, pensant que je ne l'ai pas remarquée, pour que je me sente à l'aise. J'arrive presque à lever les yeux et à regarder la foule devant moi pendant plus de cinq secondes. Cette chanson est probablement la plus enjouée de mon répertoire jusqu'ici. Elle parle de moi, de cet ancien moi que j'étais avant que Lena ne débarque dans ma vie. Le refrain prend tout son sens à présent.

And when you came around
I got thrown off my pedestal
I couldn't bare the love you found
Cause you were too beautiful

La batterie se lance dans un solo que je me surprends à apprécier en me tournant vers le musicien derrière les percussions. Je commence à aimer la scène, ou quoi ? À en croire mon attitude, probablement. Je m'autorise un regard vers le public, qui se dandine au rythme de ma chanson.

La mienne, à moi tout seul.

Je termine le titre et récolte des applaudissements que je n'aurais jamais cru entendre un jour. Ces trois dernières minutes ont boosté ma confiance en moi d'une manière que je n'aurais jamais cru possible. Je dépose ma guitare sur son pied dans un coin de la scène et prends place au piano pour enchaîner avec ma reprise de *Brooklyn*, de Wakey !Wakey ! C'est la chanson que j'ai interprétée dans le studio le lendemain de mon premier rencard avec Lena. Avec tout ce que j'ai appris sur elle, ce jour-là, c'est la seule chanson qui pouvait exprimer ce que j'ai ressenti à ce moment-là. Je voulais être celui qu'elle méritait, tout au fond de moi c'était ce que je désirais le plus au monde. C'est la seule chanson qui ne m'appartient pas et que les gens entendront ce soir, mais je ne pouvais décemment pas ne pas la chanter sachant qu'elle serait là, à m'observer. Je sens son regard dans mon dos et je meurs d'envie de me précipiter vers elle pour la plaquer contre le mur et la baiser jusqu'à ce qu'elle en perde la tête.

Quand la chanson se termine, je jette un regard vers le public et croise les yeux d'Heather. Elle a le sourire aux lèvres et m'encourage en hurlant comme une cheerleader. Je ne peux m'empêcher de me dire que je devrais lui consacrer plus de temps. C'est ma seule vraie amie dans cette ville pourrie. Aussi loin que je me souvienne, elle a toujours été là pour me tirer des pires situations, et je ne l'ai jamais remerciée. Je m'intéresse encore moins à sa vie à elle alors que j'ai toujours soupçonné qu'elle avait des soucis.

La chanson suivante est celle que j'ai enregistrée au studio au début de la semaine et qui a fait pleurer Lena. Je n'avais pas prévu qu'elle l'entende si tôt, mais à présent que je partage avec le reste du monde mes sentiments pour cette fille, je me sens de mieux en mieux. En paix avec moi-même et avec mes choix. Je lui jette un regard et vois ses joues briller, elle n'a pas pu retenir ses larmes encore une fois. Ma voix trahit mon émotion et je ne peux m'empêcher de me dire que ce moment marque la fin de ma réputation de *bad boy* insensible et dur à cuir dans cette ville. Tout le monde découvre ce soir le vrai moi, celui que je n'ai plus peur de dévoiler. Le mec à fleur de peau complètement brisé qui tente de reconstruire sa vie, et ce grâce à une seule et même personne.

Je tente de reprendre mes esprits après le morceau que je viens d'interpréter à m'en péter les poumons. L'adrénaline brûle dans mes veines et je n'ai pas encore terminé. Il me reste une chanson. La seule que je n'ai encore jouée devant personne, pas même Lena, pour la bonne raison que je n'ai pu la finir qu'aujourd'hui même. L'angoisse revient me hanter et je dois éviter le regard de Lena pour celle-ci. Elle révèle tellement, elle contient tant de choses que je veux lui dire sans y parvenir. Je n'ai peut-être pas choisi le meilleur moment pour une confession aussi intime, mais j'espère que l'énormité du geste l'atteigne suffisamment.

La foule semble attendre la suite avec impatience, alors je me lève du piano et reprends ma guitare entre mes mains. Je n'ai pas encore décidé quel instrument j'aime le plus, mais me retrouver complètement face à la foule, debout, avec simplement cet instrument pour me protéger, n'est pas aussi confortable que d'être assis face au piano en offrant mon profil au public. Là, je suis obligé de lever les yeux. Mais ce n'est pas aussi effrayant qu'à mon arrivée sur scène. Maintenant, ils savent de quoi je suis capable et ça semble leur suffire.

Je fais résonner les premières notes et tente de prendre une respiration normale. La mélodie est douce, et la régie semble réagir au bon moment en baissant les lumières. Cette ambiance tamisée me permet de reprendre plus facilement mes esprits. Mon cœur bat si fort dans ma poitrine que je crois l'entendre exploser en mille morceaux dans mes oreilles. M'approchant du micro, je prends une légère inspiration et me lance.

Everyday is a struggle
Until you smile at me
I didn't know how to juggle
With my feelings and my fears
Love kept me kin
Love made me blind
And I love you
More than I could count

Wherever you go

I know I'll follow

Because whatever you do

I'll still be in love with you

I'm mad for your eyes

I'm all ears for your laughs

Baby, you're all that I am

Please, don't leave me behind.

J'enchaîne sur le deuxième couplet et lève les yeux vers le public. Tout le monde semble avoir allumé un briquet ou une lampe de poche, créant ainsi une nuée d'étoiles lumineuses dans l'obscurité. Cette vue m'ébranle quelque peu et je dois fermer les yeux à nouveau pour me concentrer et ne pas laisser ma voix trembler. Je n'en reviens pas de toucher autant de gens avec mes mots, mes pensées les plus profondes, surtout que la seule personne que j'ai envie d'atteindre aujourd'hui se trouve à seulement trois mètres de moi, cachée dans l'obscurité. Mais je ne m'autorise pas à la regarder, j'ai bien trop peur de sa réaction.

Wherever you go,

I know I'll follow

Because whatever you do

I'll still be in love with you

I'm mad for your eyes

I'm all ears for your laughs

Baby, you're all that I am

Please, don't leave me behind.

Baby, this is my love song

I don't know how to talk

But maybe this won't go wrong

Be my eyes when I'm blind

And my voice when I'm mute

You're the one for me

Never doubt the truth

Je répète encore une fois le refrain et termine ma chanson flambant neuve sous un tonnerre d'applaudissements. Je suis essoufflé, je transpire sous la chaleur des projecteurs et pourtant, je ne me suis jamais senti aussi bien de toute ma vie, même si la sensation d'être sur cette scène, acclamé par le public, n'est rien comparée à ce que Lena peut me faire ressentir.

Lena. Je jette un œil en coulisse mais ne la vois nulle part. Je commence à paniquer et sors de scène sans même saluer la foule qui m'acclame encore. Je vois Bob se précipiter sur scène pour rattraper ma gaffe, mais je m'en fiche pas mal. Je dois la trouver.

Je fouille la moindre loge, sans aucune trace d'elle. Je décide d'aller vérifier dans les bureaux. La porte du studio est entrouverte et je m'y engouffre sans plus attendre.

J'entends des sanglots étouffés dans la pièce derrière la vitre. Elle est là, assise au piano, les larmes inondant ses joues. Je le savais. C'était une erreur d'avoir joué cette chanson sans lui en parler avant. C'est bien trop tôt pour en faire profiter tout un public, bien trop personnel. Je l'ai blessée, j'en suis certain.

— Lena ? dis-je doucement en entrant dans la pièce.

Elle lève ses yeux embués de larmes vers moi et m'adresse un mince sourire en s'essuyant les joues, si bien que je crois défaillir. Son visage s'illumine en me voyant, et mon cœur rate un battement. Même en pleurs, elle est magnifique.

— Je suis désolé, mon ange, tellement désolé…, articulé-je en me précipitant vers elle.

Je m'agenouille devant elle en prenant son visage mouillé entre mes mains, et elle continue d'affichant ce sourire qui se veut rassurant.

— De quoi es-tu désolé ? demande-t-elle en reniflant.

— J'aurais pas dû chanter ça devant tout le monde, marmonné-je. J'aurais dû le faire devant toi et rien que toi…

Je baisse la tête. Je suis vraiment un con de lui avoir imposé ça devant une foule aussi conséquente. J'ai tendance à oublier qu'elle est du genre timide, à préférer les déclarations en privé. Pas étonnant qu'elle soit venue se cacher pour pleurer. A-t-elle au moins eu la force de m'écouter jusqu'au bout ? Égoïstement, j'espère que oui. Cette chanson exprime tout ce que je ressens pour elle et répond à tant de questions que je sais qu'elle se pose en douce. Elle pose ses mains sur mes joues et me force à relever la tête, plantant son regard dans le mien. La couleur de ses yeux est accentuée par ses larmes, ce qui la rend encore plus belle.

— Ne t'excuse pas, je t'en prie, dit-elle. C'était magnifique.

— Mais c'était trop personnel, répliqué-je. Je suis vraiment con.

— Arrête ça tout de suite, assène-t-elle.

Et pour appuyer ses dires, elle plaque ses lèvres contre les miennes. J'ai rêvé de ça depuis l'instant où je suis monté sur scène. Toute la peur, tout le stress s'envole à la seconde où sa bouche entre en contact avec la mienne. Mon esprit se vide de tout, d'absolument tout ce qui a pu un jour le traverser : il n'y qu'elle, ma Lena, mon ange à moi.

— Je t'aime, murmuré-je contre ses lèvres. Je t'aime tant.

Je la soulève du tabouret et la pose sur le piano, entendant à peine le son que produit le clavier quand ses fesses viennent les effleurer. J'écarte ses jambes et me glisse entre elles pour me coller contre sa poitrine. Je ne me contrôle plus, tout ce dont je suis certain c'est que j'ai envie d'elle à tout prix. Je suis prêt à faire n'importe quoi pour l'avoir, la faire mienne encore et encore. Je ne m'en lasserai jamais.

— Je dois…, commence-t-elle.

Je la fais taire d'un baiser, et glisse mes mains entre ses jambes, écartant sa culotte pour enfouir mon doigt entre ses lèvres. Elle gémit et, d'instinct, malgré son esprit qui tente probablement de lui rappeler où nous sommes, elle rapproche ses hanches des miennes pour attirer mes doigts plus profondément en elle. Je fais glisser mes lèvres sur sa mâchoire, dans son cou, et je la sens frissonner sous mes doigts. J'accélère le mouvement, elle en veut plus, je le sens. Elle me rend complètement dingue, si bien que je ne réponds plus de moi à présent. Le moindre de mes mouvements est conditionné pour elle, pour son plaisir. Je veux l'entendre gémir, l'entendre murmurer mon nom encore et encore.

— Hunter, lâche-t-elle dans un souffle.

Elle s'agrippe à mes épaules comme à une bouée de sauvetage, son corps tremblant serré contre le mien. Je glisse un autre doigt dans son intimité et cela suffit à l'amener à l'apogée. Son orgasme est puissant, si bien qu'elle doit me mordre l'épaule pour retenir ses cris. Son corps tout entier tremble si fort que je dois la retenir pour qu'elle ne tombe pas du piano. Ses muscles sont si tendus autour de mes doigts que je ne peux plus bouger, et ma queue est sur le point d'exploser dans mon jean tant cette vue est sexy.

Sa poitrine monte et descend contre mon torse et son souffle haletant caresse la peau de mon cou. Quand je me retire, elle émet un léger gémissement de surprise, et je m'empresse d'essuyer mes doigts sur mon jean.

— J'ai eu envie de faire ça depuis que tu m'as sucé dans la loge, murmuré-je à son oreille.

Elle rit et relève sa tête vers moi. Je dégage ses cheveux collants de transpiration de son visage. Ses joues sont rouges d'avoir joui, et ses yeux pétillent d'une lueur que je lui connais bien à présent. C'est la plus belle vision du monde, et j'ai besoin de la voir autant que possible de cette façon.

— Il faut que je sache, murmure-t-elle soudain.

— Quoi ? demandé-je en savourant le mouvement de ses lèvres.

Elle ne dit rien, se contentant de me regarder, de sonder mon regard à la recherche d'une réponse à sa question silencieuse. Je ne mets pas longtemps à comprendre ce quoi elle parle, et à vrai dire, je m'y attendais un peu, surtout après avoir chanté cette chanson. *Wheverer you go, I will follow.* Où que tu ailles, je te suivrai.

— Je ne pense pas pouvoir te suivre dès septembre, concédé-je finalement. J'ai besoin… de réfléchir.

Elle semble déçue et je déteste la voir baisser les yeux. Je passe mes doigts sur son menton pour l'obliger à me regarder.

— Je t'aime, l'assuré-je. Je le sais. Mais je sens que… je pense avoir besoin de me trouver avant. Et je dois faire ça seul.

Elle hoche doucement la tête, et déjà je vois les larmes briller dans ses yeux. Je caresse sa joue d'une main.

— Dis-moi que tu comprends, je t'en supplie, murmuré-je.

— Je comprends, dit-elle en hochant la tête. Je ne peux pas te demander de me suivre comme ça et de tout plaquer, c'est stupide.

— Non, non, dis-je en fronçant les sourcils. Ce n'est pas ça. Je finirai sans doute par te rejoindre, je ne peux pas me passer de toi bien longtemps de toute façon. Mais j'ai besoin de savoir qui je suis. Je ne me suis jamais vraiment posé la question… et c'est grâce à toi si j'en suis là aujourd'hui.

Un silence plane entre nous et je sais, dans son regard, qu'elle comprend. Je n'en attendais pas moins d'elle, même si j'avais peur de sa réaction. J'ai longuement réfléchi à tout ça, hier soir, alors qu'elle dormait paisiblement dans mes bras. Je la regardais dormir et je me suis dit que je ne pouvais pas lui faire ça. Je ne peux pas la suivre et prétendre que tout va bien, que j'ai résolu tous mes problèmes et que tous mes démons ont disparu. J'ai des choses à régler seul et je dois la laisser s'envoler hors du nid, se découvrir sans moi. Elle vient juste de perdre sa mère, sa tante est complètement timbrée bien que sur le chemin de la guérison, et avec tout ça, elle n'a pas eu le temps de penser à elle. J'ai besoin de la laisser faire ça, comme j'ai besoin de faire pareil de mon côté pendant quelque temps.

— On s'appellera tout le temps, dis-je. Et je t'enverrai des messages cochons tous les jours.

Son rire résonne dans la pièce et je souris en entendant cette magnifique mélodie s'échapper de ses lèvres. Elle m'embrasse, encore et encore, et je ne peux rien faire d'autre que répondre au moindre de ses assauts. Cette fille est devenue toute ma vie, tout mon univers en l'espace de deux petites semaines. Moi qui pensais finir ma vie seul, sans personne pour me faire chier, je n'aurais jamais cru me retrouver un jour dans ce studio avec le cœur plus gros qu'avant. Lena a réussi à briser une carapace que je me suis construite il y a de ça des années, quand j'ai cru comprendre que je n'étais pas assez bien pour qui que ce soit, pas même pour ma propre mère. Cette petite New-Yorkaise aux yeux chocolat a ébranlé toutes mes certitudes sur la vie, elle a mis mes peurs au défi et malgré mes erreurs, mon caractère de merde et mon allure à effrayer plus d'un gosse, elle m'a offert la plus belle chose qui puisse exister.

J'aime cette fille plus que ma propre vie, cette fille brisée, comme moi. Nous sommes si différents l'un de l'autre, et pourtant, si semblables à l'intérieur. C'est sans doute ça qu'on veut dire quand on dit que l'amour vous tombe dessus sans crier gare : Lena m'est tombée dessus comme un putain d'énorme piano, droit sur ma tête, pour se nicher dans mon cœur et ne plus jamais en sortir.

33 – Lena

Quatre mois plus tard

Il fait frais. 23 degrés, ce n'est pas grand-chose pour Los Angeles, et nous sommes en novembre. Cette ville m'étonne un peu plus chaque jour et même si j'avais peur au début, je suis maintenant certaine d'avoir trouvé ma place. Je retrouve un peu de l'agitation et du bruit de la grande ville, mais LA n'a rien à voir avec New York. On s'y sent beaucoup moins enfermé, et la plupart des gens passent leur temps sur la plage ou la digue, un peu comme à Carmel. Je suis heureuse, ici.

Comme il me l'a promis, Hunter m'appelle tous les jours, et ses textos plus que suggestifs nous permettent de conserver la flamme intacte. Mais il me manque terriblement. Pourtant, je sais à quel point il a raison de nous laisser cet espace. Nous nous sommes rencontrés dans les pires circonstances possible et, rapidement, il est devenu mon ancre, mon seul pilier sur lequel me reposer. Mais je devais prendre du temps seule pour me retrouver. Garder cette promesse que j'ai faite à ma mère et découvrir la vie que je pourrais avoir si j'y mets un peu du mien.

À mon arrivée à UCLA, je me suis retrouvée un peu perdue au milieu de tous ces jeunes gens qui disaient au revoir à leurs parents avec les larmes aux yeux. Moi, j'étais seule. Enfin, pas tout à fait. Monica m'a accompagnée jusqu'ici. Elle m'a été d'une grande aide tout cet été et elle a tenu à faire ce voyage avec moi. J'ai eu beaucoup de mal à lui dire au revoir et j'ai été ravie d'apprendre qu'elle avait retrouvé du travail depuis sa démission. Je lui ai promis de lui rendre visite autant que possible.

Parfois, je m'autorise à laisser la tristesse m'envahir encore un peu. Quand j'écoute une chanson, ou quand je vois une mère et sa fille dans la rue. Le deuil est comme un énorme océan, sombre, profond et effrayant. Bizarrement, j'ai appris à nager : j'ai appris à gérer toute cette tristesse, ce désespoir qui avait fini par prendre toute la place et si je n'avais pas fait gaffe, si l'on ne m'avait pas mis le nez dedans, je me serais probablement laissée engloutir par cette solitude qui m'étouffait et m'empêchait de vivre. Aujourd'hui, même si Hunter n'est pas près de moi, je sais que je peux m'en sortir seule. Je sais que chaque jour, je vais me réveiller et parvenir à vivre ma vie. Je sais que ma mère est fière de moi et même si elle me manque terriblement, je peux me débrouiller seule. Elle m'a élevée comme ça, dans ce but, et je ne peux qu'être reconnaissante envers elle.

Anna m'appelle une fois par semaine depuis un mois, et je dois dire que même si j'ai encore du mal à lui pardonner ses erreurs, je suis soulagée qu'elle aille de mieux en mieux. Elle est sortie de sa clinique de réhabilitation, et elle suit une thérapie rigoureuse. Elle a repris le travail et semble être sur la bonne voie pour guérir, sinon au moins, aller mieux. Je ne suis pas encore prête à lui rendre visite. Nos conversations sont légères et ne portent que sur mes cours ou ma vie, parfois sur son travail, mais sans plus. Elle m'a dit vouloir vendre sa maison pour se trouver un appartement dans le centre, car tout cet espace ne lui rappelle encore un peu plus à quel point elle est seule, et j'ai trouvé que c'était une bonne idée. Je ne pense pas qu'elle soit prête à laisser quelqu'un entrer dans sa vie, pour l'instant.

J'ai décidé d'intégrer l'école d'industrie musicale de UCLA. Bob m'a encouragée sur cette voie et je suis heureuse qu'il m'ait convaincue de le faire. Les cours sont fascinants, même si je n'ai pas pu m'empêcher de prendre un cours de littérature moderne en plus de mon cursus. Je suis surchargée de travail sans arrêt, sans compter que mes premiers partiels approchent à grands pas. Et avec tout ça, j'ai même décidé de me trouver un petit job, car même si j'ai de l'argent de côté, je tiens à m'en sortir autant que possible seule.

— Un chocolat viennois, pour Madame ! lancé-je. Bonne journée à vous !

Je m'attèle à préparer la boisson suivante. J'ai donc trouvé un petit boulot à mi-temps dans un café du centre-ville. En deux mois à peine, j'ai appris le métier sur le bout des doigts et ma patronne, Joanne, semble me faire suffisamment confiance que pour me laisser entraîner une nouvelle, demain. Je suis déjà tout excitée à cette idée. Mon collègue me tend la prochaine commande et je prépare un café au lait.

— Un café au lait pour…

Je m'arrête. Le nom sur le gobelet me force à me figer sur place.

Hunter.

Je pense d'abord qu'il ne s'agit que d'une coïncidence, jusqu'à ce que je lève les yeux. Mon petit ami se tient là, de l'autre côté du comptoir, et m'observe avec ce regard de feu que je ne lui connais que trop bien. Ses yeux passent de mon chignon mal fait à mes joues rosies par l'effort, jusqu'à se poser sur mes lèvres avec envie. Il se penche sur le comptoir, et plante son regard dans le mien.

— Pour Hunter ? murmure-t-il. C'est pour moi.

Je n'arrive pas à dire un mot. À la place, je détourne les yeux et cherche ma patronne du regard.

— Joanne ! Je prends ma pause, dis-je.

Elle n'a pas le temps de répliquer que déjà je m'empare de la main d'Hunter et l'entraîne à l'arrière. Les vestiaires sont vides, et d'un mouvement rapide, je le plaque contre les casiers.

— Qu'est-ce que tu fais ici ? je demande, complètement ahurie.

Je ne peux plus me départir de mon sourire. Il est là, il est vraiment là. Je n'en reviens pas. Je suis en train de le toucher, après trois longs mois de séparation pendant lesquels j'ai bien cru devenir folle. Je savais que c'était nécessaire, mais bordel, qu'est-ce qu'il m'a manqué.

— Je t'avais dit que je finirais par te rejoindre, dit-il.

Il n'a pas le temps d'ajouter quoi que ce soit, que déjà, je suis partout sur lui. J'embrasse sa bouche, sa mâchoire, son cou, pendant qu'il fourrage dans mes cheveux et défait mon chignon. Retrouvant ses lèvres, déjà je ne parviens plus à respirer normalement.

— À quelle heure tu termines ? demande-t-il contre ma bouche.

— Dans deux heures, dis-je.

Je continue de l'embrasser, savourant ces retrouvailles brûlantes quand il finit par interrompre notre étreinte. Je soupire de frustration. Je sais bien que ce n'est ni l'endroit ni le moment, mais je suis en manque cruel de lui, de ses caresses, de sa voix, de tout. Même son odeur m'a manqué.

— Je passerai te chercher, dit-il. On ira chercher tes affaires dans ton dortoir et je t'emmène chez nous.

— Chez nous ? répété-je.

— J'ai loué un appartement dans le centre, dit-il en haussant les épaules. Je me suis dit que tu me préférerais à ta coloc'.

Je pousse un cri de joie en sautant dans ses bras. Enfin, ma nouvelle vie va pouvoir commencer. Avec lui. Grâce à lui. Je suis si heureuse que je ne sens plus mes joues, la joie me submerge complètement. Il me connaît si bien, et j'ai hâte de découvrir ce petit nid douillet qu'il a trouvé pour nous.

***

Comme prévu, Hunter passe me chercher après mon service. Je suis si excitée à l'idée de le suivre que je lance un au revoir à l'assemblée sans demander mon reste. Il est venu en voiture : sa Mustang est garée juste devant, et le contenu du coffre semble avoir débordé sur le siège arrière.

Une fois arrivé à la cité U, je me rue vers ma chambre et commence à rassembler mes affaires. Je mets plus de temps que prévu pour tout ranger, et Hunter commence à s'impatienter.

— Putain, Lena ! s'écrie-t-il en regardant sa montre. L'agent immobilier attend déjà depuis dix minutes, ramène ton joli petit cul dans cette voiture !

Je ne peux m'empêcher de rire depuis le placard. Je veux vérifier encore une fois que je n'ai rien oublié.

— J'ai presque fini !

Je l'entends marmonner quelque chose d'inintelligible alors qu'il s'empare des derniers cartons. Sur le trajet qui mène à l'appartement, Hunter me raconte qu'il a finalement vendu la maison, et qu'avec l'argent, il a décidé de payer le loyer de notre appartement pour l'année à venir. Je n'arrête pas de me dire qu'en un sens, c'est bien trop tôt pour nous d'emménager ensemble officiellement, que nous allons trop vite, mais la partie de moi qui n'est pas aussi rationnelle, la plus conséquente, me dit que je devrais vivre ma vie comme bon me semble. Chacun va à son rythme, et le nôtre est juste un peu plus rapide que la normale. Hunter est bien plus qu'une simple opportunité, il est mon nouveau souffle, mon nouveau départ.

Ma mère me manque. En me regardant dans la glace ce matin, avant mes premiers cours, je n'ai pu m'empêcher de déceler ma ressemblance avec elle dans les traits de mon visage. Mes yeux, mon nez et même mon sourire béat. Tout me la rappelle, et les souvenirs ont rapidement refait surface, comme un tsunami de tristesse et de peur. Mais à la seconde où Hunter m'a prise dans ses bras, quand il a débarqué au café, je me suis sentie mieux. Tout avait disparu, pour laisser place à un sentiment de paix et d'accomplissement que je ne veux plus quitter.

J'ai tenu ma promesse. De là-haut, où qu'elle soit, ma mère se dit sans doute que je suis une sacrée veinarde. Elle me hurlerait probablement dessus en se plaignant que mes cheveux étaient plus beaux que les siens et que j'ai eu tort de les couper. Et oui, j'ai sauté le pas il y a un mois, quand Heather est venue me rendre visite. Nous sommes passées devant un salon de coiffure et je me suis arrêtée sans crier gare pour y entrer. Mes longs cheveux bruns ne sont plus qu'un carré plongeant, m'arrivant juste un peu sous mes épaules. Heather a adoré, et Hunter a eu un choc lorsque je lui ai montré le résultat lors d'une de nos conversations vidéos. J'ai cru à un moment qu'il allait m'incendier pour avoir osé couper mes si longs cheveux après tout ce temps, mais il s'est contenté de sourire en me disant que ça me rendait encore plus sexy. J'ai même cru un instant l'avoir vu rougir, mais bon, j'ai sûrement rêvé.

Nous arrivons devant un immeuble d'une dizaine d'étages, avec un parking souterrain dans lequel Hunter s'engouffre. Nous prenons ensuite un ascenseur, jusqu'au 10e étage. Hunter n'a pas pu me lâcher la main depuis que nous sommes partis de la cité U. Dans le couloir où nous débarquons, un petit homme grassouillet et chauve nous accueille d'un large sourire. Hunter lui serre la main.

— Monsieur Lowell, bienvenue chez vous ! dit-il en lui tendant un trousseau de clés.

— Je pensais avoir demandé deux trousseaux, grommèle mon petit ami.

— Oh, je suis navré, dit-il. J'ai dû l'oublier au bureau…

— Ce n'est rien, mon cœur, dis-je en serrant la main d'Hunter dans la mienne.

Il soupire et hoche doucement la tête. Je suis fière de lui. Plusieurs mois plus tôt, il aurait probablement sauté au visage de ce pauvre homme pour son oubli. Il parvient à se contenir bien mieux qu'avant et ne laisse plus sa colère et la contrariété l'emporter.

—Je vous le fais parvenir dès que possible ! nous assure l'agent.

— Merci, lui dis-je avec un sourire.

Il me rend ma politesse et s'éclipse rapidement. Hunter déverrouille la porte de notre nouveau chez-nous, et je ne peux retenir un cri de joie en voyant l'appartement qu'il a choisi.

Un grand salon s'étend devant mes yeux, percé d'énormes fenêtres qui donnent vue sur la ville, et au loin, l'océan. Une cuisine ouverte et tout équipée longe le mur opposé à la porte, et tout est meublé. Un grand canapé gris et cosy sépare la pièce en deux et fait face à une grande télévision à écran plat.

— Il te plaît ? demande mon petit ami.

Je me tourne vers lui avec un énorme sourire illuminant mon visage. Il semble inquiet, ce qui suffit à m'attendrir immédiatement.

— C'est parfait, dis-je dans un souffle.

— Viens, dit-il.

J'attrape sa main et le laisse m'entraîner vers un petit couloir. La chambre, avec un grand lit et une énorme garde-robe, est simple mais fonctionnelle. Une bibliothèque vide se dresse dans un coin près de la fenêtre. Il ne nous reste plus qu'à tout personnaliser pour que ça devienne notre foyer. À nous deux. J'identifie la petite pièce attenante comme notre salle de bains, avec une douche à l'italienne qui finit par me convaincre.

— Tu me connais si bien, constaté-je avec un sourire.

— Je suis content que ça te plaise, dit-il.

Il me tire par la main et m'entraîne dans ses bras. Tout en lui m'a manqué et je savoure ce moment dans ses moindres détails. Son torse est toujours aussi chaud et ferme, et m'accueille comme la pièce manquante d'un puzzle. J'ai l'impression de vivre un véritable conte de fées, et pourtant je sais que le plus dur est à venir. La vie commune avec Hunter, même si j'en ai déjà eu un petit aperçu pendant l'été, le rétablissement d'Anna qui se passe doucement et à qui je recommence à peine à parler, l'avenir incertain d'Hunter dans la musique, l'université… Je n'ai jamais été douée pour me faire des amis, et j'ai toujours cette appréhension concernant l'environnement scolaire dans lequel je me suis replongée. Ce milieu a tendance à faire ressortir l'intello timide en moi, et j'espère qu'à présent, la présence quasi constante d'Hunter dans mon quotidien m'aidera à me détacher de cette étiquette qui me colle à la peau. Comme s'il lisait dans mes pensées, il fronce les sourcils en m'observant et passe son pouce sur mon front, comme pour en effacer les plis soucieux qui s'y sont formés.

— Ça va aller, dit-il.

Je lève les yeux vers lui et lui sourit. J'en suis convaincue. Je suis si bien avec lui que parfois, j'ai peur que ce ne soit trop beau pour être vrai. Qu'il finira par se rendre compte à quel point je suis ordinaire, comparée à d'autres filles bien plus séduisantes et plus confiantes que moi. Mais il me suffit de le surprendre en train de m'observer du coin de l'œil, ou de me suivre du regard quand je passe devant lui, pour savoir que ce ne sera jamais le cas.

— Je sais, déclaré-je. Je suis si heureuse que tu sois là.

— Moi aussi, mon ange, dit-il. Ça nous a pris du temps… mais je t'avais promis qu'on en arriverait là.

Il sourit à son tour et se penche pour m'embrasser. Des frissons s'emparent de mon corps tout entier, jusqu'à la pointe de mes orteils et je dois couper court à notre étreinte, faisant mine de le réprimander.

— On devrait aller chercher nos affaires dans la voiture, dis-je.

— Tais-toi, grogne-t-il.

Il étouffe mon rire sous un nouveau baiser en me plaquant contre le mur. Je ne me lasserai jamais du goût de ses lèvres sucrées, de l'odeur de son parfum, comme je ne me lasserai jamais de l'entendre me murmurer à quel point il m'aime, de ses douces caresses sur ma peau et du son de sa voix quand il chante. Je ne me lasserai jamais de lui, de son regard sur moi et de la forme de son sourire, je ne me lasserai jamais de l'entendre rire aux éclats ni de le voir bouder quand je lui refuse une grasse matinée.

Mon cœur ne pourrait se sentir plus léger qu'en cet instant. Nous sommes sur le point de démarrer la prochaine étape de notre vie, et même si cette idée me rend anxieuse, je suis surtout heureuse. Plus que je ne l'ai jamais été.

Mon Hunter à moi me pousse vers le lit sans draps et m'allonge sur le matelas. Je suis soulagée de voir que nous n'avons pas perdu nos réflexes. Il accroche ma jambe pour me rapprocher de lui sans cesser de m'embrasser, et je crochète sa nuque en m'agrippant à ses cheveux. Je remarque que ceux-ci ont poussé et j'adore ça. La chaleur de ses baisers envoie directement quelques décharges électriques dans mon ventre, et je le sens sourire sous mes lèvres alors que j'accroche sa ceinture d'une main.

— Quoi ? dis-je en riant.

— On ferait bien d'aller chercher quelques draps histoire de ne pas tacher le matelas

Je rigole, et alors qu'il se relève, je le laisse me prendre la main pour m'aider à me relever.

— Je reviens, dit-il.

Je hoche la tête. Et il s'éclipse. Je retombe sur le lit, envahie par mes réflexions.

À bien y réfléchir, Carmel ne me manque pas vraiment, en réalité. Bien que cette ville ait été un véritable sanctuaire, cet été, je suis heureuse de tourner la page et de laisser tout ça derrière moi. La seule chose que j'ai emmenée sur la route, c'est un amour inconditionnel et incommensurable. À cette pensée, je ne peux m'empêcher de le rappeler. Hunter marque une pause dans l'encadrement de la porte de notre nouvelle chambre, et finit par se retourner avec un sourire. Il aime quand je prononce son nom, et j'aime le fait qu'il aime ça.

— Je t'aime, dis-je.

Il sourit encore plus.

— Je t'aime.

Et comme ça, alors que je le regarde sortir de la pièce pour récupérer tous ces objets qui ont fait notre vie ensemble cet été, je sais que rien ne pourra jamais s'immiscer entre nous. Je sais que j'ai fait les bons choix, même si je dois admettre que je n'aurai jamais pu prévoir les trois quarts des choses qui me sont tombées dessus ces derniers mois. J'ai accepté l'idée que je ne peux pas tout contrôler.

Rencontrer Hunter a été une bénédiction et une épreuve tout à la fois. Il m'a poussée dans mes retranchements, il m'a forcée à dépasser mes limites et à me prouver à moi-même que je suis capable de bien plus que de simplement exister et me laisser mener par la vie. Il a fallu que je me rende compte à quel point la solitude était présente dans mon cœur pour le laisser s'y faire une place. Et je me plais à penser que je lui ai apporté autant qu'il l'a fait pour moi.

Aujourd'hui, je suis amoureuse. Et je suis fière de moi, pour toutes ces barrières que j'ai réussi à franchir au cours des derniers mois.

Vous avez aimé Write Me a Love Song ?

♥

Laissez 5 étoiles et un joli commentaire pour motiver d'autres lecteurs !

Vous n'avez pas aimé ?

♠

Écrivez-nous pour nous proposer le scénario que vous rêveriez de lire !

https://cherry-publishing.com/contact

Pour recevoir gratuitement le premier tome de Sculpt Me, la saga phénomène de Koko Nhan, inscrivez-vous à notre Newsletter !

https://mailchi.mp/cherry-publishing/newsletter

Printed in Poland
by Amazon Fulfillment
Poland Sp. z o.o., Wrocław

62354425R00233